優駿 下

優駿

宮本輝 著

第六章　翠緑大道

一

渡海博正倚在掛有「歐拉西翁」名牌的馬房的圓木欄杆上，已經輕聲細語連說了一個小時的話。虛歲三歲，再過一、兩星期就要離開牧場進入馴馬馬廄的歐拉西翁，一會兒舔舔空空如也的飼料桶，一會兒用牙咬住博正襯衫的衣領扯著玩。歐拉西翁那雙宛如藏了琉璃珠的大眼睛，看著博正的表情。

「你的運氣真的很好。」

博正對目測已有近五百公斤的歐來西翁說了這句不知已說過多少次的話。

「要是待在我們牧場上，很難保證你能長得這麼健壯啊。無論哪家牧場，都不喜歡讓別家牧場的馬來寄養。要是受傷、生病了，畢竟會有點不愉快。就算事先說好只是寄養沒有責任，但真正遇到了還是很難啊。」

五月底，北海道的風還很冷，穿過馬房通道的寒風，吹得博正耳朵好痛。歐拉西翁的口鼻往自己的嘴邊蹭過來，博正伸手摸摸牠的下巴。

「而且，讓你寄養的，可不是什麼普普通通的牧場喔，是吉永牧場呢，日本第一的牧場喔。有我們牧場的幾十倍大，好幾種牧草讓你吃到飽，還可以盡情奔跑……看到這個牧場，實在不好意思說我們那裡叫作牧場。草都營養不良，簡直像幼稚園給小朋友玩的草地。你運氣真的很好。」

「牠體格很好。在我們牧場的三歲馬裡面是最會打架的。雖然寄人籬下，但牠在三歲馬當中可是老大喔。」

身後突然有人說話，博正吃了一驚回頭。吉永牧場的會長吉永達也，戴著黑色的牛仔帽站在那裡。他一年有一半的時間都在歐美各國工作，博正幾乎沒有機會與他照面，只有在吉永回國來到自己牧場上時，打過一、兩次招呼而已。博正很緊張，一時說不出話來。

「您讓我們寄養在您這麼棒的牧場，真的很感謝您。」

他深深行了一禮。

「我們向馬主收正規費用，應該的，你不用這麼客氣。」

吉永微微一笑，大聲喊牧童。年輕牧童跑來。

「怎麼不放到牧場上，還關在馬房裡？」

吉永口氣很凶，牧童一臉為難地看著博正，回答：「因為渡海先生一直在跟馬說話……」

「說完了嗎？」

「……說完了。」

「一連下了三天雨啊。像今天這樣風大天氣好的日子，對馬是再好也不過的了。光和風，比什麼維生素都管用。人也是一樣。」

歐拉西翁被牽出馬房，帶到放牧三歲公馬的大圍籬裡去了。

「對不起。因為聽說牠很快就要進馴馬馬廄了，有很多話想跟牠說。」

吉永打量了博正的臉好一會兒，然後露出笑容說：「跟馬說話也是很重要喔。我年輕的時候，有人教我說，一定要跟馬說話。說什麼都可以，就是要跟馬說話。說老婆的壞話也好，只是把五十音念上好幾十遍也好，也可以唱歌給牠聽，總之就是要跟牠說話。」

吉永說完就「哼」地輕笑了一聲。這並不是瞧不起對方，而是他習慣在說完話時加這麼一聲。吉永本來已經要走了，卻停下腳步，又望著博正。

「這個牧場的每個地方你都看過了？」

「沒有。」

「那，我帶你去看看吧。來吧。」

突如其來的邀請令博正不知所措，但吉永已經快步走出馬廄，坐上車了。

對渡海博正而言，吉永達也是雲端上的人物，可望而不可及。他一手成立的吉永牧場不僅是日本第一，其設備和規模與世界知名牧場相比也毫不遜色，而純種馬鑑定師、配種師「TATUYA YOSINAGA」的名號，在歐美也是響叮噹。這樣一號大人物，竟然要親自開車為他介紹牧場。博正渾身僵硬，坐上車子的副駕駛座，問：「您不是正在忙嗎？」

「三點會有關東那邊的馴馬師過來，在那之前沒事。」

車子從牧場的辦公室前出發，在柵欄夾道的土路上緩緩前行。剛出生的小馬正在吸母馬的奶。吉永停了車，指著那匹小馬說明。

「這小子，是『蒙娜麗莎』的頭一胎。父親是聖艾斯特瑞拉。蒙娜麗莎留下了三十七戰八勝的成績。贏了三場重賞賽。」

本來吸吮著乳頭的小馬，看到停在附近的車，彷彿看到什麼稀奇的東西。風將牠短短的鬃毛與活像一把稀疏毛線的尾巴吹得平行於地面。

「我是覺得，蒙娜麗莎和聖艾斯特瑞拉的交配，光看母系就應該是超一流的，而且拿到世界市場上也是超一流。所以五年前我就每年就讓蒙娜麗莎和聖艾斯特瑞拉配，但就是沒有受孕。我想可惜歸可惜，但只能放棄讓蒙娜麗莎當繁殖用母馬這條路了。可是，我實在沒辦法死心，去年想說賭這最後一次，又配了一次。結果中了。牠是一星期前出生的，所以算是生得晚的，加上蒙娜麗莎個子小，又是頭一胎，原以為這小子大概長不了多大，但聖艾斯特瑞拉這匹種馬真是太驚人了。我現在很期待看看牠將來會長成一匹什麼樣的賽馬。」

聖艾斯特瑞拉的孩子這兩、三年席捲了日本賽馬界，說牠完全改寫了種馬勢力版圖也不為過。事實上，聖艾斯特瑞拉去年成為冠軍種馬，無論在累積獎金與勝績上都遙遙領先第二名的克瑞凡和第三名的弗拉迪米爾——聖艾斯特瑞拉這匹種馬真是太驚人了——博正感覺得出吉永這句話並非完全出自自負與傲慢，也如實地包含了他對自己所擁有的一匹種馬深不可測的實力的敬畏。吉永沿著連綿不斷的柵欄開著車。不久，車子進入森林。平緩的坡道鑽進了樹林無止境的隧道。

「就算是冬天，這裡也不會積雪。」

吉永抬頭看著頭頂茂密的樹木低聲說。

「就算葉子掉光了，枝椏還是會把雪擋住。一走出這裡就是雪路。有個小說家寫過，一出隧道就是雪國是吧。這不是廢話嗎，隧道裡當然不會下雪啊。」

說完，又「哼」地笑了。這樣的解釋，可以視為吉永達也腦袋裡除了馬沒有別的念頭，反過來也可以視為他一切了然於胸，故意開玩笑。因此博正心想，也許自己想請教的那些問題，吉永達也會願意不計得失，親切地教導自己。他鼓起勇氣，問吉永達也：「請問，如果想讓我們這樣的小牧場稍微趕上吉永先生的牧場一點，首先應該從哪裡著手？」

話一說出口，博正便羞愧得全身發燙。我怎麼會問這麼不知天高地厚的問題？自己家的牧場只有十二匹繁殖用母馬，放牧地十二公頃，採草地八公頃。繁殖用母馬能擠身一流的，也只有花影一匹。以現狀而言，是勉強才能維持僅憑生產純種馬維生的最小規模。

吉永在穿過森林的地方停了車，走進廣大的採草場中。採草場上處處都是鴨茅這種牧草，在風中一會兒豎立一會兒傾倒，一陣風來，便讓綠意濃淡千變萬化。博正也下了車，跟在吉永身後。踏進採草場時，他有種宛如步入拍上岸邊的海浪的錯覺。對博正而言，這裡不是鴨茅採草場，而是無邊無際的近海淺灘。吉永達也按著牛仔帽說：「不修日本農地法是沒辦法的。」

「我們牧場放牧地有十二公傾，採草地八公傾。採草地有八成是貓尾草，二成紅菽草。放牧地是白三葉草和貓尾草……」

吉永打斷博正的話，拔了一根已經成熟的鴨茅，說：「那些官員的說法是，賽馬是娛樂，養賽馬的土地不適用於農地法。養牛的話，土地就適用農地法，可以擴大。」

「您的意思是，首先要擴大用地嗎？」

「姑且不論血統，馬的好壞是會因環境而改變的。最重要的是環境。餵再好的營養品都沒有用。馬可是草食動物啊。要讓牠們吃好的草，能放牧多久就放牧多久。放牧地，一定不能沒有草地早熟禾。要種出好的草，需要好的土地。」

「可是，改變農地法這種事，對我來說實在是不可能的啊。」

「所以養牛不就好了嗎。」

吉永又哼地笑了一聲，然後突然改變話題。

「你老爸也真是鋌而走險啊。聽說他收了砂田給歐拉西翁下的訂金，事後卻賣給了和具先生。我看砂田是不會讓步的。增矢也想要那匹馬，所以才來拜託我，寄養在我的牧場裡。」

博正是去年五月才知道父親收了砂田重兵衛的訂金。距離增矢馴馬師與和具平八郎前來渡海牧場的那一天整整一年。博正知道這件事時，責怪了父親。在他們這個圈子裡，口頭約定等同於正式簽約，而且連訂金都收了，再未經同意賣給別人當然會被視為詐欺。

「砂田老師來說要買小黑的時候，我爸爸一心以為要等到兩歲拍賣才賣得掉，所以想也不想就答應了。沒多久增矢老師就打電話來，我爸爸婉拒了，說承蒙好意，但已經答應砂田老師了。結果增矢老師就問是多少錢賣掉的。一聽是一千五百萬，增矢老師就說，既然這樣，和具社長問起來的時候你就說要賣三千萬。就算把一成的訂金加倍還給砂田，也多賺了一千兩百萬。要是砂田來抗議，我會找他把事情擺平。增矢老師是這樣鼓吹我爸爸的。所以……」

說到這裡，博正連忙閉嘴。可是，對增矢馴馬師的反感終究還是讓他把一度擱在嘴邊的話說出來了。

「所以，和具先生一匯錢來，增矢老師就立刻打電話來，要我爸爸把那一千兩百萬的一半匯給他當作手續費。他說，這樣還是比賣給砂田多賺六百萬，這筆錢是手續費，和往後跟砂田起爭執的時候的調停費。我爸爸付了六百萬給增矢老師。增矢老師還不斷交代，這件事絕對不能讓和具社長知道。」

鴨茅的葉子被耀眼的陽光一照，彷彿無數活蹦亂跳的小魚。吉永說：「這種手法很常見。增矢也變成這種馴馬師了啊。不過，也不是所有的馴馬師都這樣。」

然後拍拍博正的肩，哼地笑了。他邊走回車上，邊對博正說：「把這整件事的來龍去脈全都告訴和具先生，事情一定很快就會落幕。歐拉西翁的馬主仍是和具先生，馬廄會變成砂田馬廄——大概會變成這樣吧。」

無論怎麼走，都走不出吉永牧場早來分場。微微起伏的丘陵地上，紅菽草、白三葉草、貓尾草，以及博正家的牧場沒有的鴨茅和草地早熟禾的蔥綠茂密中，馬兒們奔馳、嬉鬧、臥躺著。博正心想，一定要在自己的牧場好好種草地早熟禾和鴨茅給馬兒吃。

「草地早熟禾有什麼效果？」

博正問。

「那是馬的地毯，有大量葉綠素的地毯。一定要幫牠們鋪得滿滿的。貓尾草、鴨茅、紅菽草、白三葉草……這些都不可或缺。每一種牧草的營養都不同，馬會依照自己身體的需要，每天吃不同的牧草。我們種的牧草，別的牧場一樣也有種，但種出來就是不一樣。草的品質不一樣。這就是土質和肥料的問題了。母馬吃好的草，生出來的孩子也吃好的草長大。你想想相反的狀況。等小馬長到三歲的時候，會有多大的差距？」

吉永邊說邊開車，不知不覺他們來到了國道，過了馬路之後，進入又寬又直、剛整好地的私人道路。在路上，一棵巨大的杉樹上釘著寫有「吉永農場機場分場」的牌子。

「這裡也是吉永先生的牧場嗎？」

「是啊。給你看一個厲害的東西。」

「吉永先生的牧場到底有幾公頃？」

「早來分場包括採草地在內是三百公頃，千歲分場也差不多。再加上這個機場分場一百公頃，白老分場也一百，伊達有五十公頃的採草地。全部加起來是多少啊？」

「八百五十公頃。」

博正回答之後，暗淡的心情爬上心頭。家裡的牧場放牧地和採草地加起來也才二十公頃，就算加倍也才四十公頃。而如果要加倍，的確正如吉永所說的，有農地法這個障礙，而他們也沒有資金。吉永達也究竟是怎麼建立起如此龐大的牧場的？他又問吉永：「您總共有多少繁殖用母馬？」

「兩百三十匹。另外，我個人擁有的種馬有六匹，有配種權的有十四匹。今年又會從英國買進『精靈』，所以我個人的種馬就有七匹了。然後我又買了十二匹繁殖用母馬，全都是世界知名的母馬。」

「精靈！」

吉永對博正的驚嘆聲微笑點頭。英國至寶『波索夫』的孩子出了不少經典賽冠軍，但其中最成功的種馬就是精靈。

「英國竟然願意放手。」

「我也很驚訝，沒想到竟然真能買到。但是，有了精靈，不光是北地舞人這一系，皇家禮讚、勇者帝王，這二十世紀世界三大種馬系統就全部到齊了。去年，我從法國買進的『費德里柯』就是勇者帝王系的傑作。」

「……噢。」

才剛建好的嶄新馬廄屋頂出現了。幾個牧人正在忙著將乾草曬乾，看來約兩歲的馬兒們正在彎曲起伏的放牧地上吃草。博正一眼就看出這些兩歲馬的骨架比自家牧場的兩歲馬更加健壯，動作也更從容而有活力。車子沿著兩側的行道樹走。在一個急轉彎的地方，吉永停了車，要博正下車。

「就是這個。」

吉永視線的前方，是一條鋪著草皮、又長又寬的筆直道路。博正不明白這是什麼。

「一千五百公尺的直線跑道啊。我想明年啓用。」

過去沒有育馬者會在自己的牧場裡設一千五百公尺的馴馬用直線跑道。而且還是草地跑道。博正愕然呆望著。雲瞬間遮蔽了太陽，本來明晃晃的一切蒙上了黑影。接著，四周的樹木、土路和旁邊的吉永忽然消失，只剩下長達一千五百公尺直線伸展的草綠色，朝博正的心頭襲來。這在博正眼中，並不僅僅是一千五百公尺，而是一條再怎麼奮力掙扎都絕對走不完的路，好長好長，鋪滿了翡翠，高貴，卻帶著不可思議的寂寞感。

「三千萬啊。和具先生真是做了一筆好買賣。要是我，沒有五千萬絶對不賣。聽說和具先生把那匹馬給了女兒。這也很有意思。他女兒雖然有點潑辣，但是天不怕地不怕，也很懂事。我都想討來當媳婦了。只可惜我三個兒子都娶妻生子了。」

這時候，一輛吉普車開來。半年前還在早來分場當場長的衣笠對吉永說：「能不能請您來看看『快樂娃娃』的孩子？小野獸醫說，牠左腳球節扭傷了。」

「拍過X光片了嗎？」

「拍了。骨頭沒有異常。」

「那貼了藥布就不用管牠了。」

「可是，讓他向左轉的時候，我覺得好像不止是球節的問題。肩部的動作不自然。」

吉永跳上吉普車。

「開我的車回早來辦公室，跟克之說我三點會回去。」

留下這句話給博正就走了。衣笠調來當空港分場的場長，早來分場則是由吉永的二兒子克之接棒。克之並不是富二代常見的那種不知人間疾苦的靠爸族。他比博正大了十六歲，已經娶妻生子，但親自上馬給三歲的馬進行騎乘運動，或是招呼客人時，眼神都會透露出莫名稚氣的專注。博正也感覺得出他非常努力克盡早來分場場長之責。對博正這個才剛滿二十歲的靜內小牧場的兒子，吉永克之從來沒有以輕蔑的態度相待。不僅如此，他對一星期有一、兩天，多的時候甚至三天，從靜內來到吉永牧場早來分場的博正，總是非常親切，從不嫌煩。有時候博正還沒有開口詢問，他就將歐拉西翁的狀態、因成長而日日變化的體形等告訴博正。可是，博正卻不喜歡克之。博正很清楚，這並不是針對克之個人，而是出自嫉妒——對他們兄弟遲早會聯手繼承日本第一大牧場的嫉妒。

博正坐在一千五百公尺的直線跑道一端，思考著吉永達也所說的「農地法」。唯一的路是擴大規模。說穿了就是靠財力。博正心想，他應該是這個意思吧。這不用吉永教，有錢早就擴大牧場，買好的繁殖用母馬，到國外去買種馬了啊！——博正把額頭靠在膝蓋上，在心裡說。攜著草木香的風正面迎來。他放掉全身的力道，委身於風。風並沒有強得能將人吹倒。但博正卻被風推倒，仰臥在草地上。

再一、兩星期就必須和小黑告別了。小黑要到不同的世界去。接受嚴苛的訓練，一再面對激烈的比賽。忘記母親，忘記在牧場上一同長大的同伴，也不會再想起我吧。博正記得小黑出生那晚的一切。花影的汗水和急劇的喘息。自己、父親與獸醫在馬房中搖曳的影子。摒息躲在身後，雙眼發光全神貫注地觀看的久美子若有似無的香味。開始離開花影體內時，小黑那雙前腳濡濕的樣子。小黑出生那一刻的光澤，以及母馬出自安心和痛苦的深長嘆息。還有在蹣跚中站起來的小黑的體形、父親的笑容、戶外的風聲。

久美子的容貌在博正心頭閃過。

「我們的客人，個個都是有錢人啊。」

他自言自語著。

「有錢人家的小姐，每個都是那樣。善變、自我，凡事都要順她的心，日子一定過得很痛快吧。」

小黑寄養在吉永牧場後不久，久美子突然來到北海道，臨走時莫名其妙地變得很不高興，看也不看我一眼，連再見都沒説就回去了。簡直當我是塊石頭還是木板……每當想起那天的事，博正都會陷入悲哀與厭惡之中，讓他心中不知不覺對久美子產生了近似於想報復的感情。他想還以顏色。

「隨便啦。」

說完，他無力地站起來，開著吉永的車回到早來分場的辦公室。才下車，菊島勇次就從辦公室跑出來。他是在吉永牧場服務超過二十年的牧人頭子。

「你到哪裡去了？我們在找你呢。」

「會長帶我去參觀牧場。」

「會長……？這可真稀奇。」

菊島以笑容這麼說，然後告訴他，

「你爸爸打電話來，好像有急事。」

在辦公室裡的克之「唷」了一聲，舉起了手。博正轉達了吉永達也的話，向克之和菊島道謝之後，準備上自己的車。

這時克之招手說：「先打個電話回家吧？」

過去父親就算有點急事，也不曾打電話到吉永牧場。博正在克之的建議之下，借用了辦公室的電話。接起電話的千造說：「正好。因為找不到你，我正想自己去，剛穿上鞋子呢。」

「去？去哪？」

「千歲機場。和具社長說要和小姐搭四點四十五分到的飛機過來。你去接機，開車去帶他們。」

「帶他們去哪裡？」

「當然是回家啊。」

「不是帶他們來看歐拉西翁嗎？」

千造支吾了一會兒，以微弱的語氣回答：「社長是為了那件麻煩事來的。」

掛了電話看看表，距離飛機抵達還有近二小時的時間。

「有客人嗎？」

克之問。

「嗯。四點四十五分到的飛機，我爸叫我去接機。」

「那，時間還早啊。好啦，你就在我們這兒殺殺時間嘛。」

克之吩咐女職員煮咖啡。他也叫了菊島。

「正好，我們三人來段午茶時光吧！」

玻璃圍幕的辦公室裡，擺放著馬的照片和優勝獎盃，掛著有人那麼大的鐘擺時鐘。這座鐘是相當老了，要上發條才會走，但時快時慢，所以很久以前就停了，指針一直指著五點三分。辦公室一角設了小吧檯好招待客人，吧檯上方的牆上掛著一大幅油畫。畫緣寫著一八八八年，是一幅法國寫實畫，畫的是一匹馬和騎在馬背上的騎師佇立在草地上的模樣。看那騎手的騎法，可知百年前的賽馬和現在不同，使用的是長鐙。

博正在早來分場的辦公室裡老是不自在，而且看著這幅油畫，都會感到沒來由的落寞。畫中的騎師和馬，有違百年前理應華麗熱鬧的賽馬概念，反而顯得孤寂。每次看這幅油畫，博正都忍不住會認為，時代變遷，無論如何盛極一時，賽馬終究是場空虛寂寞的遊戲。

吉永克之手持咖啡杯，以他那雙純樸的眼睛看著博正。

「博正家的牧場今年有好馬出生嗎？」

明知克之毫無惡意，但博正還是覺得備受侮辱，別過視線。要是說我家牧場上今年有多好多好的馬出生，他心底一定會暗笑。畢竟，拿我們最好的小馬和他們牧場最差的小馬來比，還難分軒輊呢。想是這麼想，但博正又不能保持沉默，便說：「看來還是花影的孩子最好。今年是『第三者』的孩子，不過是母的。」
「第三者的母馬很會跑喔。而花影的父系血統是一流的，很值得期待呢。」
「可是，我們牧場這麼小，牧草的品質也不好……」
將來八成會繼承這已臻完美的大牧場早來分場的吉永克之，會如何回答自己先前問吉永達也的問題？——博正忽然這麼想，便問了克之同樣的問題。
「我爸怎麼說？」
「只能修農地法。」
一聽，克之笑了，對旁邊的菊島說：「這種事，怎麼能叫博正一個人去做啊。」
菊島默默微笑著。
「我爸是會給這種令人洩氣的答案沒錯，不過我也認為事實的確如此。」
「結果，沒錢還是無能為力不是嗎？」
博正垂著眼這麼說。克之望著博正好一會兒，然後以非常體恤的語氣說：
「我爸有很多看法，其中有些很狂妄又自我中心，但也有些是讓我佩服得五體投地，覺得『原來如此，真的很有道理』的。首先是土地的問題。不光是大就好，能確保多少好的牧草，是養馬最單純卻也最重要的重點。研究馬的血統，以會跑的機率高的方式配種，將產下的馬放在最好的自然環境中。要做的就是這樣，沒別的了。然後，現在做的事，一定是為十年後做準備。博正將來也是要繼承爸爸的事業吧。這樣的話，在自己的能力範圍內，一件一件學我們牧場不就好了嗎？要是想一次全都做到，就會覺得眼前一片黑暗，不過，這兩年做這個，下兩年做那個，這樣一步步努力下去，二十年後，一定會有相應的成果。要是我，會先買好的繁殖用母馬。賣掉三匹普通的，去買一匹好的。像花影那樣的。努力籌措經費，配好的種。我認為這是第一步。」

克之說到這裡停下來，把剩下的咖啡喝完，然後又說，「像我爸也是，要是當初運氣差一點，現在還不知道會怎麼樣呢。」

菊島頭一次開口：「因為他在戰時不能賽馬的時代養賽馬啊。」

「我爸本來在千葉的牧場是因為政府要蓋成田機場，才能高價賣掉。然後拿這筆錢買了早來的地。聖艾斯特瑞拉也是，回頭想想，真的是奇蹟。在美國買下聖艾斯特瑞拉的，不是我爸，是我大哥。大哥那時候才大學畢業一年多呢。當時以我們的能力，根本買不起好種馬。一九七零年代初啊。那時候，有個美國人，他是美國最大的拍賣公司的社長，教了我爸一個妙招。他是這麼說的：日本人的財力買不起百萬美元的種馬，花十萬美元買三流的種馬也沒有意義。既然如此，就花十萬美元買兩歲馬。要是這匹馬成為成功的賽馬，結果就等於買了一匹一百萬美元的種馬。因為我爸看上北地舞人，就叫大哥買北地舞人系的兩歲馬。我爸和大哥是靠國際電話來來回回討論，才決定買下聖艾斯特瑞拉的。因為當時十萬美元對我爸來說，可是一筆天大的錢，完全是孤注一擲啊。」

博正不知不覺抬起了頭，專注地聽著克之的話。原來就連吉永達也，也曾經為了要付出十萬美金而有孤注一擲的心境啊。這份驚訝在博正心中點燃了希望與勇氣的小小火苗。他覺得他應該能有所作為。首先該做什麼呢？光是這麼想，心中便雀躍不已。

「會長的話讓我最印象深刻的，是關於看馬的眼光。」

菊島說。他以樸直與專注兼具的柔和面孔對博正說：「會長對我說，再怎麼好的種馬的孩子，要是長相、體型和性格不超越父親，就跑不了。就算同父同母的兄弟姊妹，如果長得不像成功的哥哥或姊姊，對那匹馬就不必有所期待。一直到最近，我終於能夠切確地體會到，果真是如此。無論是育馬者還是馴馬師，都有會看馬和不會看馬的人。會看的，從外表就看得出那匹馬是以什麼動作來跑。意思是說，不必真的叫馬去跑，那匹馬跑的姿勢，像是頭到頸部的線條啦、肩部的形狀啦，也就是各部分的狀況和整個平衡，都能清清楚楚地浮現在眼前。這就叫作看馬的眼光，但我實在沒有會長那樣的眼光。總覺得會長的眼光是出自對馬的執著，沒人比得上的。」

博正在腦海中描繪著歐拉西翁的體形，與牠的父親弗拉迪米爾對照。還沒有對照完，克之便說：「歐拉西翁和弗拉迪米爾一模一樣。我有預感，歐拉西翁將會成為弗拉迪米爾在日本的孩子當中最好的一匹馬。」

「肌肉很長啊。」

菊島也附和。

「膝蓋的模樣也很理想，腿骨又粗。牠真的是一匹好馬。頸部柔軟，伸縮自如。騎乘運動的動作也不同，因為全身都很柔軟。真的不應該收牠的，等於是養虎為患啊。」

克之的話，讓博正流露出羞赧與歡喜的笑容。

「還有一點。這不是會長說的，是從這座牧場草創時期就一直擔任牧人頭子的大前輩告訴我的。不過他已經過世了。」

因為菊島這麼說，博正伸長了身子問：「那位大前輩說了什麼？」

「他叫我要把小馬出生時的模樣牢牢刻在眼底。因為，剛出生的馬身上一塊多餘的贅肉都沒有，只有骨和皮。換句話說，是那匹馬真正的模樣。馬是在出生時的身上長出肉、練出肌肉慢慢長大的，所以記得小馬的模樣，等馬長大以後，就看得出哪個部分的肉是贅肉，哪個部分看來像贅肉但其實並不是。所以，十分鐘、二十分鐘也好，要多看剛出生的馬。他說到我耳朵都長繭了。」

菊島一說完，克之也點頭說：「也可以反過來判斷。在腦海中，把剛出生的小馬的身體放大，再加上肉，就能預測那匹馬大概會長成什麼樣的馬，不是嗎？」

然後克之別有意味地一笑，問博正：「你記得歐拉西翁出生時的模樣嗎？」

「嗯，記得。從頭到尾都記得。」

說完，博正臉紅了。因為他發現自己說得太激動了。

「那麼，要是馴馬師的方式不對，你就要告訴他。像是太瘦啦，看起來雄偉但屁股卻有贅肉啦。不過馴馬師一定會很火大就是了……可是，如果博正說的是對的，他也就只能認輸啦。」

克之和菊島相視而笑。從他們那種笑法，看得出類似的例子曾經發生過好幾次。

「說到馴馬師，現在已經是馴馬師一年賺好幾千萬的時代了。」

菊島勇次說。

「餵食的時間也好，運動的時間也好，全都是配合人的方便，完全不顧馬的習性。而且，參加未勝利賽[1]和下級條件賽的馬，有一半在我們眼裡都是身體狀況出了問題的馬。也不知道是沒發現就讓馬出賽，還是想說拿個出賽津貼也好，可是這麼做會害死馬的。」

「兩位認為關西哪一位馴馬師最值得信賴？」

博正聽著菊島和克之的話，不禁擔心起來，問了這個問題。

「我認為是砂田先生。他能等，耐得住性子。若是判斷馬雖然不是不能出賽，再晚個一、兩星期出賽會更好，他就會耐心等待。馬要是有點煩躁就立刻放牧。他是個懂得放長線釣大魚的馴馬師。但相對的，頑固得要命。跟我老爸有得拚。」

克之說完放聲笑了。

「增矢老師呢？」

這回換菊島回答：「他也很厲害啊。畢竟很有看馬的眼光。我們不確定能不能成為賽馬的馬，他也能培育得起來。」

「只是，訓練的方式多少會來硬的。而且，厲害的不止是馴馬，做生意也有一套。」

克之才說完，便有一輛計程車停在辦公室前，看似來自關東的馴馬師和馬主下了車。

「歡迎歡迎。」

菊島站起來打了聲招呼，然後說，「會長現在到機場分場那邊去了，不過應該快回來了。」

博正向克之道了謝，離開了辦公室。他發動車子，正打算到機場的咖啡店殺時間時，想到和具平八郎帶著久美子特地來到北海道的理由，一顆心便往下沉。和具平八郎和久美子一定很生氣吧，因為父親說了謊，在增矢武志的搧動下，一馬兩賣。搞不好，他們會說不要歐拉西翁了，還錢來。博正思索著，要是真的這樣該怎麼辦。三千萬之中，六百萬已經被增矢拿走了，如果只能以最初砂田開的一千五百萬賣掉的話，父親就必須借錢才能還和具平八郎。父親可沒有張羅一千五百萬的本事。就算砂田馬上就把錢匯來，也必須原封不動地交給和具平八郎。而且他們已經收了砂田一百五十萬的訂金，所以砂田只會再付一千三百五十萬。就算這些金錢往來全都順利交割，還是必須吐出一百五十萬。

數字在博正腦海中來來去去。他認為，還是只能聽從吉永達也的建議。只能把增矢的把戲源源本本地說出來。然而，這麼一來，增矢恐怕永遠都不會跟他們買馬了。

「呿！都是爸，幹這什麼蠢事！」

博正在車裡大聲咒罵，駕車前往千歲。

平八郎與久美子搭的飛機晚了十五分鐘抵達。

「北海道果然冷啊。」

平八郎一見到博正便這麼說。博正不敢直視久美子。他跑到停車場，把車開到機場出口，請兩人上了車。博正上國道走了一小段，便將車停下，轉身面對平八郎，低頭行禮，道歉道：「我們把事情搞成這樣，真的很對不起。」

「前天，砂田先生打電話到我家，把我說得好像小偷一樣。我想還是應該直接和渡海先生談談，所以雖然很忙，還是飛來了。」

博正把事情的始末一五一十地說了。這段期間，他的視線完全沒有轉向久美子。平八郎聽完博正的話，喃喃地說：「沒想到增矢竟然對我做這種事……」

顯得若有所思，然後，對久美子說，「歐拉西翁要進砂田馬廄。真是太好了。」

邊說邊露出笑容。接著他拍拍博正的肩，說，「好，我明白了。事情都解決了。」

怎麼個解決法，博正實在不明白，但從平八郎柔和的表情看來，也許真的是以吉永達也所說的形式解決了。博正在開車前往靜內的路上，想著為何平八郎會對久美子說「太好了」。他不時從照後鏡偷看久美子。覺得久美子出落得更加美麗動人。無論她再怎麼侮辱自己、對自己視而不見、嗤之以鼻，面對如此美貌也只能舉手投降。這愈發深厚的愛慕之情，讓博正的駕駛有些粗魯。

來到日高地方的時候，一直默默無語的和具平八郎低聲說：「人窮當然會想要錢。但人啊，只要有了錢，就會想要更多。增矢從我和渡海先生這裡騙走了六百萬，卻丟了好幾倍的錢。天曉得，也許歐拉西翁會成為一匹了不得的馬呢。」

「一定會的。他一定會變成很厲害的賽馬。」

博正不禁堅定地說。

「哦，這麼有自信啊。你有什麼憑據？」

照後鏡裡出現了平八郎的笑容。

「我從牠出生之前就一直祈禱。以後我也會一直祈禱。」

「祈禱？向什麼祈禱？」

久美子問。博正正要回答西貝查利河，卻打住了。因為他忽然間明白了自己到底是在向什麼祈禱。並不單單是西貝查利河這條清澈的河流。應該是向大地、空氣、風和水這些大自然不可思議的源頭祈禱才對。然而，他不知道該如何把這些忽然湧現的思潮化為言語。久美子也沒有追問。進入靜內市區時，久美子對博正說：「你說你在歐拉西翁出生前就一直祈禱，這件事你跟多田先生說過嗎？」
「沒有，這種事我不會對別人說。這還是我第一次說出來。」
「你祈禱什麼？」
「……很多。希望小馬平安順產，希望生下來的小馬健健康康，不生病不受傷，長大成為一匹好賽馬，之類的。」
「就這樣？」
博正握著方向盤看望著前方，小聲回答：「嗯。」
但願歐拉西翁成為名留青史的偉大名馬。然後將來有一天，自己能夠大大方方地告訴久美子自己對她的感情。他總不能把這兩則誇張的祈禱內容告訴她。前者只會被當作幼稚的夢想，後者則是只有「將來有一天」到了的時候才能說。將來有一天，究竟是什麼時候呢？——博正忽然陷入沉思。頓時，德比大賽這幾個字浮現腦海。要是歐拉西翁贏得德比大賽，我就大方向久美子告白。輸了，我就忘了久美子，一步步拚命努力，讓渡海牧場發展為一流牧場吧！
——博正下定決心。

二

渡海千造垂著頭，弓著身，豎起耳朵，在一旁靜聽和具平八郎與增矢馴馬師的電話。

「從砂田先生的話聽起來，你是明知渡海先生已經收了他的訂金，才來告訴我說還沒有買家。而且還私下向渡海先生要了一筆不能讓我知道的錢。既然事情都被抖出來了，你只能退讓了不是嗎。光是大阪北海道來回個一、兩趟就賺了六百萬，也夠了吧。其他的我會找砂田先生談。雖然來往了這麼多年，但我和增矢武志之間就到此為止了。」

平八郎的語氣冷靜卻強勢，不給對方任何轉圜的餘地。電話一掛，平八郎便又打給砂田重兵衛。他簡要地說明了增矢的詐騙行為，說：「花影的孩子，就麻煩砂田先生吧。砂田先生付的訂金的事，我們慢慢再談，但那匹馬就請砂田先生照顧了。」

平八郎以安心又疲累的神情在客廳的沙發上坐下的同時，渡海千造跪在地上雙手扶地。

「我做了對不起社長的事……」

他以悲痛的聲音這麼說。

「可是，有一點請您一定要相信。我是想要錢，可是這麼做不是只為了錢。我希望那匹馬由和具先生買下，所以才會相信增矢老師的，不是只為了錢。」

千造抬起頭，指著博正說：「這小子說，無論如何都希望和具先生買下，說得真的是興高采烈，所以我才錯失了時機，沒告訴他我已經收下砂田老師的訂金。增矢老師也答應過我，起了糾紛的時候他會妥善處理，所以我才……」

「這裡是渡海先生的家，你沒有必要這個樣子。事情都解決了，請在椅子上坐吧。」

說完，和具平八郎手放在久美子頭上，笑了。

「有了和增矢斷絕往來的絕佳理由，我高興都來不及呢。」

久美子露出微笑，輕輕點頭。

「想討人家女兒當媳婦，卻要詐騙人家錢，我實在不懂他腦子是怎麼長的。看來增矢成為獨當一面的馴馬師，有了錢，就看不見做人的道理了。」

「噢……他想要小姐當媳婦兒嗎？配他家光秀？」

千造仍跪著問。

「上次，我好久沒出席馬主例會，一去嚇了一跳。有好幾個馬主問我，聽說和具先生的千金要和增矢的兒子結婚了啊。我可是從來都沒聽說過。仔細一問，原來是增矢的兒子到處胡扯。說什麼和具家的女兒愛他愛得失了魂。我一問女兒，她也嚇了一大跳，說別鬧了，全世界她最討厭的男人就是他。有其父必有其子，老爸蠢兒子也笨，扯謊也扯得太離譜了。竟然對各馬廄的人到處造謠，破壞女兒的名聲。」

「是造什麼樣的謠？」

千造這麼問，博正狠狠瞪著父親。

「爸！」

制止了千造。造什麼謠，這還用問嗎。反正還不是說已經發生關係，再不然就是類似的話。博正邊想邊走進母親多繪所在廚房。母親一定也很擔心事情的結果。多繪大概是一直在廚房偷聽，一看到博正，便含淚悄聲說：「真是太好了。幸好是和具先生，事情才能妥善解決。真的是太好了」

多繪說完，便著手準備晚餐。博正從後門出去，將放牧的馬兒帶回馬房。

渡海牧場今年有八匹小馬誕生。雖有十二匹繁殖用母馬，但其中四匹沒有受孕。但是，就連吉永牧場受孕機率平均也只有七成。落日自三天前出生的小母馬耳後照過來，讓那對耳朵有如兩朵尖尖的小火焰。

「再沒有誰像你這麼會撒嬌的了。從來沒離開媽媽超過一公尺。也難怪你啦，才出生第四天嘛。」

博正一將母馬拉進馬房，小馬便慌慌張張地跟過來。

「你外公可是拿下七勝的馬呢！雖然不是中央，但是在南關東的公營賽馬拿到七勝，也是很了不起的。你到底有沒有遺傳到你外公的好勝心，我好擔心吶。再怎麼看，都覺得你靠不住。可是我還是要靠你啊。」

小馬眨了好幾次眼睛，躲身在母馬之後。

「嘿，被我嘲笑幾句就要哭了啊。你要是不甘心，就跟花影的孩子比力氣，打贏牠啊。」

他走出馬房尋找花影。花影正舔著五天前生下的孩子的屁股。博正拔起一根先前在放牧地上播種的白三葉草，搓搓葉子，將莖折斷。覺得還是吉永牧場的白三葉草比較肥。貓尾草也是。他決定今晚就立刻來研究肥料。

距離花影不遠，三匹繁殖用母馬正各自帶著小馬吃草。這三匹都是二流的血統，生下來的孩子都會被地方賽馬的馴馬師殺價買走。博正呆望著花影。花影動也不動，迎向落日而立。小馬吸吮著牠的乳頭。博正心想，廣瀨牧場正在找便宜的繁殖用母馬。廣瀨牧場的規模與渡海牧場差不多，主要的客戶是地方賽馬的馴馬師和馬主。只要想清楚，全心投入，這個方向反而容易經營。

廣瀨牧場會出多少錢來買這三匹馬呢？博正想起吉永克之的建議，考慮著若這三匹能夠順利以自己出的價賣掉，就去求藤川老爹把「椰黃少婦」出讓。藤川老爹一定不會輕易放手，但就鍥而不捨地求求看吧。他邊想邊將花影拉進馬房。椰黃少婦的父親是克瑞凡，母親是美國進口的馬，賽馬時代留下了三十八戰六勝的成績，進入繁殖母馬生涯，但一連四年都沒有受孕。買下椰黃少婦的是日高一家中堅級的牧場，經營者遇到正好來到拍賣會的藤川老人，向老人表示他認為椰黃少婦已經失去作為繁殖用母馬的價值，透露了放手的意願。藤川老人直接去看椰黃少婦，也請教了獸醫的意見，說：「我一定能讓她生。」

而事實上，來到藤川老人手中第兩年，椰黃少婦便受孕，生下一匹小公馬。

這匹小馬由於是初產又生得晚，身體很小，也是等到四歲那年春天才頭一次上場比賽，但現年七歲，仍是現役賽馬，已獲得九勝。第二匹則是贏得了新馬賽，卻不幸在第二場比賽骨折而遭到安樂死。大家都很惋惜，因為若是沒有受傷，現在多半已經在跑經典賽了。

博正認為藤川老人可能會將椰黃少婦讓給自己，是基於兩個理由。一個是藤川老人已經八十八歲，老毛病神經痛相當嚴重，雖然還能走，但已無法上下樓梯，而且後繼無人。雖有三個兒子，但都討厭育馬產業，分別獨立從事別的工作，所以藤川牧場將在老人這一代結束。另一個理由是，藤川老人對博正特別有好感。老人每次見到博正都說：「千造實在有福氣啊，有一個好繼承人。這一帶牧場的兒子沒有一個有夢想的。沒有遠大的夢想，照樣能混得下去。個個滿腦子只知道玩樂，動不動就是女人啦、車啦、到國外旅遊啦，不考慮將來。這孩子就是一臉要做大事的樣子。年輕人就該這樣。」

博正心想，把馬都牽進馬房以後，就打電話給藤川傳三。問他願不願意賣椰黃少婦。願意的話，要多少錢才賣。先確認了這些，再去廣瀨牧場交涉。天空變成紫色了。母馬和當歲馬都已進了馬房，正要去以柵欄分隔起來的兩歲馬放牧地時，身後響起腳步聲。是久美子。

「好冷喔。早知道就帶防風外套來。」

「你不介意的話，我的借你。你只穿一件毛衣會感冒的。」

博正脫下自己的防風外套，遞給久美子。外套對久美子來說太大了，袖口只露出一點點指尖。

「我第一次看到這麼壯觀的晚霞。」

風吹著久美子的頭髮，如奔跑的馬兒的鬃毛般向後飛揚。當博正牽兩歲馬進馬房時，她一直佇立著眺望壯麗的晚霞。偶爾博正回頭注視，總覺得她顯得非常無依無靠，彷彿拋下了所有的誇耀與自負，他心想，她會不會是有什麼重大的煩惱或心事？而且不知為何，他相信久美子其實是個個性溫柔、心地善良的女孩。

「明明有種無可救藥的終結感，卻一點都不讓人感到寂寞。這種晚霞，在都市裡看不到……」

「結束，是為了另一個開始。」

久美子轉頭面向站在身旁的博正。

「誰說的？」

「有個年近九十的老爺爺，我們都叫他老爹。他叫作藤川傳三，在帶廣養馬。這句話，就是藤川老爹的口頭禪。他說，每次他養的馬死了，他都是這麼想的。」

「哦……」

久美子的視線再度注視著變成深藍的天空，低聲說了什麼。風聲讓博正聽不見。

「你剛才說什麼？」

「我說，對不起。」

「為什麼？」

「前年冬天，你特地跑到早來送我到機場，我卻連聲謝謝都沒說就回去了。」

喜悅讓博正靜不下來。他扯下貓尾草，明明沒有必要，卻一副檢查是否鬆脫般到處拍打柵欄。

「可是，博正也有錯。我說給小黑取了歐拉西翁這個名字，是祈禱的意思，你就突然變得心不在焉，不管我跟你說什麼，你都愛理不理的。」

「嗯。」

「所以，我就生氣了。」

「嗯。」

「所以，我故意沒道謝也沒說再見就回去了。」

「嗯。」

「為什麼那時候你不跟我說你從小黑出生前就一直為他祈禱？所以你聽到小黑被取了西班牙文意思是『祈禱』的名字，嚇了一大跳對不對？」

博正的心狂跳。因為他覺得他打算在「將來有一天」對久美子說的話，隨時都會脫口而出。他為了壓下那些話，便說：「我好喜歡大阪腔，剛才那句話你可不可以用大阪腔再說一遍？」

久美子輕聲一笑，把剛才的話用大阪腔重說了一遍，然後換上厭煩的表情瞪著博正。

「同樣的話，我才不要說兩遍。這種事，大阪腔就叫作『阿呆』！」

博正發現牧放牧地盡頭有一匹馬。

「啊，我忘了把牠帶進馬房了。」

他匆匆跑過微微起伏的小丘時，臨時起意想讓久美子騎馬。他從山丘上叫久美子。

「這匹馬已經二十六歲了。牠叫花子，個非常温和。你要不要騎騎看？牠絶對不會亂跑亂跳的。」

「不要，我今天穿裙子。」

「我去拿馬鞍來。不用跨騎，側騎就可以了。」

「真的不會亂跑亂跳？」

「不會啦。這匹馬是為了讓偶爾帶小朋友來的客人而養著的。」

博正從馬房取來馬鞍，摸摸牙齒已經掉了一半的花子的鼻尖，等久美子走過來。他抓住馬鐙，彎下腰，要她踩著自己的背上馬。

「我會把眼睛閉起來。」

「真的？在我說好之前都不可以睜開喔。」

「嗯。閉上了。」

久美子脱掉鞋子，先踩在柵欄上，再踩上博正的背。

「不用脱鞋啊。」

博正說。

「你怎麼知道我脱了鞋？你睜開眼睛了對不對？」

「我沒有。不用看就知道啊？背又不痛。」

其實，博正眼睛是睜開的。雖然是朝下看，但光是睜開眼睛，心就不斷悸動。久美子側坐在馬鞍上，大叫：「不行！會掉下去！」

「抓緊馬鞍就不會。」

博正握住花子臉上的轡頭，走了兩、三步，久美子就叫他等一下，要他停下來。

「閉上眼睛。」

博正照做。

「我還是要跨坐。所以，你絶對不可以朝我看。」

博正感覺得出她小心翼翼地移動身體。

「要不要把馬鐙縮短一點？」

「不用。」

「跨好了嗎？」

「嗯，好了。好冷。」

當然會冷了。不把裙子撩得高高的，怎麼有辦法在馬背上跨坐呢。博正收起不由自主露出來的笑意。把自己的臉湊近花子的臉，幾乎要碰在一起，沿著柵欄緩緩前行。

「馬好高喔。」

久美子說。

「第一次騎的人都會這麼說。」

花子轉過頭，去咬久美子踀在馬鐙上的腳尖。因為這樣，久美子的模樣出現在博正眼前。

「不可以，不要咬我。不要看這邊！」

久美子拚命對馬說，又對博正說。

「喂！」

博正拉拉轡頭，讓花子面向前方。嘿嘿，看到了。把裙子撩那麼高，不看到都難。博正的頭被久美子打了三次。他邊挨打，邊想要原諒久美子的一切。

她的任性，她的高傲，她的善變，她對待我如石頭草木，但這一切都抵銷了。因為，我看見了啊。

「牠剛才是故意的吧？」

「才沒有。是因為久美子的馬鐙的角去擦到花子的肚子了。牠刺痛，才會……」

「你明明答應我要閉上眼睛的。」

「可是，那是不可能的啊。閉上眼睛怎麼走路？」

他們下了丘，來到西貝查利河附近。花子的蹄音讓四周顯得更安靜。博正讓花子停住，脱掉毛衣，望著前方，反手把毛衣拿給久美子。

「拿這個擋擋風吧。」

久美子似乎立刻明白了他的意思，接過毛衣，又打博正的頭。當別人的頭是木魚啊！但博正還是一點也不生氣。久美子每打他一下，他對久美子的愛戀就更增一分。

「三十年以後，我一定會讓這座牧場變成日本數一數二的牧場。我一毛錢都不多花，把錢存下來，先買好的繁殖用母馬，然後給牠們配好的種。前十年專心做這件事，下個十年就擴大土地。在這二十年裡，也要蓋訓練跑道。一圈八百公尺的。然後，第三個十年，就算不如吉永牧場，也要讓我們渡海牧場得到一流牧場的評鑑。雖然會不斷遇到資金啦、農地法啦，還有其他我現在根本無法想像的難題，可是我一定會做到的。」

天已經黑了，除了家裡的燈火，和花子的白鼻尖以外，什麼都看不見。

「有部電影裡說，不要有夢想，有夢想就會吃苦。」

久美子說。

「那，你要和沒有夢想也沒有目標的男人結婚嗎？什麼都沒有只有錢的那種人。」

博正並沒有發現自己的話讓久美子吃了一驚。他說這番話沒有任何用意，但卻意外將他的心如實地傳達給久美子。

「夢想和目標是不一樣的。」

「我的不是夢想，是目標。」

說到這裡，博正和久美子都沒有再開口，雙雙仰望著浮現在空中的星星。風變得更冷了。

「好冷，我要回去了。」

因為久美子這句話，博正拉了花子的轡頭。他沿著柵欄，回到讓久美子上馬的地方，為的是找久美子脫下的鞋子。鞋子掉落在貓尾草和白三葉草雜生的一角。博正撿起來，卻只有一隻。另一隻在柵欄外。他彎下腰伸長了手。只有那麼一下子，放開了花子的轡頭。終於兩隻鞋子都撿到了，一站起來，卻見花子在牧場正中央，正快步回馬房。

「停！我會掉下去！我會掉下去！停下來！」

久美子大聲求救。

「抓緊馬鞍，不會有事的！」

博正跑在後面跑。本來拿在手上的久美子的鞋掉了，他趴在黑漆漆的牧場上到處找。他找的時候，花子已載著久美子，直接進了馬廄。久美子的尖叫聲在一盞燈都沒開的馬廄裡響起。博正心頭一涼。因為他想到，也許她的頭去撞到馬房門框了。

博正全速疾奔。腳絆在一起，好幾次差點跌倒。博正借給久美子的毛衣掉落在馬廄入口。他摸索著打開了電燈的開關。花子的馬房在最後面，久美子的啜泣聲從那裡傳出來。博正跑過昏暗的馬廄，站在花子的馬房前。馬兒們哼叫著，小馬害怕得將身體緊挨著母馬。花子載著久美子面向門口，正吃著牧草。久美子仍跨在馬背上，雙手抓著馬鞍，正在哭。

「有沒有撞到哪裡？」

久美子啜泣著，搖搖頭。裙子裡露出一小塊白色三角形，久美子也顧不得遮掩，只顧著抽抽噎噎地哭。

「可以放手沒關係了。」

大概是嚇壞了，就算博正這麼勸，久美子也不肯放手。博正走到久美子身邊，伸出了手。久美子一把抱緊了博正的脖子。博正萬萬沒料到她會這麼做，踉蹌了幾步。兩個人相擁著跌倒，等博正回過神來，人已經在花子肚子底下。

「你明明答應我不會放手的。」

說完，久美子雙手打了博正的頭。

「第五下。」

「你怎麼不馬上追過來！」

然後又打了一下他的頭。

「第六下。」

「我是頭一次騎馬吔！你一定是故意的！」

久美子每說一句話，就朝博正的頭頂給一巴掌。

「第十二下。」

博正閉上眼睛，一個勁兒出聲數他挨打的次數。然後這麼說：「我雖然是個難看的鄉巴佬，但好歹是個男人。我可以讓你打到十五下，你要是再打，我可要對你不客氣了。」

「十三、十四、十五。」

久美子自己邊數邊繼續打博正。博正睜開眼，淚眼汪汪的久美子眼中閃過一絲猶豫，大聲叫。

「十六！」

打了博正的頭。花子彎下脖子看自己肚子底下的兩個人。博正用力朝久美子臉頰打了一巴掌。久美子本來側坐在乾草上，被這一巴掌打到花子的臉正下方。頭髮勾到了花子稀疏的牙齒。久美子按著挨打的臉頰，哀求般說：「你叫牠別咬我的頭髮。」

博正將花子的臉往上推。

「吃你的牧草就好。」

是不是打得太用力了？會不會腫起來，痛很久？博正看久美子一直趴著，不禁擔心起來。這下糟了，怎麼辦？想到這裡，正要道歉的時候，聽到千造的聲音。

「博正……」

博正和久美子同時從花子的前腳之間抬起頭來。千造和平八郎一臉錯愕地站在那裡。

「你在馬肚子底下做什麼？」

千造看到久美子的眼淚，驚訝地瞪大了眼，低聲說：「博正，你該不會……」

「我說，我會忍耐十五下，結果她打了我的頭十六下。把我的頭當木魚。所以我警告說我要打她，她說你打啊，我才……」

「我才沒叫你打呢！我哪知道你會真的那麼用力打我。我知道你會打我，可是誰曉得你竟然那麼用力！」

千造和平八郎對望一眼。平八郎說：「你們說些什麼啊，什麼十五下十六下，莫名其妙。」

「她打我的頭，打了十六下。」

「久美子嗎？」

「是的。」

「他叫我騎馬，卻放手。」

「我都說我不是故意的了。」

「可是，你也沒有馬上追過來救我啊？」

「你的鞋子掉了，我在找啊。」

「所以你就打我？」

「你這什麼話啊！你打了我十六下吔，我只打了一下。」

「亂七八糟。反正，你們先出來。是想在馬肚子底下待到什麼時候？」

「小姐，你不趕快出來，馬會尿在你身上的。」

千造的話立即生效。久美子慌慌張張地四肢著地，爬出馬房。

「你還不趕快給我出來。」

千造對博正說。
「不要。」
「為什麼？」
「反正你會說是我錯，硬逼我道歉。誰叫我打了久美子一巴掌。」
千造打量著頭髮、衣服到處沾了乾草、一手按著挨了打的臉頰的久美子，問：「我那兔崽子打了小姐？」
久美子無言點頭，放下按著臉頰的手，低頭抬眼看著千造和平八郎。
「天哪，好紅！」
千造說完，便一把抄起旁邊的竹掃帚。
「你這小兔崽子幹了什麼好事！你看看，手印整個印在臉上了。」
千造拿竹掃帚的柄往博正肩頭、側腹猛戳。
「你還不出來，你這兔崽子！就算天塌下來，男人打不是自己老婆的女人算哪一齣！」
博正逃到花子後腿胯下。
「你為什麼會挨打？」

平八郎問久美子。

「別臭著一張臉，說話啊。」

「他讓我騎馬。」

「嗯。」

「我說我得撩裙子，不可以看我這邊，他卻看了。」

「你這兔崽子竟然色膽包天！」

千造的竹掃帚又伸了出去。平八郎制止了千造。

「所以你打了博正的頭？」

「不光是這樣……他答應我絕對不會放手卻放手了，馬自己從牧場回到這裡，我叫他救我，他卻沒救我。」

「所以你又打了他的頭？」

「我說我可以讓她打到十五下。可是要是再打下去，我好歹也是男人，我就要不客氣了，結果久美子打了第十六下。」

「你給我閉嘴。」

千造的竹掃帚在博正的臉近前劃過。花子哼了一聲，向後退。

「渡海先生，我們回去吧。常言道，小孩子吵架大人不要管。這是小孩子吵架。五、六歲程度的。」

平八郎說到最後聲音都帶著笑了。然後平八郎揪住久美子的手臂和防風外套的衣領，把她推進馬房。

「博正，久美子有時候會演戲。她大概是很想挨打吧，所以你再幫我多打她幾下。別的不說，女孩子家把男人的頭當木魚一直打算什麼？不像話。」

「可是社長……」

「沒關係、沒關係。別理他們，我們回去吃可口的火鍋下酒。」

平八郎推著千造的背，離開了馬廄。花子舔舔久美子的臉頰。久美子大概是習慣了吧，摸摸老母馬的鼻頭。博正在花子後腿胯下盤腿而坐，久美子靠著馬房的牆側坐，兩人沉默了五分鐘。

「這匹馬，真的很乖。拔牠的鼻毛牠也不生氣。」

久美子無精打采地說。她的聲音有點發抖，博正心想，應該是身體冷透了。因為整條人腿都吹風了啊。他在腦海裡回想起那時候久美子的樣子，以及裙子裡的白色三角形。多麼可愛呀！而又是多麼神祕地曝露出自己。就算被打一千下頭都甘願。他四肢著地爬著，從花子肚子底下探出頭來，對久美子說：「對不起。你打我吧，沒關係。」

久美子大概以為又會挨打，抓住花子的前腳閃躲，但聽到博正的話，便不再向後退。久美子從花子的兩隻前腳之間直盯著博正看。那長長的、無言的視線之中，沒有怒氣，沒有輕蔑，也沒有媚態。好像一心一意地注視著什麼不可思議的東西。就是那種眼神。博正面對久美子的視線感覺有些不自在。

「我的臉長得很像馬鈴薯吧？」

笑容終於重新回到久美子的臉上。

「你自己也這麼想？」

「嗯。所以我討厭照鏡子。中學和高中的時候，我都是全班最沒異性緣的。」

「你那時候有喜歡的人？」

「嗯。結果被她說我像馬鈴薯。害我好想哭。」

久美子雙手掩著嘴笑了。她的笑久久不停。

「演戲是什麼意思？」

驀地裡久美子不再笑，低著頭，緩緩地將沾在裙子上的乾草拍落。

三

第二天過午，和具平八郎和久美子在路上繞到吉永農場早來分場，和歐拉西翁相聚二十分鐘，便自千歲機場回大阪了。臨別之際，平八郎對博正説：「骨骼聽説都已經長好了，我想和砂田先生商量，大概最近就會讓牠到札幌進馬廄了。要是一切順利，也許二次函館賽馬就能出道了。」

「我想歐拉西翁的出道會再晚一點。」

博正一回答，「為什麼？」

久美子便刻意按著有幾分腫的右臉問。

「因為牠是公馬，脾氣又很烈。算是六月初進馬廄好了，如果一切順利，調整好狀況也差不多八月底了吧。我想砂田老師並不打算選擇贏得函館三歲錦標賽[2]後走菁英路線。我猜可能會紮紮實實地訓練，在北海道訓練上一整個夏天，十月才會讓牠在京都上場。而且，也要看馬的血統，我覺得歐拉西翁好像不要太早比賽比較好。」

「我希望歐拉西翁能早點上場比賽。」

久美子抬頭看了平八郎一眼，這麼說。

「馬是急不得的。」

「我有非急不可的理由……」

「理由？」

久美子沒有回答這個問題，而是指著昨天挨打的臉頰，笑著說：「以後每天晚上睡前，我都要拿叉子戳馬鈴薯。」

博正想見吉永達也一面，向他道謝。一切正如吉永所說。這都是拜吉永的忠告之賜。他心裡這麼想，所以剛才三人到早來分場時，就一直尋找吉永達也的身影，但沒看到。博正從機場再度回到早來分場，往辦公室裡看，吉永達也、克之和菊島勇次都不在，比克之大一歲、紅光滿面、有股孩子王氣質的吉永哲也正攤在椅子上，看繁殖用母馬一覽表看得出神。他是千歲分場的場長。千歲分場位於早來分場東北方，車程約四十分鐘。

「唷，那位是傳說中的和具家千金嗎？」

吉永哲也以開朗的聲音問博正，聲音仍帶著幾分少年的稚氣。

「是的。」

「真是個大美人。我本來想藉著帶你們去看歐拉西翁的機會接近她的，但自我反省覺得不應該有這種邪念，硬是在這裡忍耐。這可是相當需要自制力的呢。害我忍得好累。」

「請問，會長呢……」

「我爸昨天傍晚回東京了。」

「咦，傍晚？傍晚他還在這裡呀？」

「他那個人就是靜不下來。大概是突然想到什麼事吧。身邊的人擔心他的身體，可是勸他他也不會聽。馬、馬、馬……腦子裡無時無刻都是馬，除了馬還是馬。他連片刻都不會休息的。」

哲也和克之不同，待人處事的態度也很隨便，初識的人會以為他是倚仗父親光環不知天高地厚的年輕人，但相處下去漸漸就不再這麼覺得，反而會發現在他天真無邪的背後，對人擁有沉著鑑別的眼光，處事擁有大膽明快的判斷力。他的隨便和無邪有些是刻意裝出來的，所以博正很怕哲也。博正說了昨天吉永達也給他的忠告，解釋自己是為了想道謝過來的。

「哦，昨天我稍微聽我爸說了。一切順利真是太好了。我爸也說，以後我們也得提防增矢。」

「蘇特沙克的孩子，已經決定要去增矢老師那裡了吧？」

那是前年冬天，久美子一個人跑來早來分場看歐拉西翁時，吉永達也說是當年聖艾斯特瑞拉最好的孩子，叫人帶來給她看的。博正沒有忘記當時吉永達也對久美子說的話——只要雙方都沒有閃失，這兩匹馬遲早會在同一場比賽中較勁——

「是啊。牠還在牠媽媽肚子裡的時候，關西一家大型珠寶店的社長就買下來了，不料買完人卻死了。於是王鞍光學的社長立刻接手。」

「那麼，就是王鞍牧場的馬了？」

「應該是。牠可厲害了！不過，我倒是比較喜歡歐拉西翁。明明是別家牧場養出來的馬啊。害我不知道要為誰加油了。」

哲也發出少年般的笑聲時，說的話常常都心口不一。博正有禮地告別後上了車。哲也來到外面，邊做體操邊說：「下次也到我們千歲那裡來玩！」

揮了揮手。回靜内的路上，博正幾度停車打公共電話。帶廣的藤川牧場上，除了藤川老人還有三名牧人，但電話一直沒人接。若藤川老人不肯出讓椰黃少婦，博正的計畫就無法進行。

正要駛過靜内的「輕種馬種馬場」前時，不經意往場内一看，只見藤川老人打開攜帶型的摺椅，坐在陽光下。博正緊急煞車、回轉，進了種馬場。下了車，叫聲：「老爹！」

跑到藤川老人身邊。

「我從早上就一直打電話找老爹。」

藤川老人眨眨眼，以沙啞的聲音說：「是嗎。我清晨四點就出門了，來看配種。」

「老爹的馬要配種？」

老人緩緩搖頭。

「不是，我們不配了，歇業啦。不過，配種的時期一到，總要來這裡一趟，否則就覺得活著沒啥意思。」

「椰黃少婦怎麼辦？」

「嗯，前天晚上生了。等孩子斷了奶，有四個人搶著要。去年我賣了二匹。今年也打算把椰黃少婦賣掉。」

「能不能賣給我？」

藤川老人雙手握緊枴杖，一雙混濁的小眼注視著博正，然後問：

「他們四個都出了好價錢。可是對我來說呢，錢什麼的都不重要了。小弟弟，你付得起多少？」

「我打算賣掉我們三匹繁殖用母馬來籌錢。」

「要是我把椰黃少婦賣給了小弟弟，你今年打算讓牠跟誰配？」

「聖艾斯特瑞拉。」

伸手摸著刻上無數縱向皺紋的人中，藤川老人錯愕地看著博正。然後，頭左右大幅搖動，一張臉笑歪了。

「真是不得了。你說的可不容易做到啊。不過，真的能配聖艾斯特瑞拉嗎？吉永牧場肯嗎？」

「不肯的話，我半夜潛進聖艾斯特瑞拉的馬房，裝在牛奶瓶裡帶回來。」

「要去幫馬『辦事』嗎？」

老人笑彎了腰。

「好，就賣給小弟弟。男人就要有這樣的志氣。椰黃少婦，賣給渡海家的小弟弟了！」

博正撒開腿就跑。身後響起藤川老人的聲音。

「你知道聖艾斯特瑞拉的配種費開價多少嗎？」

「不知道。」

「五百萬喔。」

「咦！」

博正停下腳步，轉身面向老人。老人招手要他過來。博正回到獨自坐在陽光下的藤川老人身邊。

「可是，就算付得起五百萬，吉永牧場也不會讓其他牧場的母馬配聖艾斯特拉的種的。上次太光牧場去拜託説他們願意出七百萬，結果被一口回絕了，説是一千萬也不行呢。」

「為什麼？」

「這已經是不成文的規定了，除了吉永牧場，誰也得不到聖艾斯特瑞拉的孩子。小弟弟很有志氣，但這個世界沒那麼容易啊。」

裡面好像開始配種了，木造的大配種所裡，傳出工作人員為馬吆喝打氣的聲音。

「聖艾斯特瑞拉是匹了不起的種馬，生下的孩子個個體魄强健，幾乎不會受傷。速度快，又有長力。脾氣呢，一到了賽馬場上，就好勝得不得了。沙地也好、草地也好、場地差也好，都難不到牠們。而且，四歲以後才會發揮真正的實力。我這輩子還沒見過這樣的種馬呢。」

「我還是要去問問看。」

「配種費怎麼辦？」

「要是他們肯答應，無論用什麼辦法我都會籌到錢。把房子、牧場都拿去抵押借錢。」

「要是沒受孕，渡海牧場會破產喔。」

然而，藤川老人這句話，博正聽不進去。他已經變成一團火球了。他駕車前往吉永牧場。路旁處處開著一種名叫雪球的又白又圓的花。他心中祈禱，一心一意地祈禱。向大地、水、綠意、大氣、生成天地萬物的偉大力量祈禱，但願吉永達也答應讓椰黃少婦配聖艾斯特拉的種。

抵達早來分場下了車，他的雙膝猛打顫，幾乎使不出力氣。口乾舌燥，心臟狂跳。博正打開了玻璃門，吉永哲也、克之兄弟和菊島一臉詫異地望著他。他開了門卻不進去，默默在那裡佇立良久。

「怎麼了？」

克之從椅子上站起來，朝他走來。

「你不是回靜內了嗎？」

哲也這麼說。哲也難得一臉正經，和克之一樣走到博正身邊。

「喂，你該不會是開車撞到人了吧？」

「能不能讓我們的馬和聖艾斯特瑞拉交配？」

哲也、克之和菊島面面相覷。克之的臉上漸漸露出笑容。

「配花影嗎？」

「不是的，是椰黃少婦。」

「椰黃少婦……那是藤川爺爺的寶貝啊？」

哲也有點傻眼地說。

「已經賣給我了。」

哲也怪叫一聲，回到椅子上，雙腳往桌上一放。

「嚇死我了。看你鐵青著臉，我還以為出了什麼事呢。別佇在那裡，進來吧。」

博正依他的話在椅子上坐下。哲也恢復了平常的表情，看看天花板，又看看弟弟克之，但終於說：「要五百萬呢。你別這麼亂來。」

「就是啊。你的心情我明白，但還是不能亂來。」

克之也這麼說，然後抓著頭，把昨天博正問他的、以及他針對那些問題發表的意見告訴了哲也。

「今天，藤川老爹答應把椰黃少婦讓給我。」

「所以你想跑到我們這裡來，想配聖艾斯特拉的種？你真是頭蠻牛啊。」

克之也接著哲也的話，開導博正。

「你要做出更周詳的計畫，一步步來。昨天我不是這麼說嗎？想想十年後、第二個十年後，在自己做得到的範圍內慢慢累積成果。」

「昨天晚上，我想了一整晚。椰黃少婦的系統我也全部調查過了。我確信，和聖艾斯特瑞拉配，百分之九十九會成功。」

「那匹馬的確是旋風系統底下數一數二的名母馬，這一點是錯不了的。」

哲也站起來，走到電話那裡。他本來要撥號，卻又作罷。

「我都能看到老爸破口大罵的樣子了。菊島先生，你來打。」

「我？會被罵得更慘啊。」

哲也瞄了博正一眼，以為難到極點的神情撥了電話。要接電話的人喊他父親來之後，伸出食指指著博正。

「我是為了讓渡海家的兒子死心才打電話的。因為他一副我不打就不走的樣子。」

菊島不時看看博正，臉上露出淡淡的笑容。不是輕蔑的笑，是一種帶著好意的笑。哲也的大嗓門，響徹了灑進陽光的辦公室。博正清楚感覺到自己的太陽穴到頸根的血管强烈的脈動。

「椰黃少婦啊，他說藤川爺爺讓給他了。」

哲也按住通話口，問博正：「我爸問，你跟藤川爺爺說想配聖艾斯特瑞拉了嗎？」

「說了。」

「他說了。」

然後哲也又按住通話口，問博正：「我爸問你藤川爺爺好不好。」

「精神不錯，可是腳已經不聽使喚了，今年要退休。還說要歇業了。」

哲也朝電話直接複述了博正的話。他掛了電話，嘆了一口大氣，坐回椅子上，雙手抓著沒有抹油的頭髮。然後看著克之和菊島。

「老爸說，讓他配……」

博正下意識地站起來，被椅子絆倒，跌坐在地上。

「老爸今天心情一定很好吧。」

哲也大動作否定了克之這句話。

「唯有聖艾斯特瑞拉的配種，老爸是絕對不會憑心情好壞來決定的。他說，戰時曾經受過藤川爺爺的照顧，這樣就能在爺爺還在世的時候報恩了。」

克之對還坐在地上的博正說：「我真不知道是該說太好了，還是該說這下不得了了……五百萬呢。」

博正站起來，向三人一再道謝。然後走出辦公室，上了車。哲也對準備離開早來分場的博正大聲說：「喂！你可別出車禍啊！慢慢開！」

博正只想早點向藤川老人報告。踩油門的腳在發抖，每次換檔，車子都熄火。回到靜內的輕種馬種馬場，尋找藤川老人的身影，卻到處都找不到。

傍晚，一聽到博正的話，千造氣得眉眼倒豎。

「你怎麼一句都沒跟我商量就自作主張！要賣掉三匹母馬，還得籌五百萬的配種費，這怎麼可能辦得到！別以為交代你辦幾件正事你就能自己拿主意。椰黃少婦是很難受孕的馬，要是沒受孕會怎麼樣？你想過嗎！你給我搞清楚！聖艾斯特瑞拉的孩子不是個個都會跑。你想搞垮我們渡海牧場嗎！」

「可是，聖艾斯特瑞拉和椰黃少婦的孩子，還沒出世就會有買家了。可以賣到五千萬。」

「這不但是賭，而且還是豪賭！」

千造走到廚房，打開水龍頭直接就口喝水。博正站在千造身後說：「爸當初配出花影的時候，不也是賭嗎？讓花影配弗拉迪米爾的時候，還不是被大家取笑。」

「事情都是有限度的。你實在太亂來了。」

千造亂吼一氣，在廚房和客廳之間來回不知多少次。然後也不擦乾被水打濕的嘴角，望著博正的眼睛。

「吉永會長真的答應要讓我們配聖艾斯特瑞拉？」

「嗯，真的是真的。」

「太光牧場和王鞍牧場，還有其他大牧場天天上門拜託，全都碰了釘子喔。你沒被騙嗎？」

「騙我也得不到半點好處啊。」

「這倒也是。」

千造「這倒也是、這倒也是」地重複了好幾遍，忽然大叫：「你馬上到廣瀨牧場去，把那三匹母馬賣掉。其中二匹肚子裡已經有孩子了，這一點你要大大強調。我這就到帶廣去見藤川老爹，談好椰黃少婦的價錢。」

父子同時奔出後門的時候，一輛運馬車沿著牧場的河堤駛來，下了通往渡海牧場的坡道，停在並肩而立的父子面前。副駕駛座上坐著戴著皮製獵帽的藤川老人。他由牧人扶著，花了很長的時間，才好不容易下了運馬車，對千造和博正說：「我可能今天就會死，所以把椰黃少婦帶來了。你們也順便幫我照顧小馬吧。」

「老爹……」

千造說不出話來，扶著藤川老人，猛眨眼。

「我可是大吃一驚啊。聖艾斯特瑞拉呢！小弟弟有志氣啊。」

「老爹，吉永先生答應讓我們配種了。」

博正的語調高了好幾度。

「他說戰時受到藤川老爹的照顧，這樣就能在老爹還在世時報恩了。」

藤川老人很開心，咧開沒有牙齒的嘴笑了。

「戰時大家都很苦啊。不是養軍馬，就是把牧場改來種菜，才勉强活下來。談不上什麼照顧啦，就是大家互相幫助啊。」

藤川老人對於戰時和吉永達也之間發生了什麼事絕口不提。千造他們請他進屋，好歹喝杯茶再走，但藤川老人看著椰黃少婦和牠的小馬進了馬房，便上了運馬車。然後從車窗問：「三匹母馬賣了多少啊？」

「現在正要去談。」

聽千造這麼回答，藤川老人便說：「給我你賣的價錢就好。這下我活著也有件事能指望了。在看到椰黃少爺和聖艾斯特瑞拉的孩子上賽馬場之前，我可不能死。」

說完，便離開了渡海牧場。

千造和博正一同到廣瀨牧場，經歷漫長的討價還價，結果以他們開價少五十萬的金額賣掉了三匹母馬。至於如何籌措那高達五百萬的破格配種費，到頭來還是只有拿房子和牧場抵押，向銀行融資了。

博正躺在被窩裡卻睡不著。昨晚他為了調查椰黃少婦的血統幾乎徹夜未眠，但現在卻亢奮得睡不著。他在睡衣上套了毛衣，穿上防水厚夾克，悄悄出了家門去了馬廄。摸摸花影的下巴，用自己的臉頰蹭了蹭椰黃少婦的鼻頭。在最後一間馬房裡的花子哼了幾聲。花子彎起了四肢側躺著。博正在牠旁邊趴下，雙手撐著下巴，想起久美子。好想再看看久美子抽泣的臉。然後，也好想再看看她完全展露本性的樣子，以及裙底的可愛風光。他把自己的嘴唇貼在花子嘴邊。鬍子刺了他滿臉。花子抖了一下，抬起頭來。馬廄的門發出開門聲。

「博正，你在哪裡？」

多繪悄聲問，往一間間馬房裡探。

「我在花子這裡。」

多繪在睡衣上穿著防寒大衣，在花子的馬房前彎下腰。

「我睡不著。」

博正摸著花子的雙眼之間說。

「你今天一天把好幾年份的精力都用掉了吧。」

多繪這麼說。

「媽，你一定很擔心吧？把房子和牧場都拿去抵押，要是又沒受孕，我們就一無所有了。」

結果多繪悄聲說：「媽媽有什麼好擔心的呢！女人可比男人堅强多了。」

然後從懷裡取出一個紙包，放在博正面前。

「別告訴你爸爸喔。這是媽媽的私房錢，有兩百三十萬。」

博正跳起來。

「可是，媽媽也知道，你爸爸自己也瞞著我藏私房錢。照媽媽的猜測，應該藏了一百五十萬左右吧。你爸爸一定會把這筆錢拿出來的。加起來將近四百萬。這樣你就可以安心睡覺了吧。」

多繪留下這幾句話，進屋去了。博正緊緊抱住花子的臉。花子大感厭煩似地轉了身，用鼻子推推博正的胸口。那動作意味著：你走開啦，我想睡了。

博正心頭浮現了吉永牧場機場分場那條一千五百公尺的直線跑道。然後隨即變成一條翡翠色的、無風無聲，也沒有盡頭的路。博正走上那條路。背負著不安與孤獨，仍強迫自己抬頭挺胸地走著。歐拉西翁從路的另一端像狗一樣搖著尾巴跑來。

1——由從未贏得比賽的未滿四歲賽馬所組成的比賽。

2——因配合國際標準更改馬齡計算方式，已於二〇〇一年更名為「函館二歲錦標賽」。

第七章　鎖環

一

在悄無聲息的社長室裡，和具平八郎支頤靠著辦公桌，已沉思一個多小時。除了歐拉西翁，他曾擁有過二十六匹純種馬。絶大多數的賽馬三歲的春天到秋天都是在牧場上度過。在「馴馬」的訓練中，馬要學習如何在自己背上乘載馬鞍與人。在育成所、有訓練課程的大牧場上訓練到一定的程度後，才會各自離開牧場。進入訓練中心後，開始在熱身馬場做騎乘運動，從快走開始，然後慢跑，再慢慢加長、加速，但在强力訓練之前，很多馬會傷到前腳後側的筋或韌帶，而無法成為賽馬。懷著無比期望買了價值不斐的馬可能在出道前骨折，而有時為了交情買來並不怎麼指望的低價馬反而會「盡孝」，連其他未能完成訓練出賽的馬的損失都一併加以彌補。

和具平八郎等員工幾乎都下班離開後，看了需要自己蓋章的幾十份文件，正一一蓋章時，突然，二十六匹馬的風姿在眼前靜止不動。於是他在感懷之中，將每一匹馬的名字草草寫在便條紙上。

寫著寫著，他將文件蓋章的工作完全拋在腦後，一心追憶著豐富了他的人生後離去的那些不會説話的動物。於是，他發現了一件事。那便是，馬與自己的人生的頻率有奇妙的相關。事業順利的時候，當時擁有的馬都沒有受傷，每一匹都很會跑。而當遇到困難、不得不後退時，馬不是身體不好，就是經常輸掉應該會贏的比賽。可是，感到不可思議也只是彈指間之事，和具平八郎很快便簡單視為「當下會與自己的人生結緣的事物，歸根究柢，便是經常走在同樣的命運上」，但不經意想起二十六匹馬的血統時，他有了意想不到的發現，因而陷入了漫長的思索。

年過五十後，他便會這樣分析自己這個人：自己多半是意志力堅强的人。但他的意志力若以賽馬來比喻，只能持續兩千公尺。無論負重多少，兩千公尺都能跑出一場漂亮的比賽。然而，如果終點延長，即便只是多了短短的五十公尺，自己的意志力便如扔進水中的方糖般，崩潰消溶。

所以，當他發現這一點之後，他便審慎計算自己即將執行的工作的終點柱究竟在前方多遠。當他有預感這項工作所需的意志力超出了自己的限界，要不就不出手，要不就是將目標縮小到限界内才動手去做。所以，幾年前當和具工業的ＩＣ零件接單率急劇上升時，董事們和年輕員工都不約而同地主張大躍進的時機到了，促請平八郎建設新工廠，但他猶豫再三，結果沒有採納他們的意見。

平八郎既然買了馬，自然也和一般人一樣有野心，希望自己的馬稱霸經典賽。日本賽馬界的大比賽幾乎都是長距離，只有櫻花賞是一千六百公尺、皐月賞是兩千公尺的編制，德比大賽是兩千四百公尺，菊花賞三千公尺，春季天皇賞更是長達三千兩百公尺。因此，平八郎也買過血統擅長跑長距離的馬。然而，父母都是擅長長距離的血統，生下來的馬卻極有可能在發揮這項能力之前便從賽馬場上消失。這是因為，新馬賽就不用說了，連未勝利賽也極少有超過兩千公尺的比賽。

因此，生產擅長短距離的馬較容易銷售，為了及早還本，愈來愈多育馬者便避免培育成馬之後才會成長的血統。然而，育馬者當中，也有人將長距離血統的馬與短距離血統的馬交配，努力培育出長短皆宜的馬。平八郎偏好購買這樣的配種生下來的馬。

過去平八郎認為，純種馬繼承於父母的，最重要的無非是牠們的意志。否則，距離性向不可能如此强烈地遺傳給小馬。有很長一段時期，平八郎對於每一匹純種馬竟然都有距離障礙這個事實感到非常不可思議。心肺的強大與否固然是遺傳，但距離恐怕是確然無疑的意志力遺傳。這幾年間，平八郎的這個猜測已轉為確信。而他懷著稱霸經典賽的夢想所買的馬，每一匹都無法贏得兩千公尺以上的比賽。明明父母都是長短距離皆擅長的馬，生出來的孩子一超過兩千公尺就後繼無力。覺得奇怪一查，這才發現原來母系的父親，或是父系的母親在長距離比賽中並未留下佳績。

平八郎不僅記得二十六匹馬的父母，連父系父親、母系父親，以及再上一代的父親的名字都記得一清二楚。在便條紙上列出二十六匹馬三代的系譜，他驚訝地發現所有的馬都繼承了父系或母系中其中一方所混的不擅長長距離的血統，將之與自己這個人的意志力限度聯想在一起，不禁感到心驚膽寒。他又有了另一個發現。每一匹馬的優缺點，都不是直接來自於父母，反而大多都是受到祖父或外祖父的影響。和具平八郎只覺不寒而慄。他的父親便是腎臟不好，長期為病所苦後過世的。

「馬是生物，人也是生物……是嗎。」

平八郎把原子筆往桌上一扔，喃喃這麼說。身體上的遺傳也是源自於精神上的遺傳——他在純種馬上的這番論點，原來可以直接套用在人身上。這麼說，所謂的精神意志，就不單單是心志，而是推動心臟律動的根源那不可思議的核心了。每一種生物，都是從這不為人知的核心衍生出來的。他的思考進行到這一步，卻無法再更進一步想下去。

「祖父和祖母嗎……」

平八郎在列出馬名的紙上畫了一個大大的叉，靠在椅背上。他知道，時候已經到了，他不得不做出明確決斷。但是，在那之前，他必須和誠見面談談。

他再次看了文件。韓國的訂單減少了，菲律賓和西德的訂單略增。他打內線電話給營業本部長。沒有人接。一看鐘，十點多了。接著，他打了總務部的內線。庶務課長接了。庶務課長立刻來到社長室，那張國字臉上籠罩著不安的陰影，關上了門。由於幾乎不曾被社長直接召見，才剛滿四十的這位岩崎庶務課長全身僵硬地望著平八郎。平八郎露出微笑，要他在沙發上坐下。

「你不覺得我們的經費有太多無謂的浪費嗎？」

岩崎似乎把平八郎這句話視為斥責，鐵青著臉問：「例如哪些地方？」

「例如，一根原子筆，一張影印紙都一樣。還能用的原子筆和鉛筆是不是隨手就扔進置紙簍了？有沒有假作談公事，打私人長途電話講個沒完？這些地方。我並不是要責備你，是找你商量。」

「是……」

「我要你負責從明天起，檢查有無浪費。外線的長途電話要降到零。影印機的使用，即使是一張，也必須填寫傳票取得各部門長官的同意。光是這樣，就能節省很多。你不這麼認為嗎？明天在會議上正式決定。雖然會增加瑣碎的工作，但你要助我一臂之力啊，岩崎。」

岩崎頓時變得能言善道起來。他表示自己平時也這麼認為，甚至例舉了平八郎沒有提到的辦公用品和廁所的電燈等例子。平八郎笑著點點頭。

「讓我們回到關西商法的基礎吧。天黑之後，寧願不開燈也不賺錢——和具工業接下來暫時要進入這樣的時代。同仁們也許會有種種抱怨，但就要靠你的努力來徹底執行了。」

「關於外線電話降到零這件事……」

「我知道。為了做到這一點，接線生必須緊急增加三人左右。這三人份的薪水，不到兩個月就能補得起來。這個也在明天的會議上決定。」

岩崎離開社長室的表情和進來時截然不同。他走了之後，平八郎忽然有如置身於北海道渡海牧場吹撫的春風中。把一顆腎臟給誠，然後和具工業託付給別人之後，我想在那片廣大的天地之中和馬兒一起生活。他這麼想。而且這個想法很強烈。他把還在祕書室工作的多田時夫叫來。

「明天十點起要開董事會議。結束之後，我要到醫院去看誠。」

「我想，您還是等配對檢查完成之後再見面是不是比較好。結果也可能是不適合的。」

「大概要幾天才知道結果？」

「醫生說，一星期到十天。而且……」

多田說到一半，支支吾吾的。平八郎邊收拾準備回家，邊問：「而且什麼？」

「據説現在正在研發極小型的高性能洗腎機。」

「那個什麼時候會完成？」

「不知道。但據説實用化指日可待。」

「誠能夠撐到那時候嗎？」

多田沉默不語。

「你希望檢查出來的結果是不適合吧。」

多田還沒開口，平八郎便以痛罵多田般的語氣說。

「我也是。」

他罵的是自己，但的確也對多田感到生氣。但卻不知怒氣從何而生。

「要見死不救的話就見死不救。不然就面對面告訴誠我是他父親，要把腎臟給他。就只有這兩條路。我的腎臟適不適合誠的身體，對我來說是其次。但我卻巴不得向神明祈禱我的腎臟不適合。如果是你，應該能明白這種心情吧。既然你都拒絕了那個拋棄你的母親主動說要出錢幫你蓋房子的提議，那你應該懂吧。」

多田和平八郎一起離開社長室，並肩走到電梯。

「我們現在正在找土地。」

多田低聲說。

「後來我再三寫信去拒絕，但上個月初，她寫信給內人。我們終於決定接受了。」
平八郎說不用送，但多田還是跟到一樓。多田翻開記事本，
「上上個星期三，歐拉西翁訓練終於計時了。呃，在B跑道的良馬場上，四化朗[1]起是六一・六—四六・四—十四・二。是順著馬的意思跑的狀況。上星期三的五化朗是七一・二—五七・〇—四二・三—十三・二。屬於加强訓練。而今天和上星期一樣是加强訓練，五化朗是七〇・二—五五・八—四一・一—十一・八。下星期要接受閘門測試，通過之後，再經過兩次加强訓練，準備在十一月的新馬賽出道。都還沒有讓牠盡全力跑，最後兩百公尺就跑出十一秒八，果然不是泛泛之輩。」
平八郎對警衛說聲「辛苦了」，探頭看多田的記事本，取笑他：「一個對馬完全沒興趣的人，竟然這麼熱心研究。」
「那匹馬是特別的。名字是我取的嘛。」
多田露出笑容這麼回答。他將原已收進胸前口袋的記事本取出來，對坐上車的平八郎補充說：
「疏仙（第三節掌骨骨膜炎）已經完全好了，球節也消腫了。現在是

四百九十公斤，但砂田馴馬師說，應該要在比賽前把體重減到四百七十到八十之間。」

「那個頑固的怪人砂田，每星期都特地來報告？」

「不，是社長千金每星期都到栗東訓練中心，再把成績告訴誠，然後誠再告訴我的。」

說到誠這個字的時候，多田的視線朝司機瞟。這對多田來說，是難得的粗心。但是，平八郎不以為意，問：「誠對歐拉西翁這麼期待啊？」

「是的，已經不止是期待而已了。」

八月上旬，久美子向平八郎坦誠已經將歐拉西翁給了誠。從吉永牧場出發前往札幌賽馬場途中，歐拉西翁在運馬車上大鬧，撞傷了後腳。所幸只是球節腫脹而已，但為了慎重起見重回吉永牧場。對賽馬了解不多的久美子吵著說，只不過是關節有點腫，為什麼要回牧場時，說溜了嘴。

「為了誠，我希望牠早點出賽。」

這時候平八郎才得知了原委。

「歐拉西翁出生已經過了兩年半了啊。」

多田這麼說，關上了車門。這意味著，平八郎得知誠的病情以來，也經過了相同的歲月。少多嘴——平八郎差點大吼，但他裝作沒聽到，對司機體恤地說：「拖得這麼晚，不好意思啊。」

多田是兜著圈子，話中有話。平八郎揣測不出多田的真意，心想，他不是反對我捐腎給誠嗎？可是，他卻拐彎抹角責備這兩年半都遲遲不接受配對檢查、也不見誠的我。為何不趕快做出結論呢？都已經過了兩年半了——他大概是想這麼說吧。平八郎想著這些時，車子停下來不動了。高速公路收費站前方停了一長串車子。

「有車禍。」

司機指著高速公路電子布告欄說。「交通事故壅塞中」的燈閃爍著。

「收費站就這麼多車了，可見得塞得相當嚴重。也許走下面的路會比較快。」

「就這麼辦吧。高速公路一上去就下不來了。」

司機回轉，朝阪神國道走。但是，四橋筋紅綠燈很多，車子一直走不遠。一天拖過一天，就這麼拖了兩年半。他這麼想，認為一方面也是因為公司面臨前所未有的危機。可是，他自己最清楚，這只不過是為自己辯護。

平八郎對於取出自己健康的一顆腎臟感到無比恐懼。只是，這份恐懼與對自己兒子的愛，不知為何並沒有在他心中的同一條線上對抗。父愛與恐懼沒有互相抵銷，而是個別獨立，在平八郎心中分別時而壯大，時而萎縮。平八郎感到不可思議，每每猜想是因為自己還沒見過誠的關係。而他也害怕，恐懼會被父愛抹殺。

車子終於進入阪神國道，來到歌島橋附近時，司機說：「怎麼辦呢？就距離而言會繞遠路，但走四十三號線比較省時。」

就算快，頂多也是十五分鐘吧。平八郎這麼想，便回答：「都可以。」

驀地裡，他想起了住在武庫川河畔一個大學時代的朋友。這個人每年寄來的賀年片和仲夏問候的名信片都不是印刷的，而是親筆工整寫上近況與一首自己作的詩。這位名叫野瀨一平的朋友今年的仲夏問候名信片上寫的詩句，讓平八郎印象深刻——兒遺茄一株，藤綠果紫已堪食，食畢夏未央。

雖是同窗，卻沒有特別親近。偶爾出席同學會，也沒見到野瀨一平的身影。從同窗會名冊上得知他在報社工作，但畢業以來一直沒有機會碰面。然而就平八郎的記憶，這十年來野瀨一平的季節問候從未間斷過。

去年年底難得出席了同學會，向過去的同窗們問起野瀨一平的音訊，但大家都搖頭，說是寄了同學會的邀請函，但連通知出席與否的回函都沒收到。不過其中一人聽說野瀨一平在武庫川大橋北側買了一間獨棟的房子。平八郎不明白為何野瀨獨獨寄賀年片和仲夏問候名信片給自己。他多少覺得有點詭異，也曾猜想他是不是想來借錢，但完全沒有這個跡象。

為了上四十三號線，司機切入左側車道，平八郎對他說：「可以到武庫川大橋嗎？」

「武庫川大橋嗎？」

「我想去一個地方。」

車子沒有在十字路口轉彎，而是直接筆直地在阪神國道上前進，這時候平八郎才匆匆看了表。十一點十五分。這實在不是登門拜訪的時間，所以他改變心意，決定今晚先找到野瀨家就好，日後再攜伴手禮來訪。

所謂的「兒遺」，只能解釋為野瀨的女兒或兒子，雖不知是何時，但早逝了。但是，其中有兩點平八郎放不下。一是「夏未央」這最後一句。他是七月下旬收到仲夏問候名信片的，當然是「夏未央」。但所謂的「夏」，恐怕不是季節，而是代表野瀨一平心中熊熊燃燒的什麼。野瀨失去了孩子，而這孩子在院子裡種的茄子結果了。他吃了這茄子，悲傷在心中熊熊燃燒。儘管秋去冬至，作父母的悲傷遺憾依舊沒有止息。平八郎自行作了這番解釋。還有一點就是，孩子留下的茄子。茄子並不是多年生植物。今年夏天結果的茄子，非今年種植不可。孩子種了茄子才死，那麼野瀨家現在應該還在守喪才對。平八郎心中一再重覆野瀨一平的那首俳句，沉思在這番揣想中。

「武庫川大橋到了。您說的北側，是在河的這一邊，還是要過橋？」

「過橋。我記得河這一邊是尼崎市，過了橋應該就是西宮市了。」

「是的。」

「住址是西宮市。你沿著河慢慢開。已經很晚了，只要找到地點就好。」

武庫川的河堤，比沿河而建的民宅更高一些。向北行駛了近一公里，卻沒找到掛著野瀨門牌的人家。車子追過一個看似趕著回家的上班族青年。平八郎下了車，向青年問路。

「下一個三叉路左轉的第二或第三家應該就是了。」

平八郎吩咐司機稍候，靠著路燈的燈光，查看門牌。是第三家。三十坪左右的建地上，一幢嶄新的二層樓房子幾乎緊貼著鄰家而立。一樓一片漆黑，二樓卻還亮著燈，照得小陽台上的盆栽微微發光。突然間，狗叫了。一頭尚未長成成犬的柴犬，放養在小庭院裡，從門縫伸出鼻子，大叫特叫。平八郎轉身時，二樓的窗戶開了。

「誰啊？」

一個應該是野瀨一平的聲音說。若就這樣離去，可能會被誤以為是小偷。平八郎這麼想，稍事猶豫後，回到門口。

「我是和具。」

「和具……和具，和具平八郎？」

「是的。碰巧來到這附近。」

野瀨一平喝住狗，從二樓下來，開了門。

「請進來。歡迎歡迎。別站在那裡。雖然是個寒蠢的小地方，請別客氣。」

「不了，一個大意沒注意時間就跑來了，本想找到地點就告辭的。」

平八郎說車子還在等，但野瀨卻一定要他進屋。甚至以「那就讓車子先回去，再叫計程車不就好了嗎」堅持相邀。平八郎不好意思峻拒，便回到車子那裡，對司機說：「看樣子會拖很晚，我再搭計程車回去。」

「幾十年不見了吧。看你精神不錯啊。」

被帶到一間小卻打掃得一塵不染的客廳，平八郎一落坐便看著銀髮、臉色紅潤的野瀨說。於是，野瀨露出他大學時代一微笑便變成大戽斗的笑容，回答：「我是十年沒看到你了。」

「十年？」

平八郎沒有印象。

「十年前啊，在一個意想不到的地方見到你。」

「哪裡？」

「比良山的健行步道。」

「十年前……比良山……」

「你去了吧？」

「去了。我一個人走進山裡。記得是秋末時節。」

野瀨從廚房拿來兩瓶啤酒，幫平八郎倒了酒。

「那是內人謝世的翌年，所以是十年前沒錯。我很喜歡爬山。那時候，帶著國二的女兒一起到比良山健行。我在偏離健行步道之外一個像是獸徑的地方鋪了塑膠布，和女兒吃便當的時候，遠遠的走來了一個和我年紀相當的人。雖然是遠看，但我立刻就想會不會是和具平八郎。可是，我們大學畢業之後從沒見過面，也可能是我認錯了。不過，你把脫下來的西裝外套披在肩上，領帶也拆下來塞進襯衫胸前的口袋裡，眼睛直盯著山路，從我們面前經過。你披在肩上的西裝外套內裡翻了出來，露出了和具這個名字，所以我確定是和具平八郎沒錯。本來想出聲叫你的，卻沒叫出口。」

「為什麼？」

野瀨也在自己的杯子裡倒了啤酒，卻一口也不喝，看著泡泡消失。然後又露出戽斗的柔和笑容，低聲說了起來。

「那時候，我很恨和具平八郎。我有一個弟弟，他開了一家做電機零件的小工廠，員工就夫妻兩個。是那種小小地方工廠，從清早忙到半夜，也只能勉强餵飽他夫妻和兩個孩子，只能接到外包的外包再外包出來的工作。我也勸過他，不如乾脆收了工廠找個工作。」

平八郎不用再聽下去，也猜得到他要說什麼。但平八郎仍默默繼續喝著野瀨為他倒的啤酒。

「有一天，我弟弟他們接到了客戶工廠的大訂單。那不是單次的工作，看來會是長期的。可是，我弟弟的工廠沒有人力吃下這麼大的訂單，也沒有設備。我弟弟認為這是千載難逢的機會，便拿了所有的東西去抵押，向銀行和高利貸借了錢。甚至還來找我借錢，我也借了。我弟弟拿了那筆錢買了新的機器，也添了人手。訂單持續了半年。客戶的工廠倒了，支票跳票。客戶的客戶也倒了。可是，他們只是換了老闆，依然繼續存在。是和具工業株式會社吸收了他們。不到兩星期，我弟弟夫婦就帶著兩個孩子開瓦斯自殺了。我這個無能的報社記者，一直都被派到地方的分社，當時是在京都分社。和我同期進公司的，大家都當上總社的編輯或升到部長了，我卻連總社都進不去。就連這樣一個無能的記者，也知道和具工業用的是什麼手法。」

野瀨吸了一口氣，繼續說下去。他一吃完便當，便匆匆沿著來時的山路準備折返。但忽然間，他想起了平八郎。平八郎走的路，並不是正規的健行步道。如果不是走到死路，就是會闖入峽谷深處迷失方向。野瀨認為走到死路的機率很大，便等候平八郎折返。然而，卻遲遲不見人影。他攤開地圖。看樣子，附近有一座小瀑布，獸徑就通往那個方向。

野瀨告訴女兒，剛才經過的那個人是爸爸大學時代的朋友，要是他迷路了可能會遇到危險，所以帶著女兒去追平八郎。瀑布的所在地，其實沒有地圖上看起來那麼遠。那是一個被岩石和雜樹林圍繞的深坑般的地方，美其名為瀑布，實際上僅有約四、五道自來水口的出水量落在坑底。和具平八郎便動也不動地站在坑的正中央。野瀨從褐色的樹葉之間，一直望著眼底的平八郎。

「一直到女兒問我『為什麼不叫他？』之前，我一直都俯瞰著你。我沒見過看起來這麼寂寞的人——我心裡這麼想。這一想，我就對本來一心哀憐的弟弟生起氣來。你就是太軟弱才會輸的不是嗎。明明是自己太軟弱，卻帶著老婆小孩一起尋死。一點也不可憐。是我弟弟太笨。所謂的事業，是既嚴苛又痛苦的。我這麼一想，便拋下了我對和具平八郎的恨。」

野瀨站起來，要去拿新的啤酒。平八郎制止了他，問：「你為什麼每年都寄名信片給我？」

野瀨沒有回答。他說他拋下了恨，但畢竟無法原諒我吧。就算你什麼都不知道，但這裡可是有一個絕不原諒你的人——賀年片和仲夏問候名信片，便是野瀨打的啞謎。平八郎心想。

「兒遺茄一株，藤綠果紫已堪食，食畢夏未央——你女兒死了嗎？」

野瀨在椅子上坐好，微微點頭。

「什麼時候的事？」

「今年七月。很快。查出是癌症才兩個月就死了。本來預定十月要結婚的。」

「既然如此，今年應該還在居喪不是嗎？但你卻寄了仲夏問候明信片給我。」

「内人體弱，無法生育。那孩子是我們收養了弟弟夫妻的小女兒。要是我沒說想要養女，那孩子國一的時候，就會和親生父母和哥哥姊姊一起死了。」

平八郎和野瀨互望著彼此的臉良久。

「在我和你其中一人從這個世上消失之前，我每年都會收到你附了一句俳句的明信片是嗎。」

平八郎站起來，壓抑著無以名狀的不快說。

「不了，今年的仲夏問候就是最後了。」

野瀨說要叫計程車，要平八郎稍候，但平八郎告辭了。然後沿著河堤的路，走向阪神國道。雖拋下了恨，卻不原諒。多麼可怕的居心啊。所謂的「夏未央」，指的就是這件事嗎。平八郎得知了賀年片和仲夏問候中堪稱偏執的意味，但對野瀨一平卻不感到憤怒。

說到十年前，正是和具工業急劇發展的時候。而且，若是連野瀨一平的弟弟一家苦苦守住的那種小工廠的死活都要關心，就無法擴展事業了。但是，在鬥爭的漩渦中奔走的平八郎心中，有時會驟然颳起冷風。十年前的秋末他之所以爬上比良山，正是因為颳起了比往常更强、更冷的風。

關西財界大老在琵琶湖畔的別墅過世，他前往吊唁。當晚本來是打算回家的。上完香，他被帶到故人生前為了賞月而建的浮御堂。浮御堂建在湖上。坐在擦得明亮如鏡的木地板上，望著湖光，平八郎真想投宿在哪家湖畔的日式旅館，好好泡上一陣子溫泉。正想起身時，後面傳來一個他熟悉的聲音。是與和具工業激烈競爭的公司的社長。他似乎不知道平八郎坐在浮御堂最前面。

「老先生大概是知道人死了錢帶不走，死前把辣手做生意賺的錢捐了一大筆給慈善事業，換到一個什麼獎章，可是那也只能留在人世帶不走了。」

「這種的就叫作偽善事業。」

另一個人附和。

「關西也有愈來愈多人繼承老先生的手法，不僅讓外包公司欲哭無淚，最後還整個據為己有。」

「是啊，那些人都會不得好死。你看看老先生那張臉。根本死不瞑目啊。活了九十三年，還從頭到腳充滿欲望。」

「『那個』都不管用了，錢又多得發霉，就只剩下對權力的欲望了吧。那個什麼獎章還不是一樣。」

於是另一個人說：「不過，要論輸贏，無論和具工業的手法有多惡毒，你的公司總是敗在他手下了。現在不管你說什麼，都是酸葡萄罷了。」

冷冷地丟下這句話，離席而去。我贏了？平八郎注視著不知是誰在抽的香菸在湖面上形成的閃爍紅點。依他的評估，雙方依舊不分勝負。原來對方的口袋這麼淺？

平八郎明知敵對公司的社長在，仍站起來，穿過人群，離開了浮御堂。平八郎輕輕點頭示意時，那名男子明顯著了慌，同樣點了頭。平八郎和司機一起在附近的日式旅館訂了房間。要打倒他只有現在。好，轉守為攻吧！平八郎正要打電話給董事，卻轉念一想，覺得那兩人的説詞很可疑。在財界人士齊聚前來上香的場所，不該輕易將那樣的內容説出口。他們會不會是明知道我在，故意説那番話給我聽的？——他開始這麼想。

平八郎喊來在另一個房間已經換上浴衣的司機，要他假裝忘了東西回到喪家，查看競爭公司的社長是什麼時候去上香的。看了接待處的簽名簿應該就能知道。司機一回到旅館便來報告了。

「那兩位的名字在社長的名字後數來第六和第七個。」

平八郎連要好好泡溫泉都忘了，不斷思索他們為何要演這齣戲。再不然，也可能是他們為了讓平八郎知道他們在演戲而演的戲中戲。他的公司已經處於絕境，才演了這齣定生死的戲。要讓和具平八郎看出他在演戲，反而對他提高警覺，藉此爭取時間。平八郎直到將近天亮才做出這個結論。

那個人也是拚命掙扎啊。他望著晚秋的湖面上陣陣漣漪因朝陽而閃著紅光，下定決心，要在今年之內將那家公司納入自己旗下。那一瞬間，平八郎看到自己面目猙獰地走在清冷蕭瑟的路上。他在浴衣外披上日式棉袍，到湖畔散步。比良山脈隱約可見。他想起大學時代曾兩度與朋友爬過比良山。紅葉幾已掉盡的比良山人應該很少。就到人煙稀少的山道上走走，卜卜卦，看我的人生究竟正朝哪裡走吧。他在這個衝動之下，一離開旅館上了車，便對司機說：「載我到比良山健行步道的入口。」

「健行步道嗎？大概在哪一帶？」

「健行步道很多。在山腳繞繞，應該就會看到了。我記得健行步道的入口會有上了白漆的標示。」

在健行步道入口，平八郎告訴司機不知會何時回來，叫他不必等。但是，司機一臉訝異地熄了火，說：「不，我在這裡等您。請您不要走錯路，務必要回到這裡。」

平八郎沿著健行步道上山。一如預期，只和兩、三組健行人士擦身而過。這條健行步道是由比良山南側通往山腰的大池塘，所以走不到一小時，便來到距離池塘還有兩公里的標示處。路幾乎以直角向左轉。但是，還有一條筆直的小路。他毫不猶豫地走進了步道外的獸徑。這條彎彎曲曲的小路，將他導向一座小小的瀑布，這裡便是終點。

一座隨時都會乾枯的瀑布四周只見岩石，也許是由於無法受到太陽直射，岩面上青苔密布，蕨類叢生。瀑布的水量雖小，但聲音經過岩石反射，十分響亮。在這裡會動的，只有瀑布和水，以及一條銀色的蛇。我的終點，終究就是這樣一個世界嗎？他的視線追隨著那條銀色的蛇，只見牠一會兒黑一會兒青，一會兒浮現條紋圖案，在岩石上爬行。纏上唯一一根下垂的藤蔓，緩緩攀緣而上，此時白色的蛇腹，不知為何對平八郎訴說起那個從未見過的兒子。京子真是個寂寞的女人。我那個叫作誠的兒子也是個寂寞的孩子。寂寞……好寂寞……平八郎沿著來時的步道走著，不斷如此低語。

在阪神國道上攔了計程車，回到家時已經快兩點了。只剩門燈和久美子房間的燈亮著。穿著罩袍的妻子美惠，一臉濕亮的晚霜直擦到雙下巴和脖子，對他說：「打電話到公司，說你十一點就走了，還在擔心你是不是出了車禍呢……好歹也先打個電話說一聲吧？」

「我去外面花心回來了。」

「喲，那還真開心。我要睡了。浴室的總開關我沒有關，你要記得關喔。你有時候會忘記。」

「一點都不吃醋啊？」

「我才不做讓自己吃虧的事。」

平八郎躺在客廳的長椅上，抽了菸。野瀨一平戽斗的微笑自眼前閃過。他想換換心情，便帶著威士忌酒瓶和酒杯，上樓到久美子房間。

「還沒睡吧？」

身穿睡衣的久美子開了門。

「可以在你這裡喝嗎？」

「就一個酒杯？」

「你也要喝？」

「我陪爸爸喝。」

「好。」

平八郎摘下領帶、脱掉西裝外套時，久美子端著托盤，拿來了她自己要用的酒杯和礦泉水。

「我也去看看歐拉西翁好了。砂田重兵衛不會讓三歲馬訓練到頂。他不是那種想盡辦法要贏新馬賽的人。他是邊比賽邊馴馬的。所以，砂田馬廄的馬常常連著三、四場比賽都沒跑進前幾名，有一天卻突然暴冷門拿第一。但是，對砂田來說，那根本不是什麼暴冷門。馬是依照他的藍圖訓練出來的，所以是理所當然。增矢的做法也一樣，但砂田和增矢不同的地方，就在於這麼做是為了馬，還是為了自己。」

「為了自己是怎麼說？」

「增矢畫的藍圖，是為了成為該年度的冠軍馴馬師。這就是為了自己。砂田的藍圖是為了培育馬而畫的。做法雖然相同，但目的不同。所以，就算歐拉西翁沒有贏得新馬賽，你也不必失望。」

「聖荷耶已經在函館贏得新馬賽，又贏了上星期的特別賽，都二連勝了。歐拉西翁是十一月才要出道吧？要是輸了新馬賽，就不能走經典賽路線[2]了。」

久美子不滿地說。

「聖荷耶？那是增矢馬廄的馬吧。」

久美子將威士忌兑水遞給平八郎，自己也調了一杯淡淡的威士忌兑水，然後說：「荷耶是西班牙文的寶石的意思。牠是聖艾斯特瑞拉和蘇克沙特的孩子。牠當歲的時候，我在吉永牧場上看過。」

「聖艾斯特瑞拉和蘇克沙特的兒子嗎？那價錢再怎麼低，也不會低於六千萬吧。」

「一億。」

「馬主是誰？」

「一個姓北村的女人。」

「那就是北村秋子了。出錢的是王鞍三千男。他自己明明有王鞍牧場養馬，卻用小老婆的名義另外買了好幾匹馬。」

「我覺得砂田先生的做法太慢了……」

平八郎想起一名年老的馴馬師。

「下次一起去栗東的時候，爸爸帶你去見一個很有意思的馴馬師。一直以來，為了要對增矢講道義，爸爸的馬全都進了增矢馬廄，但其實我一直很想把兩、三匹馬交給那位田內馴馬師訓練。」

「他是個什麼樣的馴馬師？」

「再怎麼樣都不會拿藤條打不願進閘門的馬的屁股。有個人把馬託給這個田內爺爺。那匹馬挺貴的，很有希望贏個兩、三場比賽。可是，出道賽在十二匹馬裡頭跑第十二。第二場比賽也是十匹裡跑第十。第三場十四匹裡跑第十四。」

久美子輕聲一笑，說：「專門墊底呀。」

「可是，第四場比賽在十四馬裡跑了第九。馬主氣壞了，跑到田內馬廄去罵人。老頭，你是老糊塗不會馴馬了嗎！——聽說他是準備這樣罵的。」

明明只喝了三口威士忌兑水，久美子的眼周卻都紅了。

「那個馬主還沒開口，田內爺爺就開心地笑著說：『太好了，太好了，本來一直吊車尾的，這次卻贏過一匹了，好棒啊，要好好誇獎牠。』然後把馬主帶到馬身邊，邊摸牠的鼻尖邊說：『要是覺得太苦，不跑也沒關係，不然受傷就太可憐了。你是好孩子，眼睛好漂亮啊』，然後一笑，假牙就掉下來了。」

久美子笑得花枝亂顫。

「本來氣昏了頭的馬主，很神奇的，心情漸漸轉變了。真的覺得田內爺爺說得對，本來一直吊車尾的，現在贏過一匹馬了。下次也許會贏二匹，再下次搞不好就贏四匹。一直這樣健健康康地跑下去，也許哪一天就會贏得冠軍。馬主這麼想，就開開心心地回家了。」

「那匹馬贏了嗎？」

「一直跑到六歲的秋天，贏了三場。」

說著說著，平八郎真想和這位只在馴馬師棚說過幾句話的田內老馴馬師，曬著太陽一起小酌。

「久美子。」

平八郎雙手握著空了的酒杯，注視著掛在牆上那張歐拉西翁出生兩週時的照片。

「我累了。我是一匹只能跑兩千公尺的馬。公司現在來到了艱難的時期。要挺過這個時期，得把終點再往後延五百公尺。可是，終點一延，我就會輸。」

「那，把終點縮短呢？」

他望著久美子。的確，只能延或是縮了。要縮，第一件事就是整頓人事。將一千兩百名員工縮編成九百人至一千人。他光是腦筋稍微一轉，就能舉出近八十名冗員。

「事業和賽馬不同。事業是沒有終點的。」

「是爸爸自己拿賽馬來比喻的啊。」

拋下了恨，卻沒有原諒——夏末央，是嗎。平八郎在內心低語。豈能認輸！他心中燃起了熊熊鬥志。豈能讓和具工業倒閉！我要再一次前往二十七年前那個寒冬細雨的賽馬場。我要再一次到比良山的瀑布前，注視蛇的去向。平八郎準備離開久美子的房間。

「已經高燒三天不退了。」

久美子這句話，讓平八郎轉身回頭。

「誰？」

平八郎明知故問。

「誠啊。所以，洗腎的時間只能縮短為平常的三分之一。爸爸，我覺得誠好像快不行了。爸爸，到底要怎麼做，請趕快做決定。」

平八郎還來不及開口，久美子便吐出之前絕對不會說的話。

「爸爸，把腎臟給誠吧。」

「可能不適合。」

「所以才希望爸爸趕快去檢查呀。爸爸兩年前就已經下定決心了吧？」

「現在情勢變了。我的公司變得像驚濤駭浪裡的一艘小船。我一倒，公司連一刻也撐不住。」

「我覺得不如趁賣得出去的時候，賣給想要和具工業的公司。爸爸不是累了嗎？」

「別說得那麼簡單。這不是你一個小丫頭該管的事。」

平八郎下了樓，本來已經走在通往寢室的走廊了，卻又再度回到關了燈的客廳，坐在長椅上。他很想見誠，抱緊他，告訴他，把我的一顆腎臟拿去用吧。然後，又祈禱他一直無法接受手術，就這樣離開人世。

二

一早開始的會議，到下午一點還沒結束。岩崎庶務課長甚至印了平八郎沒有吩咐的《節約手冊》發給各部長和董事。會議氣氛凝重。平八郎拿起近二十頁的草案——這恐怕是岩崎徹夜不眠趕出來，為配合會議時間，比誰都早到公司影印的——還沒看內容，便說：「辛苦了，謝謝。」

這是因為他認為，就算當中有幾項不可行，仍要對岩崎表示支持。平八郎並沒有要求他做手冊，但對岩崎這略嫌過度賣力、甚至可視為莽撞的手冊製作之勞，在詫異的同時，也心懷感謝。

「女職員拿小鋼珠一樣小的橡皮擦來，也要對她說，不行，還可以再用一天，退她的單子嗎？」

資材部部長斜斜望了岩崎一眼，向平八郎發問。除了平八郎和岩崎，以及同席的多田，每個人都笑了。平八郎堂而皇之地回答：「不，要說還可以再用兩天。」

「可是，要執行到這個地步，恐怕無法專心做原本的工作。」

營業本部長皺著眉頭，看著手冊說。

「辦不到的課長和部長，大可提出辭呈。這份手冊是一塊試金石，希望大家集思廣義，完成可實行的部分。」

各部長們離席之際，平八郎悄悄招手叫岩崎庶務課長，在他耳邊說道。

「你這個角色很不討喜，接下來可能會被上面的人欺負，你要忍耐。」

而岩崎說：「不管誰說什麼，我都絕對不會說這是社長命令的。」

說完，離開了會議室。平八郎重新坐正，對留下來的董事提出裁員的事。負責人事的董事强調這件事必須要有公會執行部的內部承諾。

「所以才需要你這個專家啊。」

衆人提完各方意見之後，決定下星期一再度召開董事會議，於是平八郎回到社長室。然後對多田說：「我要去見誠。」

「今天嗎？」

「對。我已經決定了，幫我備車。」

「昨天晚上，誠被移到個人病房，目前謝絕會客。若是得了肺炎，只怕會致命。我想，就算您到了醫院，醫師也不會讓您見他的。今天一早，誠的母親打電話來說的。」

平八郎望著多田。

「你昨天跟我說了歐拉西翁的訓練時間，而時間是你從誠那裡聽來的。這就表示，你昨天也去了醫院。誠四天前就發燒、昨天洗腎時間縮短的事，你為何瞞著我？」

多田欲言又止。

「叫車在大門等。我要過去。我好歹是親生父親，至少會讓我見個兩、三分鐘吧。」

多田吩咐備車，又無力地說：「我想醫生更不肯讓您見面了。因為現在不適合讓他心情太激動。」

多田又一次欲言又止。他難得出現有苦衷的神情，令平八郎大感不安。

「你有事瞞著我吧。是什麼事？」

「我想，就算見了面也無濟於事了……」

「情況這麼差了嗎？」

平八郎努力不讓臉上出現一絲半點安心之色，皺起眉頭。

「尿毒症很嚴重，而且又差點得肺炎。明明不能不洗腎，可是洗腎又很危險，所以進退兩難。目前正處於我們最怕的狀態。而且，這個狀態不是慢慢出現，而是這三、四天才突然來的。」

多田夾著菸想抽，火卻點不著，垂眼望著濾嘴。然後，低低冒出一句話。

「誠很想見父親。」

「什麼！」

平八郎握緊了開完會後仍一直捲著拿在手上的《節約手冊》。

「是誰告訴他的？」

「久美子小姐。」

「什麼時候？」

「歐拉西翁第一次訓練計時的那一天。一定是瞞不住了吧。後來整整一個星期，他都不肯跟他母親和久美子小姐說話。我是社長祕書的事他也知道了。上星期，我去醫院的時候，被問到『為什麼和具平八郎先生派自己的女兒和祕書來看我，他自己卻不來？如果他不在乎，也不必派久美子小姐和多田先生來不是嗎。』這類的話。我向他解釋，現在和具工業快倒了。」

「然後呢？」

平八郎雖然一點都不覺得餓，卻打電話到祕書室命人送兩份蕎麥涼麵來。

「星期天，我到醫院去了。也就是四天前，誠正好發起燒來。我有不祥的預感。因為他的腳底腫起來了。我父親在臨終前幾天，腳底也腫了。我說，歐拉西翁很快就要上場比賽了。然後誠就突然說，我想見爸爸。他沒說和具平八郎先生，而是很明確地說了爸爸。」

蕎麥涼麵送來了，但平八郎卻走出社長室，進了電梯。他向追過來的多田問了主治醫師的名字，說：「我一個人去。」

在前往醫院的車上，平八郎不時擦拭額上的汗水。為什麼誠會突然說想見我？是想當面唾棄我嗎？是想把腦子裡想得到的所有罵人的話全數發洩在我身上嗎？平八郎心想：好，要踢要打要啐，都隨你。

在櫃台出示名片，說了主治醫的名字。醫院的女職員以漠然的態度要他到候診室等候。

「我很急。」

平八郎的狠樣讓女職員板起臉，打電話到主治醫師的辦公室。

「請到八樓中野醫師的辦公室。」

但是，這位三十七、八歲的中野醫師，在平八郎等候電梯時便自行下樓，四處張望。平八郎看到他白衣胸前的名牌，走上前去。

「我是和具。」

「現在正要換到無菌室，您來得正好。」

中野醫師這麼說，然後在電梯裡說明了病情。希望能以透析力較弱的小型洗腎機撐過這個關卡。聽他有條有理地說完之後，平八郎問：「救得回來嗎？」

他的回答是：「希望可以。」

柔和的表情中，有著說不上是憤怒還是鬥志的光芒。平八郎覺得自己受到責怪，便說：「我一直猶豫不決……結果時間不等人。」

他當即對於自己怎麼會說出這種廢話感到羞愧。

「我也很猶豫。」

中野醫師露出淡淡的笑容這麼說。

「當我聽說誠的父親還在，而且血型相同的時候，不知道有多少次想打電話到您公司。可是，醫生沒有這個權力。」

中野醫師在誠的病房前小聲說「請控制在兩、三分鐘之內」，便快步走進了護理站。平八郎又擦了額上的汗。輕輕敲門之後，探頭進病房。一個號稱小型但也有五十公分立方的洗腎機正發出輕微聲響運作著。陪在一旁的京子抬起了憔悴的臉。平八郎望著誠發青水腫的臉，心裡想著和久美子好像，邊對京子說：「讓我們兩個人獨處一下。」

京子悄沒聲息地離開之後，平八郎注視著誠，一心想著該如何開口時……

「你是，我爸爸嗎？」

只聽誠以沙啞的聲音問。平八郎點頭的同時，誠說了這句話。

「請爸爸把腎臟給我。求求你，請把……腎臟給我。」

這句話並沒有成為誠的遺言。誠氣喘吁吁，話也說不清楚。平八郎閉上眼睛，深深低頭，一次又一次點頭。自己為什麼沒有在兩年半前就這麼做呢？平八郎擋不住淚水。他淌著淚，摸了誠的頭、眉毛、鼻子。也輕輕摩挲了唯一沒有水腫的瘦削胸口。盼望兒子在無法接受手術的狀況下氣絕的心情消失了。誠出乎意料的話，讓平八郎在瞬間成為與不幸的兒子血脈相連的，真正的父親。

在走廊上目送誠被送到無菌室，平八郎默默背對京子和中野醫生，回到等候他的車上。司機看了平八郎，問：「有哪位去世了嗎？」

平八郎沒有回答。他不想回公司，卻也不想回家。

「發車吧。去哪裡都可以。」

「不回公司也不回家嗎？」

「不回去。你開車就是了。」

「是……」

跑啊、跑啊……他在內心不斷無意義地低語，然後心想，我現在想去的，就只有那座渡海牧場吧。

「到大阪機場。」

平八郎對司機說。和具工業根本一點也不重要。有好幾家大型電機製造商想以合併的形式吸收和具工業。只要能保住一千兩百名員工的飯碗，我想退出業界，賣掉房子，在北海道從事生產純種馬的工作。說起來，這本來就是家由馬撐起來的流氓公司。誠向這樣一名父親哀求腎臟。儘管不想認我這個父親，卻只求我給他腎臟。他心裡一定很不甘願這麼做吧。其實他一定很想朝我臉上吐口水，痛罵我一頓。可是，誠無論如何都想活下去。當然啊，他才十七歲啊。

「國際線還是國內線呢？」

被司機這句話拉回現實時，車子已經開到機場旁了。

「國內線。你回公司之後，告訴多田我到靜內的渡海牧場去了。」

「靜內的渡海牧場是嗎。」

司機在車水馬龍的機場前停了車，一臉訝異地說：「祝您一路順風。」

平八郎在航空公司櫃台買了機票，看看表。再怎麼早，抵達渡海牧場的時間也會超過九點。他一路上一心只想著要去吹吹牧場冷冷的晚風，完全沒考慮到渡海一家會對平八郎的突然造訪大吃一驚。

開始登機了，他朝登機門走去。一個眼熟的男子正提著小波士頓包走在五、六步之前。是吉永牧場的會長，吉永達也。平八郎不想和任何人交談，所以放慢了腳步，但不經意回頭的吉永發現了平八郎，停下來。平八郎只好招呼說：「我們好像搭同一班飛機啊。」

「真難得。一個人旅行嗎？」

「吉永先生才是，難得看您沒有人同行。」

吉永達也走路時有點拖著右腳，平八郎因而問起原因。

「痛風啊。簡單說，就是吃太多了。我年輕的時候得過肺病，一直相信吃東西很重要，所以不管醫生怎麼說，就是忍不住會去吃。」

「沒有賽馬的日子吉永先生會來關西，是為了去栗東看賽前最後訓練嗎？」

吉永回答是啊，然後舉了幾個馴馬師的名字。

「這幾個人讓人放心不下，所以我時不時會到訓練中心來個突擊檢查。果然不出我所料，有一半的馬開始出問題了。今天我也讓他們把我的兩匹馬送回牧場。一匹右前腳發燙。另一匹飛節腫了。可是他們竟然還打算讓這兩匹馬上場練習。我臭罵了他們一頓。要是我沒去，恐怕兩匹都會報銷。我一看到飛節馬上就覺得有問題，只怕不是一般的腫脹，而是X光也拍不出來的小裂痕。」

一進候機室，吉永就在商店買了巧克力，坐在平八郎旁。他好像突然想起來，說：「對了，我也順便看了歐拉西翁。」

「哦。謝謝、謝謝，有勞會長了。小女非常熱衷，每星期都會去馬廄看，但我已經很久沒去訓練中心了。」

「那匹馬在三歲賽馬場上不會有什麼出色的表現。只要贏上一場就夠了吧。但從四歲的春天起就會很可怕。是匹深不可測的馬。砂田是懂得這一點的馴馬師，所以不論和具先生的千金怎麼催，多半都不會硬要馬兒上場。」

吉永別有意味地笑了。平八郎報以微笑，心中想著誠大概看不到歐拉西翁的處女賽了。誠一定很恨我，而且決不會原諒我吧。想到這裡，平八郎心裡出現了野瀨一平。才昨晚的事，但對此時的平八郎來說，彷彿是遙遠的過去。野瀨一平將意味著拋下怨恨但尚未原諒的字句寄給了我，但誠接下來一定會不斷對無血無淚的父親痛加責難。他幾乎是無意識地接過吉永給他的巧克力，放進嘴裡——你是，我爸爸嗎？請爸爸把腎臟給我。求求你，請把……腎臟給我——平八郎感到萬針攢心，只想在地上打滾呻吟。

「您工作會不會太忙了？」

吉永這麼說。

「是啊，是太忙了。突然想到北海道的牧場看看剛過了一個夏天的當歲馬。」

「聽說您已經不玩馬了？」

「歐拉西翁都給了小女了……」

「不如在我的牧場上渡個小假吧？我們有客用的小木屋。裡面廚房衛浴齊備，還有四個房間，任君使用。您打算去哪個牧場？」

「我想到歐拉西翁的出生地去看看。」

於是，吉永告訴他渡海千造的兒子得到了椰黃少婦，而且還提出了與聖艾斯特瑞拉配種的請求。

「吉永先生怎麼捨得讓聖艾斯特瑞拉和其他牧場的母馬配種啊，而且是那麼小的牧場……」

「椰黃少婦是帶廣一位藤川老先生的寶貝。我萬萬沒想到渡海牧場會得到椰黃少婦。戰時藤川老爹對我有恩。我不知道渡海家的兒子對馬做了多少研究，但聖艾斯特瑞拉配椰黃少婦很有意思。其實，我也很想要椰黃少婦。」

「受孕了嗎？」

「受孕了。」

一進機艙，吉永便請坐在平八郎旁邊的乘客和他換位子，繫上安全帶。

「很遺憾，受孕了。要是沒受孕，渡海千造很可能就得賣掉牧場。那我就能便宜買到椰黃少婦和花影了。」

吉永的語氣不完全是開玩笑。

氣流不穩，經過新潟上空之後，飛機搖晃得很厲害，這樣的狀況一直持續到北海道上空。這一路上吉永達也的話沒停過。而且，從他口裡吐出來的話除了馬沒有別的。在平八郎心中，誠的話語、觸摸過誠的臉和身體的感觸，不斷翻騰，但吉永生氣勃勃的談論，喚醒了退居平八郎心中一角許久的純種馬之美。就連以TATSUYA YOSHIDA享譽世界，在日本、美國和歐洲的賽馬界均享有一席之地的吉永，走在這條路上也累了。平八郎從他眉飛色舞的談話中感覺到一絲疲憊，想起了野瀨一平的話——所謂的事業，既嚴苛又痛苦。我這麼一想，便拋下了我對和具平八郎的恨——

平八郎對吉永說：「現在，除了吉永牧場以外的牧場都很苦吧。」

「我那裡也很苦啊。一不景氣，大家就捨不得花錢娛樂了。本來每年買六匹馬的客人，五、六年前就減少到三、兩匹了。這是全面的趨勢，所以現在每一家牧場應該都經營得很辛苦吧。就連和具先生都不碰馬了。」

平八郎苦笑，說：「不是的，我是因為有心想要清理一下身邊的一切。」

他深知吉永不是一個對他人私事追問不休的人。然而，吉永卻這樣問起。

「我記得和具先生的孩子就只有令千金一位？」

「……是的。」

「我有三個兒子。別人背地裡常說，吉永牧場也只到父親這一代了。等吉永達也一死，真不知道會變成什麼樣子。的確啦，培養繼承人實在不容易。」

「重點是別讓三個都成為毛澤東啊。要是一個當周恩來，另一個當廖承志就好了。但我的公司裡也很難找到這樣的人才。」

「原來如此。大家都想當毛澤東。」

吉永旁若無人地笑了，邊笑邊說：「所以您才想要清理一下身邊的事物啊。」

「當老闆的對員工喊話說多賺點、多省點，自己卻跑去買馬來玩，也說不過去吧。」

平八郎這麼回答。吉永忽然改變話題。

「歐拉西翁大概是要由奈良來騎了。」

「奈良？」

「對，奈良五郎啊。訓練歐拉西翁的時候，不是砂田馬廄的主力騎師，一定是由他師弟奈良來騎。他現在成了一個好騎師了。從那件意外以來，眼神都變了。」

「您是說米拉克博德意外死亡的那場比賽嗎？」

「死的不止是馬，騎師也死了。聽說奈良認為死去的寺尾是自己害死的。您也看了吧，去年的皐月賞。」

「我在電視上看到了。事情發生在一瞬間，看不出到底是怎麼一回事。」

「我也把錄影帶看了好幾遍。進了後方直線跑道之後，米拉克博德一直想往外側跑，可是寺尾卻硬是不肯。騎師應該知道的。就算是第一次騎的馬，至少也該懂得：啊啊，這傢伙討厭緊跟在別的馬之後。而且那時候，外側並沒有馬。米拉克博德是在接下來不久，後面的馬並列之後才出不去的。奈良一定不願意寺尾騎米拉克博德獲勝吧。」

飛機降落在千歲機場，平八郎與吉永來到了機場大廳。吉永牧場的員工已經前來接機了。吉永再次邀請平八郎到自己牧場上的小木屋小住，但平八郎鄭重婉拒，前往公共電話亭。他本來心不在焉地看著吉永上車，但很快便小跑著追上去。敲敲吉永的車窗，叫道：「您剛才說……」

吉永說天氣很冷，上車再說吧。平八郎沒帶大衣來，十月中旬的千歲的風，立刻讓他的胸口、膝蓋發冷。平八郎一上車，吉永便命員工去買娛樂報，讓他們兩人單獨留在車上。

「聽吉永先生的說法，莫非是奈良把米拉克博德最不喜歡的騎法，當作絕招教給了寺尾？」

「我認為一定是這樣。」

「可是，寺尾又不是外行人。在繞過第二彎道的時候，應該就會發現奈良為了不讓自己獲勝，教給自己的騎法是錯誤的吧？」

「應該發現了吧。但是，這就是人類有趣的地方，寺尾一定是算計到，要是他改變策略輸了，比照奈良教的騎法騎輸了，更說不過去吧。騎到外側也不保證能贏。要是輸了，就怪到奈良頭上。」

說到這裡，吉永笑了。

「這是猜的啦，純粹是我的直覺。」

「您說，奈良從此成了一個好騎手，他有什麼不同？」

「變得很放得開。說難聽點，他現在的騎法是根本不要命的騎法。」

「啊，不好意思，我有點好奇，反而耽擱了您的時間。」

平八郎道了謝，下了吉永的車，回到機場大廳。打電話給渡海千造，說現在想過去打擾，能不能讓他住上一晚。這一拜託，千造雖然吃驚，卻開心地說：

「今晚公會要開會，我會叫兒子代我去。我們會準備好魚，來吃火鍋吧！」

平八郎在機場的商店買了上好的白蘭地，又買了一件毛衣要送千造的兒子，然後才上了計程車。凡是有關賽馬的事，吉永達也的眼光想必不會錯。是嗎，歐拉西翁要由奈良五郎來騎啊。奈良一定做夢也沒想到會發生那麼大的事故，連寺尾都死了吧。是嗎，原來發生過這樣的事啊。平八郎想到，將沒有馬廄肯收的歪臉米拉克博德介紹給石本馬廄的是自己，又想到將由出事之後騎起馬來像是不要命的奈良來騎歐拉西翁，這兩件事加起來，讓他覺得彷彿身體每個地方都灌進了冷風。北海道南方的海面上搖曳著落日餘輝。

抵達靜內的渡海牧場時，已是晚間九點半。開門迎接的渡海千造轉告平八郎多田時夫打了好幾通電話，一臉擔心地問：「發生了什麼事嗎？」

「沒什麼，我把公司的事一丟就上了飛機，祕書很著急。」

「偶爾一次，有什麼關係呢。隨時都歡迎您跳上飛機來我們牧場玩。」

屋裡暖氣開得很足，甚至有點熱。向千造的妻子打了招呼，在對方相勸之下洗了澡。原野的風打在玻璃窗上，偶爾傳來遠遠的馬嘶鳴聲。千造和多繪在廚房的悄聲低語夾在其中傳進來。

「客用的浴衣和棉袍，夏天送洗以後不知道收到哪裡去了。可以用孩子的爸的嗎？」

「什麼叫不知道收到哪裡去了？我們家是有多大？」

平八郎泡在浴缸裡，大聲說道：「不用找浴衣和棉袍，請借我千造兄的長褲和毛衣。」

只聽頭上響起多繪上二樓的腳步聲。洗完澡，正在穿千造的衣服時，電話響了。是多田打來的。

「明天，請您務必搭頭一班飛機回來。已經安排好要陪西德的買家夫婦到京都觀光了。對方是夫婦一起來的，我們這邊不能只讓夫人作陪。」

「你就說我得了急病，無論如何都動不了。」

「請您搭頭一班飛機回來。」

多田不肯讓步。預定明天見面的西德人，是中堅商社的重要幹部，一旦與和具工業簽約，最少也是長達五年的大筆訂單。然而，平八郎卻覺得自己已經卸任了。內心再也沒有絲毫活力，又被幸運女神放逐。以麻將來說的話，便是下莊了。

「總之，我們會替社長訂好飛機。請您無論如何都要回來。」

然後多田壓低聲音，問道：「您見了誠，結果怎麼樣？」

「一看到我，他就說，爸爸請把腎臟給我。要是他吐我口水，我不知該有多輕鬆。」

「可是，工作就是工作。」

多田的語氣又嚴厲起來。

「不用你說我也知道。你少自己為是。和具工業的社長是誰啊？是我？還是你？」

「可是，社長，對方雖然幾乎已經確定要與我們簽約了，但在回扣方面還沒有達成共識。對方是代理商的採購，最重視的是回扣，商品的價格還是其次。關於這一點，他們不講交情公事公辦的程度是日本人的好幾倍。在這最後關頭，還是只能由社長直接與對方促膝長談，談出一個結果。對方要求再加百分之零點四，我們卻不想超出零點二。」

「這樣的話，就取中間值，零點三吧。」

「他們和日本人不同的地方，就是不會這樣決定。」

「明天我高興就會回去，不高興就不回去。」

平八郎不耐煩地掛了電話。

「工作、工作、工作……真討厭。」

平八郎不好意思地笑了，坐在熱滾滾的火鍋前，將買來的白蘭地放在餐桌上。為了改變氣氛，他對千造夫婦說：「我來幫你們介紹願意出六千萬、七千萬買聖艾斯特瑞拉和椰黃少婦的孩子的人。」

「您怎麼知道椰黃少婦的？」

「我和吉永達也剛好搭同一班飛機。我聽他說的。順利受孕真是太好了。」

千造與多繪對望一眼，微微一笑。

「世上的事總是無法盡如人意，為了得到椰黃少婦，我們賣掉了三匹繁殖用母馬。剩下的有一半沒受孕。再加上，現在有一匹快流產了。在這個時期流產的話，母馬也多半保不住。」

「這樣的話，明年出生的有幾匹？」

「順利出生的話，是四匹。」

「可是，有一匹不同凡響。」

不，不止一匹。不是還有花影嗎。想到這裡，平八郎問：「花影懷孕了吧？」

多繪為平八郎盛了雞肉鍋裡的香菇和白肉魚，千造在杯裡倒了日本酒。

「快流產的，就是花影。」

和兩、三年前相比，頭髮更稀、皺紋更深的千造幽幽吐出這句話。博正從後門回來了。博正端正跪坐，問候了平八郎，便又匆匆出去。

「昨天起，他就一直陪著花影寸步不離。」

多繪低聲這麼說。就算得到椰黃少婦，和聖艾斯特瑞拉配了種，要是失去花影，一加一減後，仍是莫大的損失。

「一些同行在肚子裡都笑我們活該。吉永先生答應讓我們配聖艾斯特瑞拉的事，一下子就傳出去了。公會的人不是說我們是不是去哪裡拉到一個大贊助商，就是說不知天高地厚賭這麼大一把，要是賠到脫褲子沒人會幫忙。弄得好像被所有的人孤立，卻又遇上花影這件事。」

平八郎站起來，從自己西裝內口袋取出記事本，翻出一名男子的電話。這個人在京都開和服店，出身於兵庫縣三田這個地方的農家。家裡留下來的山頭，因為中國公路的開通而變成一筆巨款。而他大約從四年前起開始買賽馬。他的馬運不佳，就算有人勸他收手，他也淡然說：「反正是天外飛來的橫財，我打算在我這一代就花光。」

他完全沒有看馬的眼光，認為只要貴大概就會跑，卻也不執著於馬的勝負，只要自己的馬出賽便十分開心。

「有一匹很好的小馬還沒出世，你要不要買？吉永達也無論如何都想買到這匹小馬呢。」

男子是頭一次接到和具平八郎的電話，因此沉默半晌，說：「和具先生竟會向我介紹馬，這是怎麼一回事？」

「一家叫作渡海牧場的牧場啊，老闆是個頑固的老頭，跑來跟我說這聖艾斯特瑞拉和椰黃少婦的孩子只賣給我。可是，我已經不買馬了。」

「吉永達也怎麼會去買別人家生的小馬？他不是只讓聖艾斯特瑞拉和自己的母馬交配嗎？」

「就是因為有無法拒絕的人情，才會答應配種，所以他很想把馬買回去。想買的話，現在是唯一的機會。」

平八郎心想把吉永的名字搬出來虛張聲勢應該不算罪過，便這麼說。一聽到吉永達也也想要，而且是聖艾斯特瑞拉的種，男子似乎相當心動。他說，請幫忙拜託牧場的老闆，在他去之前千萬不要賣給別人，便掛了電話。

「這個人一定會買的。請他付一千萬的訂金。其餘的，等小馬出生，知道是公是母的時候，就會提著現金趕過來了。他錢多得發霉，所以價錢儘量開。公的跟他要八千萬，母的四千萬。」

千造盛了酒的杯子停在半空中，傻眼道：「這價錢也未免太離譜了。」

「但社長先生果真是關西商人，賣起馬來也一樣。竟然連吉永達也想要這種謊話都出來了。」

「是不是謊話，不問問吉永先生怎麼知道呢。」

多繪走出家門，向馬廄跑。平八郎吃過飯，和千造喝過白蘭地，借了件防風外套便來到戶外。啊啊，就是這陣風。什麼也擋不住，帶著草香與馬糞味冷冷地要將人刺穿般迎面而來的風。平八郎倚著柵欄，仰望月亮。多繪與博正從馬廄走出來。多繪回進屋裡，博正則是來到平八郎近處，深深行了一禮。

「謝謝社長。」

「要道謝還太早了。等拿到人家的訂金再謝也不遲。」

「我爸爸一定滿腹牢騷吧？」

「不會啊，他一句牢騷都沒有呢。」

「我想，我是太得意忘形了。得到了椰黃少婦，又和聖艾斯特瑞拉配了種。覺得太好了，太妙了。一直興高采烈，把其他的馬都拋在腦後，所以才會遭天譴的。才一反省，花影就出了狀況……」

博正把自己心中要成為育馬家的夢想告訴了平八郎，然後接著說：「把椰黃少婦讓給我的藤川老爹昨天從帶廣過來，看了花影的狀況。藤川老爹說八成是沒救了。臨走的時候，藤川老爹跟我說：小弟弟，當一個人決定要做些什麼的時候，一定會發生阻礙他的壞事。我沒念過幾天書，只是個賣馬的，但這輩子活得夠久，也就明白了這一點。最神奇的是，壞事就是會衝著我們最弱的地方來，讓人無法向前走。可是，一樣神奇的是，當你咬緊牙根，立定決心，心想，可惡，我就是要成功，三災八難全都給我滾一邊去，壞事就會不知不覺消失得無影無蹤了。」

夜空中，雲朵被月光勾出了銀邊，緩緩飄動，彷彿與牧場上强勁的風毫無瓜葛一般。

「我代替我爸爸出席公會，被大家說什麼花影快死了喔，整個夏天都讓小馬夜間放牧，你以為你家是吉永牧場啊，左一句挖苦，右一句揶揄，我心裡暗想，你們這些人給我等著瞧，我一定要讓你們看看我的厲害。就算花影死了，我一定會再找到好的母馬的。既然我都下了決心，就一定要做到。我是真心這麼想的。結果一回來，社長就為我們介紹了買家。藤川老爹說都是真的。原來神奇的事真的會發生——我心裡是這麼想的。」

博正的聲音悶悶的。在黑夜中看不見他的臉，但平八郎從他眼睛的位置不時浮現微光，知道博正在哭。

「就算我不介紹，椰黃少婦的孩子遲早也會高價賣出的。」

「不，在我們這種窮牧場出生的小馬，無論是什麼樣的馬，都會一直被砍價砍到底的。」

博正再次道謝，準備回到馬廄。平八郎問起花影的狀況。

「我從公會回來一看，就死了。」

平八郎朝西貝查利河畔走去。千造與多繪的聲音隨風而至。他們一家人接下來要忙著埋葬花影吧。平八郎邊想邊看著映在西貝查利河上的月亮。

明明是為了吹吹牧場上的風而來到渡海牧場的，平八郎卻因風聲太吵而數度自睡夢中醒來。直到旭日東昇時風才止住。平八郎想向歐拉西翁的母親花影道別，便悄悄起身換好衣服。這時候，樓下電話響了。平八郎整個人身體動彈不得，視線直盯著放在枕畔的水瓶無法稍移。多繪跑上樓，悄悄打開拉門。她似乎以為平八郎一定還沒睡醒。

「是多田打來的嗎？」

「是的，說是有急事。」

用不著聽多田說，平八郎就知道是什麼事了。

「誠走了。在清晨五點二十分時。」

平八郎看看鐘。指針指著六點十分。

「是嗎。」

他只應了這句話，便來到屋外。雙腿自然而然朝馬廄走。多繪一手拿著防風外套追過來，說：「社長，多田先生要我轉告您，他訂好飛機了。」

接著，遞給他一張草草抄了班機號碼和起飛時間的紙條。當歲的馬兒已經在牧場上四處奔跑，倒地打滾。朝陽爬進馬廄，正中央是花影的馬房，厚厚的灰色塑膠布蓋著屍體。大隻蒼蠅停在露出來的馬尾上。平八郎掀開塑膠布，撫摸花影的鼻頭。野瀨一平寫了「兒遺茄一株，藤綠果紫已堪食，食畢夏未央」的詩句，而我的孩子留下了什麼？平八郎心想，我將會不斷痛恨自己、永遠不原諒自己。看著花影那雙死不瞑目的眼睛，他發覺：對了，誠留下了兩件遺物。一個是花影的孩子歐拉西翁，另一個，是本應從自己體內取出的腎臟。平八郎的思緒飛到遠方，此刻的自己正跪在一個不同於比良山瀑布的深淵旁。

歐拉西翁將由奈良五郎騎乘。誠向我哀求：請爸爸把腎臟給我。野瀨一平收養了自殺的弟弟的女兒為養女，而今年白髮人送黑髮人。岩崎庶務課長熬夜製作了《節約手冊》。種種互不相關的事情混為一體，在平八郎的心頭打轉。

馬廄的門開了，穿著長靴的博正帶著菊花走過來。

「八點時，運馬車會來。」

平八郎將塑膠布重新蓋好，默默走出馬廄。他看了多繪遞給他的紙條。預定的班機現在應該還趕得上。

「前來阻擋的壞事會衝著自己最脆弱的部分來，是嗎。」

平八郎邊走邊這麼說。今天我必須為了衆多員工與德國採購簽約——他告訴自己。

「看樣子我還是只能回去了。可以幫忙叫計程車嗎？」

他對千造這麼說，千造回答：「我開車送社長過去。」

然後，匆匆牽來一匹腹部隆起的母馬。

「我記得這匹馬還在跑的時候。牠是匹令人難忘的白鬃栗毛馬。」

「這就是椰黃少婦。」

「是的。」

「很好勝。」

「是啊。」

「也不怕狀況不好的馬場，四條腿結實耐跑。」

「對對對。您記得真清楚。」

「我以為我的馬贏定了的時候，這匹馬沿著內側柵欄竄出來搶走了冠軍。

我一直耿耿於懷啊。」

平八郎撫摸椰黃少婦的下巴，微笑道：「你是匹讓人記恨的馬喔！」

然後進屋洗了臉，換上西裝。

「鬍子等我到了大阪機場再刮。」

他坐著千造開的車，離開了渡海牧場。

「就快了呢。」

千造說。

「什麼快了？」

「歐拉西翁出道啊。我們已經準備好，那一天要和博正、內人到京都賽馬場去。上次，和小姐通電話的時候，我還向小姐話大話，說：請不要拿歐拉西翁和那些為了湊數才生產的馬相提並論。」

千造在紅燈停下來，眼神望向遠方某處，以難得興奮急促口吻，說道：「我一直認為，無法適應長途運輸的賽馬，在日本是絕對無法成為名馬的。弗拉迪米爾雖然是匹精力和速度兼具的大型種馬，但神經略嫌纖細。要是這方面的遺傳多了些，就會生出在運馬車中太過亢奮而耗盡力氣無法比賽的馬。但是，花影前三代的父親，雖然是法國馬，卻遠征英國德比獲得勝利。這匹馬也是弗拉迪米爾前兩代的父親。」

「你說的是『蒙帕納斯』吧。」

「是的。可是，弗拉迪米爾卻沒有遺傳到蒙帕納斯的神經。這方面倒是由花影繼承了。歐拉西翁出生時像極了弗拉迪米爾，但隨著牠漸漸成長，體形變得和蒙帕納斯一模一樣。」

「可是，歐拉西翁是晚熟的馬，新馬賽恐怕贏不了吧。」

「不，牠一定會贏的。畢竟，是要由不要命的奈良來騎牠啊。」

平八郎望著前方說：「光靠不要命，是駕馭不了馬的。」

「哪裡的話，奈良如今已經是一流高手了。」

「不要命的一流高手嗎。真不知道奈良是受了什麼刺激，才變成這樣一個騎師的啊。」

也許，千造對於奈良身為騎師的轉變，有另一番不同於吉永的解釋。平八郎這麼想，所以才特意不著痕跡地問。

「就是從他害死米拉克博德和寺尾以後啊。」

平八郎朝千造的側臉瞄了一眼。連千造都這麼說了，可見得奈良身邊的人一定說得更露骨、更不留情吧。平八郎揣測著奈良五郎的內心，念咒般不斷低喃著誠對親生父親說的最初也是最後一句話。

1 ——化朗（furlong）為英制距離單位，一化朗約為二〇一．一六八公尺，八化朗為一哩。因英國已於一九八五年改制，目前化朗已非正式單位，只有賽馬界還延用。日本為了方便記算，將一化朗視為兩百公尺。

2 ——日本賽馬的經典賽因循英國傳統，規定只有三歲馬才能參加，因此每一場經典賽一匹馬一生只能參加一次。日本的經典賽計有：皐月賞、櫻花賞（限母馬）、優駿牝馬（即日本橡樹大賽，限母馬）、日本優駿（即德比大賽）、菊花賞。文中的經典路線，便是指三歲公馬爭取皐月、德比、菊花三大賞的冠軍，若得到此三項經典賽冠軍，便是「三冠王」。

第八章　冬之鳥

一度展現突圍之勢後，歐拉西翁在馬群中跑過終點柱。久美子注視著牠的尾巴和後腿，雙手輕輕按住心口。久美子連歐拉西翁跑第幾都看不出來。只剩下沒有奪得冠軍的失落，讓她悄然佇立在馬主看台的最前排。

「大概是第五或第六吧。出道賽，而且是十六匹馬上場的新馬賽。表現已經很好了不是嗎。」

即使平八郎拍拍她的肩，久美子還是不發一語，一直望著在對面正中央停下來脖子大幅度上下擺動的歐拉西翁，以及騎在牠背上的奈良騎師。

「現在體重還多了十公斤。下次會贏的。」

「我還以為我會死。我頭一次心臟跳得這麼厲害。」

久美子終於開口了，聲音比平常高了好幾度。平八郎微微一笑，對不遠處仍拿著雙筒望遠鏡觀察的渡海博正說：「奈良讓一匹三歲馬在出道賽中跑了一場可怕的比賽。」

博正點點頭，仍以雙筒望遠鏡追隨著從草地跑道回來的歐拉西翁，一邊說：「可是，整場比賽從頭到尾，耳朵都沒有倒，脖子也放鬆有彈性，延展得很好。一點都不怕其他的馬。下次無論發生什麼事，都不會輸的。」

說完，伸手去摸不太習慣的領帶的領帶結。電子布告欄亮起了一至五名的號碼。歐拉西翁是第五，與冠軍相差約三個馬身。

「第五名獎金四十六萬圓，再加上特別出賽津貼十六萬。自己花用的自己都賺回來了，真是好馬兒。」

平八郎又拍了一次久美子的肩，說這裡好冷，我們去喝咖啡吧，但久美子不肯走，他便苦笑了一下，自己走向餐廳。久美子迎著第四彎道吹來的強風，坐在椅子上。博正也坐下來，不時偷窺久美子的樣子，然後說：「休息一星期，最後一場新馬賽，一千六百公尺的草地外環賽，應該會再上場。砂田老師打從一開始就是這樣計畫的。我會再來看。」

「我不要再來了。現在心還一直跳。要是沒有明確的輸贏，要用照片判定的話，我一定會心臟痲痺死掉的。」

「馬會像馬主。久美子說這種膽小的話，歐拉西翁也會變成膽小的馬喔。」

風，將京都賽馬場正中央的大池塘吹出了白色的波紋，十幾隻天鵝在岸邊挨在一起。誠雖然不在人世了，但歐拉西翁的所有人是誠。一這麼想，久美子便發現她對誠這個人幾乎一無所知。就連他的個性如何，久美子也沒有確實掌握。儘管在床榻旁交談，但說的都是歐拉西翁相關的話題，和誠喜歡的偶像歌手在週刊上的報導。大約從去世的半年前起，誠就開始說想看看活生生的歐拉西翁，一次就好，想跨坐在牠背上。不僅如此，還正色說死了也沒關係，想盡情大喝冰水，吃一肚子茶泡飯配滷款冬。

馬會像馬主——博正這句話讓久美子感到深受責備，厭惡起世上的一切。

「我今天就得回去，所以……」

博正站起來。他行了一禮，正要走的時候，雖然猶豫片刻，還是說：「我爸爸兩星期前住院了。他眼睛變黃，瘦了好多，所以我們硬把他帶到醫院去。醫生本來說是肝炎，可是五天前，醫生把我一個人叫過去。」

久美子終於抬起頭來看博正。

「是癌症。肝臟長了兩個腫瘤，已經沒辦法動手術了……」

久美子遲疑著不知該說什麼才好，站起來和博正並肩走出馬主看台。進了有暖氣的馬主休息室。

「所以博正才會一個人來看歐拉西翁的處女賽啊。」

「我還沒告訴我媽。醫生說，頂多只能撐到明年夏天。因為實在太突然了，很難相信這是真的。」

博正在餐廳向正在與相識馬主喝咖啡的平八郎打過招呼，消失在電梯裡。由於是星期六上午，加上參加主要比賽的馬不多，因此馬主休息室的人比平常來得少。

「好一位漂亮的千金啊。你一定想把她永遠留在身邊吧。」

「哪裡，野丫頭一個。我巴不得趕快送她出門呢，趁著她還沒有招惹到什麼壞東西的時候。」

「我四個全都是兒子。其中，年紀不小了還一直單身的老二今年春天總算討了媳婦，這才全部都定了下來。和具先生除了千金還有孩子嗎？」

「就她一個了。」

「哦，那得好好找個女婿入贅啊。」

「要是有好對象，請務必幫我們介紹。」

「憑和具千金這樣的人才，不必找大家就擠破頭了。」

「但願如此啊。」

久美子一臉若無其事地豎起耳朵，聽著平八郎與一個看來年過七十的高雅男子這番談話，心裡好奇和具工業目前的狀況。誠死後，平八郎便埋頭工作，絕口不提誠。回家時間從沒早過晚上十一點，臉色也略顯憔悴。今天也一樣，看完歐拉西翁的比賽之後要先回公司，傍晚要招待銀行方面的人上料亭。

男子向平八郎與久美子殷殷致意後，到馬主看台去了，久美子便移到父親面前的位子，然後問起公司的現況。

「就像今天的歐拉西翁。一路艱辛，苦是苦，但耳朵沒有倒。」

平八郎的笑臉，反而讓久美子察覺到狀況比自己想像的糟。平八郎看看表，又頻頻看電梯門。有些找藉口般說：「艱辛困苦，又不是現在才開始的。事業這種事，每家公司二十四小時都是這樣的。」

因為平八郎補了這句話，久美子忍住了沒有進一步追問。比賽的亢奮平息了幾分，心臟的狂跳也和緩下來後，久美子心中又興起了對歐拉西翁下一場比賽的期待。

「爸爸，奈良先生為什麼故意讓歐拉西翁被困在馬群裡，讓牠想出來也出不來，直到直線才讓牠跑？」

對於久美子這個問題，平八郎答道：「看來是一開始就打算採取斯巴達教育，但我想更多的應該是想測試歐拉西翁的膽量吧。」

「測試……？」

「砂田重兵衛並沒有讓歐拉西翁贏個一、兩場，之後能賺多少就算多少的意思。他的目標是德比大賽。砂田馬廄大概已經有四、五年沒有這麼值得期待的三歲馬了。但是，不實際上場比賽，沒辦法知道馬的本性如何。像是不在狀況好的馬場就無法發揮實力啦，害怕其他的馬啦，或是只有在沒有坡道的平坦跑道才能跑出好成績啦，換句話說，有障礙的馬是無法成為一流賽馬的。砂田馴馬師是邊訓練邊和馬溝通，很擅長為馬兒選擇適合牠的比賽，但訓練的時候會徹底加以訓練。他一貫的理論是，如果因為訓練而毀了一匹馬，那也只能認了。砂田重兵衛真的要訓練歐拉西翁，應該是等牠四歲以後。今天的比賽，砂田應該很有自信。」

「明天聖荷耶就要上場了。要是贏了，就是無傷的四連勝。歐拉西翁卻連一場比賽都還沒贏過。」

久美子不滿地低聲說完，平八郎便不懷好意地笑道：「培養出聖荷耶的吉永達也，一定很後悔把馬賣給王鞍三千男吧。如果是吉永達也，一定會痛罵要讓聖荷耶明天上場比賽的增矢馴馬師。都已經連贏三場，拿到最重要的德比出賽權了，沒有必要再讓聖荷耶上場比賽。這麼做，就證明了王鞍三千男是個腦袋裡只有賺錢的馬主，而增矢馴馬師也為了爭今年的冠軍馴馬師殺紅了眼。這種安排方式，事後一定會對馬造成不良影響。如果我是聖荷耶的馬主，我會讓馬休息，年底的三歲錦標賽和一月的新山紀念賽都不出賽。」

已經贏了三場的聖荷耶自然可以休息，但今天出道賽以第五敗陣的歐拉西翁呢？久美子很擔心，提出這一點來問平八郎。

「最重要的就是先贏一場。但是，歐拉西翁只要不出問題，再比個兩、三場一定會贏。這麼一來，便能依照休兩星期比一場的賽程，拿下四百萬以下的特別賽。重賞賽，等明年三月的每日盃再開始也不遲。無論輸贏，先參加一場公開賽，再進軍東京。先皋月賞，再NHK，然後就是德比啦。」

說完，平八郎略紅了臉，笑道：「稍微了解馬的人聽到一定會嗤之以鼻的。馬是不會照人的計畫來跑的。接下來什麼事都可能會發生。有時候是馬的成長不如預期，有時候是身體出狀況。訓練中骨折這種事，更是家常便飯。」

低聲這樣說完，伸手指朝久美子的鼻頭一按。久美子想起花影生下歐拉西翁的那一晚，一雙沒有聚焦的眼睛望向平八郎的領帶夾。花影死了，誠也死了。渡海千造也命不久長……她忽然想找人出氣，但想想身邊完全沒有這樣的對象，塗了薄薄指甲油的指甲煩躁地搓著大姆指的指腹。然後，她把博正說的渡海千造的病情告訴了平八郎。平八郎皺起眉頭，只低低說了一聲：「是嗎。」

迎接的人來了，平八郎站起來約久美子。

「搭爸爸的車到公司吧。」

久美子本來也是這麼打算的，便一道進了電梯，但忽然想起多田時夫，便問：「多田先生今天放假嗎？」

「偶爾也得讓他休息啊。一直要他陪我，星期六日都沒得休息。現在他為了蓋房子要找地，全都是他老婆一個人到處跑到處看，所以他老婆心情很差。」

走到前往馬主停車場的路上，久美子想到一個可以出氣的對象了。就是博正。博正應該是搭京阪電車到京橋，換乘國鐵到大阪車站，再搭巴士到機場吧。這樣至少也要兩個鐘頭。

「我要先去朋友家再回家。」

久美子大喊，跑到賽馬場的正面大門。那裡停了好幾輛計程車，但都是白牌的違規營業車。

「到大阪機場。」

一說完，便被司機要求要照表加五成。每輛計程車都會這樣敲竹槓，所以久美子答應了，拜託司機：「可是，請幫我趕一趕。我快趕不上飛機了。」

快到機場的時候，因為那輛計程車橫衝直撞的開法，讓久美子陷入許久沒有過的暈車狀態，她忍著不吐出來，拿手帕按住嘴。於是，叼著菸的司機便透過照後鏡看了看久美子，對她說：「要不要我照顧你一下啊？這附近可以休息的飯店很多。」

「不用了，我是害喜。」

司機哼了一聲，嫌國內線前面人車太多，便停在國際線的邊緣。久美子不敢抱怨，又更想吐了，所以直接逃也似地下了計程車，靠在公車站牌停留了好一陣子。

只要一通電話，肯飛車到賽馬場接她的異性朋友多的是。而且久美子也能輕而易舉地將這些富二代玩弄於鼓掌之間，驕縱任性，拿他們出氣。可是，久美子這莫名的空虛和鬱悶，若發洩在外表時髦但內在草包的異性朋友身上，反而可能適得其反，讓事情朝意料之外的方向發展。極有可能演變成她絕非完全不感興趣的玩火遊戲。久美子在轉瞬之間便想到博正，其實是出自於她本身暗藏的渴望，但她還沒有發現。

覺得稍微舒服一點了，久美子便小跑著到國內線登機手續櫃台。她不知道博正買的是哪家航空公司的票，但她坐在出入口附近的椅子上，視線朝各個擁擠的櫃台掃射。也許自己猜錯了，博正是搭計程車到機場，尤其是被告知父親罹患癌症，博正的心情想必起伏不定，很想早點回靜內吧。久美子這麼認為，但這時候她頓時想到：博正一定比我更想找人出氣。

花影的死，對博正而言該是一件多麼遺憾、多麼悲傷的事呢。再加上才剛被宣告父親千造的壽命頂多只到明年夏天。久美子也從平八郎那裡聽說了渡海牧場的經濟狀況。綜合了這些因素之後，她又想起博正從檢閱台就一直全神凝視歐拉西翁出道賽的冷靜——全程都耳朵都沒有倒，脖子也放鬆有彈性，延展得很好。一點都不怕其他的馬。下次無論發生什麼事，都不會輸的——他說得冷靜沉著，充滿鬥志。久美子心中浮現了栩栩如生的光景，彷彿吹起了令人懷念的風，周身都是乾草香。

渡海千造一時糊塗上了增矢馴馬師的當，明明已收取了砂田重兵衛的訂金，卻將歐拉西翁賣給了平八郎，而今年春天的一個傍晚，為了了解狀況，平八郎帶著久美子同赴渡海牧場。那次，博正讓我騎上一匹名叫花子的老母馬，帶我到西貝查利河畔。我一面在意自己沒有女孩子家應該有的樣子，一面聽博正說起他的夢想。撩起裙子跨在馬背上的我，那時候才真正體會到冷風的威力。博正向這樣的我說，他要在三十年内讓渡海牧場成為日本數一數二的牧場。為此，他立下了每個十年計畫。我說了些潑冷水的話，博正這樣回答：那，你要嫁給一個沒有夢想也沒有目標的人嗎？嫁給一個只有錢的男人。我從這幾句話裡感受到博正發給我的信號。絕對不是我自作多情，那的確是信號。不知為何，我忽然想向馬鈴薯臉的博正撒嬌，所以打了博正的頭好幾次。後來我們在花子馬房裡的交談，接著博正毫不留情地打了我一巴掌。還有千造斥喝兒子那驚慌的模樣和話語，是多麼幽默又溫暖啊——小姐，你不趕快出來，馬會尿在你身上的——你這臭小子，就算天塌下來，男人打不是自己老婆的女人算哪一齣——

久美子在機場的人潮中，獨自悄然微笑。可是，微笑很快便消失了。千造不到半年之內就要離開人世了。對我好的，無論是人是馬，大家都會死去——因為她這麼想。於是，久美子覺得連歐拉西翁都會死。現在誠已經不在了，我不需要歐拉西翁了。要是有適合的人買走，對父親來說未必不是一件值得慶幸的事。

「久美子……」

聽到有人叫，久美子吃驚地抬起頭來。博正站在那裡。

「咦，真的是久美子。你在幹嘛？我想說有一個長得好像的人坐在那裡，怎麼看都沒錯，就是剛剛才在京都賽馬場告別的和具久美子小姐啊。你怎麼會在這裡？」

「我剛才看了歐拉西翁的比賽太激動，聽博正講你爸爸的事的時候心不在焉的。想說要請你帶點東西送給渡海伯伯，所以就搭計程車來了……你買票了嗎？」

博正搖搖頭，以一臉仍舊相當傻眼的表情說：「我才剛到。」

時間是下午兩點多一點。兩人都還沒有吃中餐，便進了國際線大廳附近的餐廳。

「我想吃點清淡的。計程車一下子猛催油門一下子緊急剎車一下子又蛇行，坐到一半我就好想吐。現在胃還是不太舒服。」

「你臉色也很差。還是不要勉强吃東西，喝果汁好了？」

博正點了燉牛肉和柳橙汁，過意不去地搔搔頭，說：「我先前多嘴了。」

久美子心想，才一陣子沒見，博正就成熟了許多，馬鈴薯臉變得很有味道了。

「也有可能是誤診吧？靜內的醫院設備沒問題嗎？」

「住院是在靜內的醫院，不過精密的檢查是到札幌的大醫院做的。醫生找我去說明病情而不是找我媽，也是因為女人家容易驚慌失措，所以一下子就會被患者看穿。可是，我總不能一直把這件事放在我一個人心裡，實在很頭痛。」

說完，博正微微一笑。

「我看到久美子鐵青著臉，無精打采地坐在機場裡，還以為歐拉西翁輸了讓你失望得要命……」

「我當然是很失望，可是現在已經好了。」

「很好。你也要替歐拉西翁想想啊。什麼事都是第一次遇到呢。搭運馬車一路從訓練中心晃到京都賽馬場也好，在觀衆你推我擠的檢閱場繞場也好，聽到號角聲也好，在廣大的賽馬場跑道上賽跑也好，每一件事全都是第一次。可是，牠卻能夠那麼冷靜地比賽。多了不起啊！一點都不需要失望啊。」

「可是，還是有馬跑第一啊……」

「那場比賽第一到第三名的馬，都是參加過上星期新馬賽的，是有經驗的馬，也就是跑過一次比賽了。這個差距是非常大的。久美子，比賽你仔細看過了嗎？」

被這麼一問，久美子倒是答不出來。比賽一下子就結束了，結果除了歐拉西翁黑色的馬身之外，她什麼也想不起來。

「我什麼都不記得了……我自己的心跳聲比終點前的馬蹄聲還大呢。」

博正不去碰送上來的燉牛肉，而是為久美子細心入微地説明了整場比賽。歐拉西翁是十六匹馬中的八號，進了閘門後有些過度亢奮，奈良五郎輕拍牠的頸項加以安撫。一號馬遲遲不肯入閘，奈良趁這段時間頻頻對歐拉西翁説話。起跑時只有十二號馬起步較遲，歐拉西翁立刻就搶到第三。有五、六匹馬一起從外側趕上來。四號馬與十三號馬互爭第一。奈良要歐拉西翁稍微落後，在第三彎道開始上坡的地方，進入五匹擠在一起的馬群中間，然後一度勒了馬銜。

從下坡到進入第四彎道這一段，也就是人稱「三分三厘」的決勝點，不肯入閘的一號馬加快速度，雖然完全落後於馬群，但奈良讓歐拉西翁與牠並騎，近得幾乎相撞，而且揮了鞭。前方一馬身處，有四號馬與十三號馬。內側有三匹並騎。外側則有五、六匹馬不顧在第四彎道多繞路，邊加速邊往內靠。歐拉西翁所處位置窘迫，在前方、內側、外側都有阻擋的狀況下轉過第四彎道。

十三號馬開始累了。位於外側的十號馬跑況極佳，奈良多半在這時候便知道對手是這匹馬。奈良讓歐拉西翁開始追趕，但十三號馬擋在前方。於是硬是往內到騎到馬必須出力撥開草地的內側，但還有二號馬在歐拉西翁內側。追過筋疲力盡的十三號馬後，有四匹馬並列於歐拉西翁外側。旁邊的七號馬痛苦地往內側移，擋住了正開始加速的歐拉西翁的去向。於是，整個馬群便以這樣的隊形跑過終點柱。

「問題就出在，奈良讓歐拉西翁落後。這是一千兩百公尺的短距離賽。落後，通常是為了脫離窘迫的位置而想到外側去。我本來以為奈良是這個意思。

可是，他卻帶馬闖進更窘迫的位置，而且還在那裡催馬加速。要是一般的馬，這時候就不願意跑，根本就不管比賽了。馬是會放棄賽跑的。歐拉西翁卻不為所動。要不是在直線跑道上被擋住，應該跑第二的。再加上，牠現在比理想體重重了十公斤。下次會輕鬆獲勝的。奈良下次會讓牠跑贏的。」

「可是，要測試歐拉西翁的話，沒有必要挑出道賽吧？最重要的就是贏一場，先讓牠贏一場之後……」

博正打斷久美子的話，大嚼燉牛肉，說：「反正不管怎麼樣，那場比賽贏的都會是十號馬。牠的血統是速度超快的，馬也完全訓練好了。只不過，因為四號馬和十三號馬一個勁兒搶在前面不讓，最後贏了的騎師才暗竊喜，待在好位置等兩匹累得跑不動。不過，那匹馬只要距離一拉長就不行了。頂多只能跑一哩賽吧。牠從肩到尾的距離很短不是嗎？這種體形的馬適合跑短距離。」

久美子聽得似懂非懂，還是應了一聲：「哦……」

然後伸手支頤，把她第一次到吉永達也牧場的事告訴了博正。博正停下拿著叉子的手，說：「你是說要和吉永達也鬥？你還真好強。」

然後笑了。

「吉永先生自己培養出來的馬，就只差沒贏過德比。聖荷耶在聖艾斯特瑞拉的孩子裡，是難得早熟的，所以吉永牧場一定也興沖沖地希望那匹馬拿下明年的德比吧。今年關西最優秀三歲公馬的頭銜，幾乎已經確定是聖荷耶了，但一切才正要開始呢。往後，還會出現很多厲害的馬。勁敵不止聖荷耶，關東的馬也實力堅强。吉永先生名下的馬，在關東就有四匹。都是三歲的公馬，聖艾斯特瑞拉的孩子。是吉永先生的壓箱寶。」

「壓箱寶？」

「吉永先生可是馬主兼育馬師，最好的馬是不會賣給別人的。」

久美子總算明白賽馬要贏得一場比賽有多麼困難了。有很多馬還沒有進馴馬馬廄就消失了。就算進了馴馬馬廄，又有一大群馬因為受傷或生病，一次都沒有踏上賽馬場便離去了。就算能夠參賽，但一場比賽都沒贏便結束賽馬生涯的馬更是難以計數。誠是人，但若以馬來比喻，便等同於還沒有買家便死在牧場一角。和具工業算什麼，不如倒了算了。

這個讓自己也大吃一驚的想法，突然在久美子心中擴大。害死誠的，是爸爸。都是因為爸爸沒把一顆腎臟給誠。因為爸爸一直猶豫不決。爸爸是懦夫。

拿公司的危機當絕佳擋箭牌，逃避面對失去一顆腎臟的恐懼。證據就是，爸爸不肯見誠。一直到確定誠已經沒救了，才去見他。壓箱寶……大家都把重要的東西藏起來。表面裝作若無其事的樣子。爸爸也是把真心藏起來，扮演煩惱的父親。

憤怒為久美子帶來了不同於剛才在賽馬場上的空虛與鬱結。而發洩的對象，就坐在眼前吃著燉牛肉。

「你說馬會像馬主對不對？」

博正抬起頭來。

「要是像我，歐拉西翁就會變成一匹歇斯底里、不聽騎師的話的笨馬，你是這個意思是不是？」

「啊？」

博正傻愣愣地望著久美子。

「歐拉西翁的馬主不是我。」

「這我知道，名義上還是久美子的父親啊。」

「也不是我爸爸。」

博正的表情一沉，欺身過來，說：「你把歐拉西翁賣給別人了？」

「歐拉西翁的馬主死了。所以歐拉西翁也會死。」

「我聽不懂你在說什麼。真傷腦筋。你真的很歇斯底里吔。好啦，你可以把我的頭當木魚敲沒關係。」

久美子一顆正要發火的心，被博正最後一句話包裹起來了。眼淚在她的眼眶裡打轉。久美子垂著頭。

「歐拉西翁的馬主，是我弟弟。」

心想，我現在沒有使出任何演技。她先表示希望博正把這件事藏在心裡，然後在嗚咽之中，述說了從得知有同父異母弟那一天起，直到那個弟弟斷氣的一切。

「歐拉西翁是一匹不可思議的馬。」

博正開口這麼說，是在久美子說完，又經過了漫長的沉默，避開餐廳客人訝異的視線，去洗手間補了妝回來以後的事。

「自從歐拉西翁出生以來，種種問題也像洪水一樣排山倒海灌進我家。仔細想想，這些問題好像全都是歐拉西翁帶來的。牠也帶來了希望，但在希望的背後，是更多的付出。」

博正頓了一頓。

「你弟弟誠過世的前一天晚上，花影死了。」

他低聲說道：「眼睛幾乎已經看不見的花子都還活著啊。」

久美子問：「花子還活著？」

「是啊，離開馬房到外面的時間變短了，不過也不知道牠是怎麼想的，就算我躺在牠肚子底下，牠也裝作不知道，沒牙的嘴嚼個不停。只要牠的腳一踉蹌，我就急著從牠肚子底下爬出來。要是牠直接就這樣壽終正寢，我就成了牠的墊被了。牠可是有五百四、五十公斤的呢？被牠拿來當墊被，我就只能跟著牠翹辮子了。」

「不能再讓我騎了嗎？」

「這我就不知道了。」

兩人離開了餐廳。久美子趁博正辦理登機手續時，在舶來品店買了男用的罩袍。因為她覺得千造在醫院裡穿得到。在國內線二樓大廳，接過了久美子的禮物，博正道了謝，到登機行李檢查處排隊。

久美子向博正輕輕揮了揮手，搭上手扶梯。今天的久美子也像誠病危的那天的平八郎那樣，一心只想到渡海牧場去。可是，考慮到千造的病情，自己的拜訪只會給渡海家平添麻煩。這麼一想，便壓抑住到渡海牧場坐在花子馬房裡的衝動。

手扶梯到底，正邁出步子想接下來該到哪裡去的時候，聽到博正的叫聲。一回頭，博正沒有搭手扶梯，而是從樓梯直奔而下。

「社長幾歲？」

博正問。

「今年滿六十一了。」

「我帶我爸到札幌的醫院去的時候，看了候診室裡的報紙。吶，最近腎臟黑市買賣不是成為社會問題嗎？」

久美子狐疑地點點頭。博正要搭的班機的登機廣播在機場大廳響起。

「上面寫說，捐贈者的腎臟也有年限。親兄弟之間，無論配對多麼適合，捐贈者超過五十五歲就不行。」

「腎臟有年限……」

博正看看鐘，跑上樓梯。久美子追到一半，問：「那是什麼時候的報紙？」

「呃，上個星期五。我忘了是哪家報紙，不過是全國的。我記得是在第三版，版面還蠻大的。」

上午沒課的日子，久美子都會睡到十點多。起床後，會邊吃早午餐邊看報，看得還挺仔細的。星期五她只有一堂下午三點的課。但是，久美子不記得看過博正所說的報導。和具家還訂了另一份報紙，但那是經濟方面的報紙。

久美子在機場大廳的人群中佇立片刻。然後，走向前往梅田的巴士乘車處。她想過了，到中之島的圖書館應該很快就能查到。巴士幾乎是久美子一上車便發車，上了阪神高速公路。誠在千里的醫院住院以來一直擔任他主治醫師的中野醫師，完全沒有提及捐贈者的腎臟有五十五歲這個年限。中野醫師很可能是從我和誠的年紀來推測，以為和具平八郎比實際更年輕。父親晚婚，四十歲才有了我。誠則是父親四十四歲時有的孩子。

久美子想著這些，漸漸覺得報導的真假一點也不重要。無論知不知道捐贈者的腎臟有年限，父親逃避的事實都不會改變。久美子的心一下往東，一下往西。一時後悔沒去渡海牧場，一時又想打電話給異性朋友，到迪斯可通宵狂舞。

「真的應該把那顆馬鈴薯頭拿來當木魚敲的。」

她不禁這麼說。沒有施展半點演技，真的在博正面前落淚這件事，讓她懊惱不已。在渡海牧場的馬房裡，騎在花子背上哭，那是演出來的。她不再演戲，是在打了博正的頭第十下的時候。因為她有點擔心要是打十五下，博正可能真的會動氣打她。要是男人當真動粗，一定不止痛而已……

即使如此，當巴士抵達梅田，久美子的雙腿還是走向了中之島的圖書館。在圖書館的閱覽室裡，沒有花多少時間便找到博正看到的那篇報導。那是一篇腎臟移植權威醫師的訪談。久美子影印了報導，折起來收進包包裡，在中之島公園的長椅上坐下。從那裡到平八郎的公司走路不到五分鐘。

公園一角似乎有什麼活動，只見好幾個正在整理臨時舞台的青年滿頭大汗。看著他們俐落工作的模樣，久美子心想，為什麼父親那天見過誠之後，就跑到渡海牧場去過了一夜？久美子對於自己竟然沒有深入思考父親的心感到不可思議。一定是因為自己獨自沉浸在誠死去的哀傷中，沒有餘力思考父親唐突的行動——她這麼想。我有時候也會想不顧一切地到北海道那座小小的渡海牧場去。當心靈乾枯的時候，就會想看看那張馬鈴薯臉，想在老馬花子的肚子底下滾出一身乾草，這是為什麼呢？冷風不斷呼嘯，除了馬嘶、馬糞味和牧草的綠意之外，只有一彎西貝查利河和月亮的渡海牧場，宛如飄渺淒美的夢幻世界般深植我心，這又是為什麼呢？

久美子輕聲笑了。因為她想到，馬嘶聲也好，牧草的綠意也好，小河的清流和明亮的月光，這些在污濁的大都會裡，早已全都是無法企及的奢求了。那張馬鈴薯臉也是……

久美子敏捷地從長椅上站起來，走出公園，過了淀屋橋。父親是在悲傷之下，認定自己無能，懷著淒苦的心前往渡海牧場的。她不該責怪父親。

久美子在和具工業大樓前，看到父親的車子在，便推開門，站在電梯前。電梯沒有運轉。

「節約經費啊……而且今天公司也沒有上班。」

光想到要爬樓梯到八樓就想打退堂鼓，但久美子認為，讓父親看了影印的報導，也許能減輕父親一些懊悔吧。到八樓的時候，她已經氣喘吁吁，額頭、脖子都冒汗了。她敲了社長室的門，聽到平八郎的回答。社長室裡只有平八郎一人。平八郎本來似乎在看什麼計畫書那類的文件，一看到久美子，便摘下老花眼鏡，說：「怎麼？我可不能陪你談馬喔。再十分鐘我就要外出了。」

久美子脫掉外套，喘過氣來之後，才把影印的報導放在辦公桌上。默默看完報導的平八郎手在發抖。他脹紅了臉，把影印撕成碎片，扔在久美子身上。

「你就是為了讓我看這種東西來公司的嗎！」

久美子一時之間還不知道平八郎在生氣。平八郎站起來，把老花眼鏡的眼鏡盒往久美子心口丟。

「你懂什麼！你以為看了這個我會高興嗎！」

「我不是這個意思，只是……」

「只是什麼！腎臟也有年限……那又怎樣！」

平八郎朝著久美子走來。她頭一次看到父親如此盛怒。久美子往後退。

「爸爸為什麼生這麼大的氣？」

「你不懂嗎？你還不懂嗎？你是白痴嗎？一個小丫頭能有多了解我！我的腎臟能不能用在誠身上，是由醫生來判斷。結果我做了什麼？嗯？知道誠的病情以來的兩年半，我做了什麼？看了這篇報導，你以為我會很高興，覺得喔，太好了，謝天謝地，我就算做了配對檢查，反正也不必捐出一顆腎臟來，啊啊，真是放下心上的一顆大石頭，謝天謝地，是嗎！」

久美子在恐懼的驅策之下，閃避父親。

「我染指自己公司的員工，讓她有了孩子，生是讓她生了，卻給了錢就不管她也不管孩子。絕大多數時候，我都把這世上還有一個兒子，而且是個私生子這件事忘得一乾二淨。你知道誠對我這樣一個人說了什麼？那孩子叫我這種人爸爸，哀求我把腎臟給他，然後過不了幾個小時就死了。這和我是三十歲還是八十歲無關，和腎臟有沒有年限也無關。我這輩子都無法原諒我自己。我的心情你根本就不懂，所以才會開開心心地影印了這種報導，特地拿到我面前。給我滾！我忙得很。等會還要低三下四去求向那些令人噁心反胃的人。你給我滾！」

平八郎喘著氣，不再出聲，站在那裡眼睛死盯著社長室地毯上的某一點。久美子奪門而出，跑下昏暗的樓梯，差點抽筋。來到御堂筋，她埋著頭不顧一切地走。在曾根崎商店街的人群中放慢腳步，打了公共電話。第一個人不在。第二個接電話的異性朋友，要她在花月劇場前等，就掛了電話。雖然是個危險的男人，但久美子心想，要是他真的那麼想要，今晚就任他擺布吧。

她在約好的地方站了三十分鐘，當那位異性朋友的紅色進口車出現時，她轉身回到曾根崎商店街，過了梅田新道的十字路口，往西走在北新地的本通上。要不是想起平八郎那句「我這輩子都不會原諒我自己」，久美子一定已經坐上那部紅色的進口車了。而喚醒平八郎那句話的，是浮現在紅綠黃等色彩如織、有如白晝的霓虹燈光中，渡海牧場馬廄裡亮起的那盞微弱的燈泡，是博正的臉。

久美子為了尋找某次多田時夫帶她去的僻靜小酒吧，在北新地的小巷子裡東彎西拐。終於在新地的北邊找到了眼熟的招牌時，她覺得累壞了，拉開了每次開關都會發出輕巧鈴聲的門。打著領結的老闆記得久美子。

久美子在最靠近自己的桌位坐下之後，老闆說：「今天看來沒什麼客人，要不要移到吧檯前呢？」

說完，把杯墊放在吧檯上。

「小姐一個人？」

「嗯。我只來過一次，迷了路，找了好久。」

「多田先生這兩、三個月也都沒來。是不是工作很忙啊？」

「是家父奴役他。不過，今天他是和太太去找土地……」

久美子認為酒吧的老闆當然早就知道，所以自然而然這麼說，但老闆卻停下擦杯子的手。

「家父……所以小姐是和具工業的社長千金嘍？」

久美子無言地點了點頭。店裡只有久美子一個客人。

「多田先生不來，我就沒有下棋的對象了。」

「多田先生棋藝很高明嗎？」

「高明啊。他要讓我好幾步，我才能勉强和他打成平手。就算這樣，我還是常吃敗仗。」

久美子點了威士忌兑水，看了看鐘。心想，這時候博正應該已經抵達千歲機場，快到日高那附近了吧。

「聽說小姐有一匹馬？」

老闆對久美子說。

「多田先生稍微提過。聽說今年秋天要正式上場比賽。」

「就是今天。跑了第五。」

「哦，那真是了不起。」

「您很了解馬？」

「我也曾經有過馬。說是這麼說，是一群朋友五個人合資買的。已經是七、八年前的事了。」

「很會跑嗎？」

「一點也不。比賽在檢閱場就結束了。牠就匹很容易激動亢奮的馬，比一場比賽就會瘦二十公斤。從來沒跑過前五名。最好的名次是十五匹裡頭跑第八。都是名字取得不好。我們給牠取名叫SHINPU。用漢字來寫，是新風的意思，可是也能寫成神風，KAMIKAZE。果然一敗塗地。」

久美子笑了。

「我的馬的名字是多田先生取的，叫作歐拉西翁。多田先生說是西班牙文，意思是祈禱。」

久美子和老闆聊著聊著，心情好多了。父親在見過誠之後衝動地飛到北海道，在渡海牧場面對了花影的死，她不認為這是巧合。在那裡，也有生命的死亡等待著父親。她覺得，一生都無法原諒自己的父親，此刻已然筋疲力盡，無力再戰了。久美子相信，將來温柔地擁抱敗北的父親的，不是自己也不是母親，而是小馬四處嬉戲的那座小牧場的風。

要是歐拉西翁贏了德比大賽，獎金夠不夠買下日高或靜內的一座小牧場呢？久美子也希望自己能支持博正的夢想。可是，毫無矯飾的心也告訴自己：你總是那麼任性又善變，一走出這家酒吧，就會立刻又飛到別的地方去的。

二

十天後的晚上，十二點前回到家的平八郎敲了久美子的房門。門一開，「爸爸回來啦。」

久美子覺得自己的話有幾分生硬。平八郎苦笑，鬆開領帶。

「怎麼？還在記恨啊？」

「才沒有呢。我能了解爸爸為什麼生氣。」

「可以進去嗎？」

久美子點頭的同時，樓下傳來母親的聲音。

「你要洗澡吧？久美子洗澡很久，你最好先洗。」

「我跟久美子一起洗，你先睡吧。」

平八郎這句話，讓本來已經朝寢室走的母親，又回到樓梯口，以傻眼的語氣說：「不要亂講啦。」

「爸爸當然是開笑的啊！我死都不要和爸爸一起洗。」

久美子從樓梯扶手探出頭對母親說。

「我也受不了。」

平八郎笑著說，在久美子床上坐下來。

「明明住在同一個屋簷下，卻從那天以來都沒碰到面。」

「就是啊。」

久美子把房間的暖氣開大一些，從梳妝台的抽屜拿出菸灰缸給父親，然後把窗戶開了一個小縫。隆冬般的風颳颳聲颯颯，颳得院子裡的樹木沙沙作響，久美子還以為下雨了。

「我總覺得久美子的房間待起來很舒服。連爸爸專用的菸灰缸都準備得好好的。」

久美子為了偶爾背著父母抽根菸，在梳妝台的抽屜裡藏了菸灰缸，深知父親不但知道還裝傻，便說：「真是個孝順的好女兒吧？不如，也來杯爸爸專用的蘇格蘭威士忌吧？」

「蘇格蘭威士忌……是嗎，原來你房間裡還藏著這種東西啊。喂，該不會藏著更讓爸爸嚇破膽的東西吧？」

「嚇破膽的東西？比如什麼？」

「對一個女兒還待字閨中的父親來說，這種東西可多了。」

「像是，打開這個衣櫥，就是有馬兒嬉戲的大牧場……」

「嗯，這倒是挺愉快的幻想。」

久美子在平八郎身邊坐下，以撒嬌和嬉鬧各半的聲音說：「爸爸，等歐拉西翁贏了德比，我就在北海道買一座牧場給你。」

「你有這份心意爸爸很高興，可是就算歐拉西翁贏了德比，賺了近一億圓，但扣掉進上金、禮金和稅金，就只剩四、五千萬了。而一座牧場呢，不能只種草。至少還得買上七、八頭繁殖用母馬，否則也不像。也需要馬廄，也不能沒有人住的房子。要歐拉西翁一匹馬賺這麼多錢，牠未免也太可憐了。畢竟，牠現在連一場都還沒有贏過啊。」

然後平八郎問久美子明天要不要去栗東的訓練中心。

「明天？明天不是星期三嗎？歐拉西翁賽前最後訓練不是星期四嗎？」

平八郎搖搖頭。

「歐拉西翁要跑這個星期六的新馬賽。砂田通常是在星期三訓練星期六要上場的馬。明天，聽說歐拉西翁要和同樣是砂田馬廄的一匹三歲馬『阿格利坦』一起訓練。」

「可是，上上個星期是星期四做最後訓練的呀。明明就跑了星期六的比賽。」

「那是因為三天前，跑出了一次很快的成績。」

久美子覺得事有蹊蹺，便問：「爸爸，你自己打電話給砂田先生了？」

自從歐拉西翁進砂田馬廄以來，平八郎從來沒有為了了解馬的狀況而打電話到馬廄去過。

「我昨天和那匹叫阿格利坦的馬的馬主一起吃飯。」

平八郎站起來，問久美子去不去。

「去。還要帶一箱紅蘿蔔去。」

正要離開房間的平八郎，在關門之際，回頭凝視了久美子片刻。

「不要過度期待。我看你好像是說真的，認真想用歐拉西翁從重賞賽啦、德比啦，和其他經典賽的獎金買牧場給我。可是啊，別說德比了，要遇上一匹能參加重賞賽的馬，這種機會是可遇而不可求的。我也曾經擁有過二十多匹馬，其中跑過重賞賽的只有一匹。能跑德比的馬更是一匹也沒有。過度期待，失望就會轉變為痛恨。這樣馬就太可憐了。歐拉西翁就太可憐了。你只要祈禱牠平安完賽就好。」

「爸爸，你喜歡牧場吧？」

久美子小聲問。

「你想在渡海牧場那樣的牧場上和馬兒一起生活對不對？」

但平八郎沒有回答，關上門，走下樓梯。

第二天早上，久美子已經吃過飯，正要去洗紅蘿蔔的時候，雙眼睡意濃濃的司機載著多田時夫來了。久美子和平八郎一坐上車，便說：「已經預約了祇園的『染乃井』，兩點。對方是一個人來。」

說完，將一大疊文件交給平八郎。平八郎戴起眼鏡，翻開文件封面的時候，久美子瞥見了一家大型電機製造商的名字。久美子心想，聚會目的果然是談生意，雙眼一直望著高速公路髒髒的隔音牆。

看完所有的文件，平八郎默默還給多田。

「對方也是一個人，所以我要在附近等候社長？還是回公司等您的聯絡？」

「把車子留下，你回公司吧。」

「好的。」

平八郎與多田的對話就此結束。沒有機會讓久美子向多田或平八郎提起歐拉西翁的話題。久美子知道和具工業已面臨走投無路的狀況。父親多半是打算藉著歐拉西翁，和同樣讓阿格利坦進了砂田馬廄的馬主談工作吧。久美子這麼想，便告訴自己，見到歐拉西翁，不可以自己一個人太興奮喳呼個沒完。

一行人在十點前抵達了栗東訓練中心。辦好入場手續，車子以十五公里的速限駛向砂田馬廄。幾百匹賽馬在廄務員的牽引下走著。也有的馬剛訓練完，全身熱氣蒸騰地離場。馬匹的隊伍橫越十字路口時，車子靜靜停下，等候所有的馬通過。廣大的空間中，只有蹄聲、馬嘶，與廄務員之間偶爾交談幾句的話聲。

砂田馬廄有二十四間馬房，其中六間是空的，歐拉西翁不在。久美子他們留下司機，走向訓練看台。兩層樓細長型的訓練看台面向五條訓練跑道而建。二樓馴馬師使用的地方稱為「天狗山」，一樓廄務員、騎師和馴馬助手休息的地方則稱為「小天狗」。久美子進了「小天狗」，從玻璃窗朝跑道的入口一看，便看到熟悉的砂田馬廄的訓練服。由主力騎師荒木領先進了跑道，緊接著是騎著歐拉西翁的奈良五郎以及四名馴馬助手。久美子以雙筒望眼鏡注視歐拉西翁。黑毛在初冬的朝陽照耀下，顯得分外黑亮。

「砂田軍團來了。」

一名看似體育報的記者說。砂田重兵衛雖是老資格的馴馬師，但他在訓練自家馬廄的馬時，經常都是待在「小天狗」而非「天狗山」。砂田拿著兩只碼表，不時拿起掛在脖子上的雙筒望眼鏡來看。哪一匹馬要怎麼訓練，已在前一晚討論周詳。然後在晨間運動後，觸摸馬的身體、觀察行走的模樣，若認為稍有不適，便中止訓練，僅進行騎乘運動。

「只在最後稍微逼緊一點。」

「這是半哩，慢慢來，過了七分最後再全力衝刺。」

砂田重兵衛簡短的指示，久美子已經聽過好多遍。砂田一注意到久美子，便露出意義不明的笑容，揚起眉毛。「這個坐不住的女孩子又給我跑來了。等訓練一結束，問題比預測小報的記者還多，歐拉西翁去洗澡的時候又寸不離地跟在身邊，等馬洗好了去玩完沙回到馬房，一定會瞞著我偷餵馬吃紅蘿蔔。」砂田心裡一定是這麼想的。久美子大聲打招呼：「砂田老師好！」

然後對坐在砂田身旁其他馬廄的廄務員說：「不好意思，請讓一讓。」硬是請他們讓出位子。幾名騎師和廄務員都笑著看他們兩人，等好戲上場。

「你好。」

砂田重兵衛冷冷地回答。然後，對站在後面的平八郎和多田微一點頭。

「穩重多了啊。」

低聲也沒有特定對誰說。

「歐拉西翁嗎？」
「我不是說馬。」
「歐拉西翁怎麼樣？」
「接下來才要跑，閉上嘴安靜地看。」
「我是外行人，不教我我看不懂。」
「我可不是為了教外行人懂馬才坐在這裡的。」
「那穩重多了是指我嗎……」
「是說我們的見習騎師。現在不是有一匹馬和歐拉西翁並騎要進B跑道嗎。就是騎那匹馬的騎師。小姐本來就很穩重了。」
「請不要叫我小姐，叫我久美子就好。」
不知是哪個騎師，發出了忍著笑的聲音。砂田瞪著久美子。
「你好歹也是馬主，怎麼能直接叫名字。」
「您雖然有尊重馬主的想法，服務卻差了點。所謂的馬主，對馴馬師來說是客人吧？您應該有義務更仔細地說明歐拉西翁的狀況才是呀？」
「義務、權利……年輕人開口閉口就是這些。因為這些權利義務的問題受害最深的，就是日本中央賽馬會的馬了。」

砂田這幾句話，約略透露了對主要由賽馬會廄務員組合成的勞動工會的不滿。久美子心想：對了，今天不能太興奮。我這麼沒大沒小，父親怎麼沒教訓我？覺得奇怪回頭一看，平八郎和多田都不在了。平八郎坐在停在訓練看台前的一輛黑色賓士裡。多田沒上車，站在附近，視線望著來來去去的馬匹。

自從誠的葬禮之後，久美子就沒再和多田碰過面了。歐拉西翁出道那天，我為什麼會到北新地邊緣的那家小酒吧去呢？我只是想置身於一個安靜、舒適的地方，並不是期待多田可能會來。絕對不是。我討厭那種把自己藏起來的男人——久美子雖然這麼想，視線卻離不開多田的背影。

砂田重兵衛站起來，拿雙筒望眼鏡看了一下，然後握緊兩只碼表。

「歐拉西翁要跑了嗎？」

久美子也站起來，拿著雙筒望眼鏡問。

「不是，是別的馬。要以單獨跑來訓練的一匹五歲馬。歐拉西翁還要小快步跑個二十分鐘。牠是匹好勝的馬，要讓牠的身體和心情充分放鬆才行。」

砂田難得詳細為久美子解釋。砂田馬廄的一匹栗色馬緩緩在 B 跑道起跑。

跑到化朗標[1]的時候，砂田按了右手的碼表。跑到下一個化朗標時，停下那只碼表，同時按下另一只碼表。

「十五點六。」

每當馬的鼻子碰到化朗標，左右手手上的碼表便會輪流按停或按開。

「十四點六。」

久美子心想，各化朗的數字大概都精確地輸入砂田的腦海了。

「十四點零。」

騎師的手動了，馬的重心變低，速度也加快。

「十三點二。」

跑完最後的兩百公尺。

「十二點六。」

砂田小聲說。

「訓練完成了。」

最後低聲這麼說。

「終盤是三十九點八。從五化朗起是七十點零嗎？」

久美邊心算邊問。

「不，是從六化朗起是八十六點零。頭一個化朗是十六整。」

「B跑道的良馬場跑八十六點零，成績不算太好吧？」

砂田微微一笑。

「那是母馬，這樣就夠了。訓練得再會跑，也賺不了錢。」

說完便坐下來。

「問題是開始加速以後怎麼跑。一開始慢歸慢，終盤的三化朗跑三十九點八，最後一化朗十二點六，就非常好了。今天的B跑道跑起來比較慢。久美子，你可以買那匹馬的單勝玩玩。」

「牠叫什麼名字？」

「康瑟貝兒。」

砂田點了菸，從長褲口袋裡取出便條紙和原子筆，寫下各化朗的數字。然後忽然抬起頭，斜眼瞪著久美子。

「我就不客氣，叫你久美子了。」

他不悅地這麼說。

「那我也可以叫您砂田叔叔嗎？」

「隨你愛怎麼叫就怎麼叫。」

口氣雖然不好，但表情中似乎隱含笑容。四周突然熱鬧起來了。進來了好幾個騎師，把凍僵的手伸到暖爐上方取暖，或是抽菸，或是聊天。增矢光秀也在其中。他朝久美子瞄了一眼，但視線立刻移到跑道上，啜著熱茶說：「我遲早也會被那個幽靈害死。每次他從後面騎上來都好可怕。裁定委員既然沒判他斜行，我們也不敢說什麼，可是真的很想叫他們針對那些腦袋不正常的騎師不知道會搞出什麼花樣的騎法處罰一下。」

久美子也聽得出來，被說成幽靈、詆毀為「腦袋有問題」的騎師的，就是奈良五郎。可是，砂田重兵衛面不改色，對增矢騎師視而不見。平八郎與多田，以及一位久美子偶爾也會在砂田馬廄照面的男子進來了。平八郎向久美子介紹：「這位是佃商工的佃光康社長。」

久美子打過招呼，看著佃光康。稀薄的頭髮全部往後梳，將唯一濃密的鬢角蓄得很長。

「先前偶爾在砂田先生的馬廄見過吶。」

佃黝黑的臉上露出笑容說。

「看樣子，小姐的馬比我的會更有出息呢。」

久美子應酬時，砂田默默站起來。久美子和平八郎的視線都朝向B跑道。

佃將雙筒望遠鏡放在雙眼前，說：「內側是我的馬，外側是歐拉西翁啊。」

久美子拿起雙筒望遠鏡來看。兩匹並騎的賽前最終訓練開始了。訓練強度明顯高於剛才的馬。久美子覺得歐拉西翁的背部與腹部，與出道賽那時相比緊實了不少。前腳觸地更強而有力，後腿蹬開的距離也更大。鬃毛和尾巴順勢往旁邊倒，閃著黑藍光澤的身體彈力十足。以前腳與後腳近得讓久美子擔心會不會絆在一起的大步幅，跑過B跑道的前百分之八十後進入直線跑道。

「根本沒辦法一起練跑嘛。」

佃的聲音響起。在內側一起練跑的阿格利坦落後了將近八馬身，歐拉西翁消失在各別進行訓練的馬群中。

「前半的半哩是四十一點六。後半的半哩是三十八點七，是嗎。」

佃喃喃念著歐拉西翁的訓練時間，望著自己的馬兒苦笑。

「好厲害的馬啊。」

和增矢一起喝茶的騎師中有好幾個人這麼說。

「訓練强度會不會太强了點？」

佃對砂田重兵衛說。語氣聽來是因為自己的馬落後太多，讓他很不甘心。

「奈良還一直讓牠等到直線才加速的。只不過，一加速，就有往內偏的毛病。」

砂田只小聲說了這兩句，便離開了訓練看台。久美子跟在砂田身後。結束訓練的馬兒們紛紛離開跑道。砂田靠在跑道出口附近的柵欄上抽了一根菸，這才打開小轎車的門。

「久美子，要上車嗎？我要回馬廄了。」

不帶一絲笑意地這麼說。

「你要餵歐拉西翁紅蘿蔔對不對？」

「可以嗎？」

「除了我這邊為牠設計的飼料，我可不希望牠吃其他的東西。」

久美子固然掛念父親，但心想反正父親晚一點應該也會來馬廄，便匆匆跳上砂田開的小轎車。

「幽靈是指奈良先生吧？」

砂田沒有回答。

「我最討厭那個姓增矢的騎師了。」

砂田一言不發地把車停在馬廄一角，往掛在馬房旁的黑板寫了些什麼，然後進了自己的住處。

「砂田叔叔。」

久美子叫。沒有回應，於是她又大聲再叫了一次。門開了，砂田皺著眉頭說：「不要那麼大聲叫什麼砂田叔叔。我現在正在換衣服。你這孩子真的很吵欸。」

久美子傷心地垂下眼睛，輕輕踢了一旁靠著牆放的竹掃帚。

「真拿你沒辦法。進來吧，我叫我老婆泡個咖啡。」

儘管心想「得逞了」，久美子還是以哀怨的眼神看了砂田一眼，伸手去摸竹掃帚的柄。

「別的馬主會來。星期三和星期四，連預測報的記者都會來。要叫砂田叔叔，等四下沒有別人的時候再叫。」

「是……」

久美子在砂田催促下，進了以優勝獎牌和勝利照作為裝飾的客廳。砂田到二樓去了，換砂田的妻子笑著下了樓。她似乎聽到了兩人的對話，向久美子打過招呼後，說：「在沒有別人的地方，像和具小姐這麼漂亮的年輕小姐叫『砂田叔叔』，傳出去誤會才更大呢！」

「我來過馬廄好幾次了，每次向砂田老師問好，老師都一副『麻煩人物來了，快回去』的樣子，不肯把歐拉西翁的詳情告訴我。雖然文件上馬主是我父親，可是爸爸把歐拉西翁給了我，所以那是我的馬。我想說，既然這樣，那我就要死纏著老師，讓老師拿我沒輒，所以我才會故意大聲喊砂田叔叔的。」

久美子一邊注意二樓的動靜，一邊悄聲在砂田妻子的耳邊說。

「依我看，他已經拿你沒輒了。而且呀，他的冷淡是天生的。其實心相當軟喔。」

砂田重兵衛下樓了，她妻子便說：「啊，對對對，我來泡咖啡喔。」然後回到廚房裡去。

「馬啊，不實際上場比賽，是看不出真正的實力的。」

砂田一在客廳的沙發坐下，便主動開口說。

「明明血統這麼好、體型這麼好，為什麼跑不好呢？——讓人這樣納悶的馬多的是。去年的三歲馬都是這樣。進馬廄的時候，賽馬專業雜誌附了照片寫說明年的櫻花賞保證由這匹馬奪得的馬，比了八場連一場都沒跑進前五，就這樣消失了。馬啊，愈比會愈消沉。跟人一樣，該贏的時候沒贏，就會失魂落魄。我認為歐拉西翁這次的新馬賽一定會贏。要是又沒拿到冠軍，就代表這匹馬不過爾爾。我當馴馬師這麼久了，知道那不是一匹尋常的馬。所以，關於歐拉西翁的事，我的嘴巴特別緊。進了馬廄的三歲馬沒闖出名堂，馬廄就得要三、四年才能重新站起來。」

砂田這樣說，然後笑道：「關於歐拉西翁，不需要別的說明了吧。」

「歐拉西翁要一直由奈良先生騎嗎？」

久美子問。

「這星期的比賽如果沒拿下第一就換人。換成荒木。」

好幾匹馬回來了。久美子匆匆喝完砂田的妻子泡的咖啡，到浴馬場去。奈良已經為歐拉西翁解下了馬鞍。黑藍色的毛濕透了，腿、腹部、尾巴沾了好多沙。久美子一靠近，歐拉西翁便抽抽鼻子，脖子上下擺動。廄務員將荒木訓練的馬牽到浴馬場去了。

「歡迎歡迎。」

荒木親切地對久美子笑，說：「聽說你喊我們老大砂田叔叔啊。」

久美子微笑點頭。荒木往奈良五郎的屁股拍了一下，笑了笑，小聲說：「砂田叔叔。」

然後進了砂田的住處。

「你好。」

久美子對蹲下來查看歐拉西翁前腳的奈良說，但只得到微微點頭的回應。奈良的個子比久美子矮得多。

「奈良先生目前在今年的騎師排名裡暫居第三呢。領先第四名的騎師八勝之多不是嗎？和暫居第一的糸見騎師相差五勝。今年很有可能拿下勝績最多的騎師喔。」

久美子說完，想到往年都名列馴馬師排名前十名的砂田重兵衛，今年還只有十六場勝績，甚至在二十名之外。她覺得好像比較了解剛才砂田重兵衛說的那些話了。去年的三歲馬沒闖出名堂，也就意味著今年手中沒有四歲馬，明年、後年能運用的成馬也就不多了。

平八郎的車停在車道上，但平八郎並沒有在車上。還以為父親會走過來，但從副駕駛座上下車的多田說：「社長搭佃先生的車到京都去了。我要搭這輛車回公司，小姐要一起回大阪嗎？」

「可以等我到歐拉西翁回馬房嗎？」

多田看看時間，與司機商量之後，回答：「可以。我們等小姐。」

然後摸摸歐拉西翁的鼻頭。

「當初那麼小的小馬，才短短兩年半就長得這麼威武了。」

「牠從花影肚子裡出來的那一瞬間，我還是親眼看到的呢。就在颳著風的渡海牧場上。現在花影也已經死了……」

洗掉沾滿汗水和沙的身體，大浴巾每擦一次，血管浮出令人誤以為是花紋的藍黑色身軀便逐漸出現。為了去掉身上尚未完全乾燥的濕氣，歐拉西翁開始自行進行沙浴，時而仰躺，時而側臥著左右滾動，像隻天真無邪的小狗。

歐拉西翁在馬房裡安頓好，久美子餵牠吃了紅蘿蔔。三根紅蘿蔔一下子就吃完了，歐拉西翁的鼻尖朝久美子的臉挨過來。活像牠剛出生的時候。

「你媽媽死了，你知道嗎？」

久美子輕輕在歐拉西翁額上的星星印上一吻。口紅在星星正中央留下了唇型，久美子想用手帕擦掉免得被人發現，但歐拉西翁往後退，不再靠近久美子。高强度的訓練讓牠眼白充血。歐拉西翁那雙美麗而目光炯炯的眼睛看著久美子。讓久美子甚至覺得在歐拉西翁額上的星星留下口紅印的舉動非常失禮。

在車上，久美子和多田只針對歐拉西翁相關的話題交談了兩、三句，幾乎沒有堪稱為會話的會話，就這樣回到了北濱交流道。這時候，多田取出一個紙包交給久美子。

「裡面是社長的紙條和錢。」

「給我的？」

「是的。紙條是給小姐的。錢，則是交給我。我今天才知道渡海先生生病了。社長要我買些探望的禮物送過去。」

接著，多田要司機在國鐵的大阪站東口附近停車。久美子抽出父親的紙條，將錢交給多田。那是平八郎昨天離開久美子的房間，洗完澡之後寫的。

「看樣子，我已經走上敗將之路了。九月的結算出現了不小的赤字。儘管非繼續努力不可，但我不想犯下愚行，枉費這份努力。兩點起，我要在京都進行祕密談判，談出一個公司改名也不會讓留下的員工受委屈的辦法。為此，我要打最後一仗。我們來買一座小牧場吧。」

久美子小心掩飾，不讓多田發現她雙手發抖，將這張稱為信更貼切的紙條收進包包裡。因為她沒想到，原來和具工業已經面臨必須賣掉公司的危機了。

久美子和多田在大阪車站的高架橋下下了車。司機說：「吃過中飯後，我要回京都，在『染乃井』前等社長。」

「可能要等很久喔。」

「沒關係。我可以看看週刊雜誌。」

車子穿過高架橋下，向左轉。

「探病的禮物，要送什麼好呢？」

多田看著百貨公司說。久美子受不了高架橋下排不出去的車輛廢氣，快步過馬路走向百貨公司。「我爸爸很快就不再是社長了吧。對多田先生來說，就是個無關的人了……」

多田沒説話。

「公司要被那家大公司吸收合併了對不對？爸爸會被趕走。」

「要不要吃點東西？有家很好吃的豬排店。」

這天很早就出門，久美子只吃了可頌和牛奶，卻不覺得餓。

「我不想吃。」

但是多田卻繼續約她：「那家豬排真的很好吃。米飯也煮得很用心，味噌湯更是一絕。不過店又小又髒就是了。」

久美子覺得多田對於和具工業即將被大型電機製造商吸收合併這件事，似乎感到很痛快。並肩走向東通商店街的路上，久美子很想捉弄一下這個絕不流露感情的冷靜的男人。

「多田先生肚子餓了？」

「不餓。可是胃是空的，所以就算不想吃也得裝點東西進去。」

走在東通商店街裡，過了新御堂筋，多田轉進小巷。多田正要掀開只有「豬排」這兩個字的茶色布簾時，久美子以無精打采的聲音說：「上次，我去了新地的那家酒吧。多田先生帶我去過的……」

多田本來正要走進店裡，便轉身問：「什麼時候？」

「歐拉西翁出道賽那天。我聽說渡海先生生病，又被爸爸罵了有生以來最慘痛的一次，所以就自己一個人到那家酒吧去了。因為我覺得多田先生好像會來。」

久美子心想，無論多田再怎麼無動於衷，再怎麼看透她的居心，她都要繼續演下去。

「後來我才聽爸爸說，多田先生去找蓋房子的土地，和你太太一起……」

多田要開口之前，久美子狠狠瞪著多田的眼睛。

「你又要叫我不要裝大人對不對？誠把多田先生當自己的哥哥看待，可是我不是。我……」

久美子忽然渾身發熱，因為她認為自己的話也許是出自真心。我是不是無意中看到了這個有妻室的聰明人心中吹起的暖風？而他是不是一直希望只讓我看見那陣風？——這麼一想，久美子害怕起來，轉身便跑。既覺得自己還是繼續在演戲，又覺得已經失去了那種閒情逸致。

在商店街的小鋼珠店前，她的手被追上來的多田抓住了。

「因為和具工業要讓給別人，讓你心情很激動，是不是？」

多田說。久美子搖搖頭，想甩脫他的手。

「以前，我曾經告訴過你吧。有個女人說我是小木偶。那是我學生時代的女朋友。小木偶……意思就是我不是人，是木頭。她說得一點也沒錯。我不指望升官發財，也沒有物欲。但是，當我知道社長為什麼不肯奮戰到底的時候，我第一次有了出人頭地的念頭。今天，要是對方向社長的最後一搏讓步，我想他們應該不得不讓步吧，和具工業的名字會直接留下來，員工也能照常在原大樓上班。我要在被吸收合併的公司裡出人頭地——我懷著這樣的念頭坐上了從訓練中心回來的車。小木偶開始動了。」

多田一口氣說了這番話，一說完，扔也似地放開了久美子的手。

「我們吃點什麼墊墊肚子吧。」

多田準備折回他們剛才走過的商店街。天氣並沒有那麼冷，但行人中有很多穿著厚外套。經過遊樂場前的時候，電子合成的無數聲響聲聲砸在久美子的心頭。多田要把我帶到哪裡去呢？從他難得苦思的神情，久美子心中產生一股預感。曾與多田相約的中央大飯店的玻璃窗，在走出商店街的那一瞬間便映入眼簾。

「你說，社長有生以來把你罵得最慘痛，是什麼緣故？」

多田看著紅綠燈問。

「報紙上報導腎臟也有年限。五十五歲以上的人，不管配對結果如何，都沒有資格捐贈了。我從博正那裡聽說了這篇報導，就影印下來，拿到公司去給爸爸看。爸爸把影印撕掉，丟在我身上……」

燈號變了，他們又邁開腳步。多田的步伐愈來愈快。他進了中央大飯店的大廳，卻不是往咖啡廳去，而是直接走向櫃台。心情震盪的久美子心中有兩個想法。一個是多田一如所願上勾了，一個是對會動的小木偶感到噁心。

服務人員要帶他們到房間，多田拒絕了，把房間鑰匙遞給久美子。

「我十五分鐘後過去。」

說完，多田本來要走向公共電話區，又悄聲說：「如果是在裝大人，就可以回去了。」

這句話，讓久美子當場動彈不得。

「多田先生先去房裡等。」

久美子把鑰匙拿給他，這麼說：「你是打算讓我嚐嚐丟臉得很想死的滋味吧？要我先去，然後你卻不來。你是要這樣捉弄我，取笑我對不對？」

但多田卻毫不猶豫地接過鑰匙，小聲說：「一二五六號房。」

便進了電梯。久美子心想，要是把鑰匙放在櫃台上直接轉身回家，就能成功達成兩年前對多田施展的策略。久美子進了洗手間，補了妝。在渡海牧場的馬房裡，和博正一起坐在花子底下的情景浮現在眼前。

但是，久美子一出洗手間便進了電梯，摁了十二樓的鈕。

久美子一進房間，多田便拉上厚厚的窗簾。房間一角的立燈成了唯一的光源。多田脱掉西裝外套，往床上扔，然後抓住久美子的手腕把她拉到身前，說：

「我已經什麼都不在乎了。」

然後微微一笑。多田身後的立燈讓久美子只能看到多田的眼睛和嘴唇的動作，多田的微笑既像是出自真心，也像是在演戲。

「我呢？」

這究竟是在問什麼，久美子也不明白。

「不到三年，就會有大批和具工業的員工辭職。尤其是與社長走得比較近的那些。逼得他們不得不辭職，是新陣營的慣用手法。和具工業在吸收外包公司的時候，也幹過同樣的事。」

「可是，你剛才不是說，小木偶開始動了嗎？」

久美子以莫名發冷的嘴唇，承受了帶有一絲菸味的嘴唇。倒在床上，專注地望著多田的眼睛。就在久美子開始自暴自棄時，身上的衣服一件件被脱掉。

「沒想到會是這麼寂寞……」

「你是說和我這樣？」

久美子別過臉，點點頭。

「不過，你倒是懂得怎麼接吻。」

多田這麼說，解下領帶。

「因為我練習過。」

「和那些緊追不捨的大學生？」

「是用自己的這裡。」

久美子伸出手臂，指指手肘內側。

「今天不想做到全部。」

「這種事，男人辦不到。」

乳房被多田的手握著，久美子不明白為什麼，有意識地搖了好幾下頭。

「先沖個澡吧。」

久美子沒作聲。多田裸著上半身，放開久美子，進了浴室。久美子把掉落在腳邊、床下的衣服集中起來，拉床單蓋住頭一次被男人觸摸的乳房。

——要是生氣的話，可以再把我的頭當木魚敲啊——

博正的話和樣貌，不時在久美子腦海中掠過。久美子用床單裹住胸部以下的部分，撐起上身在床上側坐時，腰部圍著浴巾，耳際和頸緣的頭髮都濡濕的多田站著說：「比想像得美妙得多。」

「什麼？」

「你的身體真令人陶醉。」

久美子抱起脫掉的衣服擋住身體，進了浴室。打開手提包，尋找噴霧式淡香水。看到寫著父親的話的便條紙，便順手拿起來。最後一行，為即將無路可逃的久美子打開了出口。

——我們來買一座小牧場吧——

她打開蓮蓬頭的開關，拉上浴簾，在馬桶前匆匆穿上衣服。這不是為了想羞辱多田，或是認為多田的魅力不足以讓她走到最後一步。證據就是，久美子一出浴室，便拿起丟在床附近的低跟包鞋，聲淚俱下地說：「對不起，我還是要回去了。」

「我不會讓你走的。」

多田迅速站起來擋住去路，抓住久美子的手。

「讓我回去。我喜歡多田先生，可是我……」

久美子的話，被多田的嘴唇打斷了。那是執拗的，甚至是專情的吻。久美子沒有試圖抗拒，閉著眼睛等多田自行停止。嘴唇一離開，久美子便以幾近懇求的語氣說：「爸爸的紙條上寫了。」

「寫了什麼？」

「要讓留下來的員工……」

「現在那些都和我無關了。我拿鑰匙給你的時候應該就說過了。如果你是想裝大人，大可回去。」

多年養成的習慣這時候出頭了。接下來，久美子便開始演更加無助的小女孩。她真的流下眼淚。

「不會讓留下的員工受委屈的辦法……」

久美子嗚咽著取出紙條，念給多田聽。

「兩點起，我要在京都進行祕密談判，談出一個公司改名也不會讓留下的員工受委屈的辦法。為此，我要打最後一仗。」

久美子省略了買一座小牧場那行。這不能告訴多田——她臨機做出判斷。

「爸爸拚命在打最後一仗的時候，我卻和多田先生……」

多田放開久美子的手，打開房裡的燈。

「我不是說了嗎？我什麼都不在乎了。」

久美子穿上鞋。多田在窗畔的沙發坐下，低聲說：「這種事，可不沒辦法說『好，那我們改天再來吧』的。」

露出淡淡一笑。「我也當不成流氓。你走吧。」

久美子伸手握住門把，問：「我爸爸會變得身無分文嗎？」

「蘆屋的房子會留著。這不是倒閉，銀行存款、社長個人的財產這些都不會被查封。不過公會裡有些人會說話吧。所以，歐拉西翁是久美子的。」

然後，多田點起菸。

「歐拉西翁啊……真是匹帶來很多事情的馬。而且是帶給了很多人。」

又說：「這次吸收合併的開端，也是佃商工的社長來拜託社長務必要把歐拉西翁讓給他。那時候，誠還在世，巴不得歐拉西翁早日上賽馬場，等得度日如年。要是久美子沒有把歐拉西翁送給誠，社長應該會放手吧。我實在很難理解，但佃先生說要出一億圓買歐拉西翁。他買不到，因為社長的回覆是，馬已經給了女兒，女兒恐怕兩億也不賣。為了區區一匹馬而與佃先生為敵，我實在無法想像。擁有純種馬的夢想，有純粹的也有不純的。佃先生也是從他父親那一代就擁有幾十匹純種馬，甚至為此成立了另一家公司。凡是叫什麼什麼坦的，名字最後有個坦字的，都是佃先生的馬。佃先生什麼獎都拿過，獨缺德比。要成為德比優勝馬的馬主的執著，轉變痛恨和具平八郎不肯出讓歐拉西翁。真的很可笑。他靠著金融方面的門路，向和具工業的金主散布些有的沒的消息，同時也對我們最大的客戶展開行動。就為了一匹馬啊。」

多田說完，看著久美子微笑。

「我想，我們不會再見面了吧。合併預定於十二月十五日正式簽約。我也不會再到賽馬場去了。」

久美子走出房間，悄悄關上門。心中有股說不出的眷戀。她認為，她是喜歡多田的。離開飯店，邊走邊瀏覽了好幾家精品店的櫥窗。

——買一座小牧場吧——

父親是說真的嗎？或者，只是故作開朗的玩笑？久美子數了數身上所有的百圓硬幣。一共八個。要打公共電話到北海道的靜內，告訴博正歐拉西翁今天的訓練情況和成績，好像不太夠。她到義大利麵專賣店吃了遲來的午餐，但不是因為餓，而是為了把千圓鈔換成十個硬幣。

電話是博正接的。久美子先不提歐拉西翁的事。

「問你喔，要買渡海牧場那樣大小的牧場要多少？」

「多少什麼？」

「不是錢還會是什麼？」

「這你突然問我我也不知道啊。」

「你不知道？你這樣怎麼繼承你爸爸呀！」

說完，久美子問起千造的情形。博正沒作聲。

「你旁邊有人？」

「嗯，獸醫在。」

久美子告訴他歐拉西翁的訓練成績。

「這根本是成馬的公開賽等級嘛。閉上眼睛跑都會贏了。」

博正這麼說。

「你會來看比賽嗎？」

「一定會去。」

掛了電話，久美子走向電車的收票口，但覺得多田一定還坐在那家飯店的房間裡。想折返的衝動愈來愈強。可是，一上月台，頭頂上猛然作響的發車鈴便將她推進了電車。

1——每隔一化朗（日制為兩百公尺）便豎立在跑道邊作為距離標示，亦可幫助賽馬計時

第九章　春雷

一

「和具工業株式會社」改名為「株式會社和具電子」了。多田時夫的視線在與吸收合併前幾乎是原班人馬的總務部同仁身上繞了一圈，便來到黃昏的御堂筋，初春大南風吹得光禿禿的銀杏樹都快彎腰。

「大樹底下好乘涼……」

仰望公司大樓，看到屋頂上大大的和具電子燈箱招牌，多田低聲這麼說完，過了馬路。本想攔計程車，但心想偶爾走走路增進健康也不錯，便沿著土佐堀川旁的路往西走。距離約定的時間還早，他心想不如繞到佐木多加志的辦公室去看看。

佐木的辦公室，位在浪花筋略往南一棟複合式老大樓的三樓。「純種馬企畫」這幾個字大大地寫在辦公室的玻璃窗上。佐木一辭掉報社的工作便立刻在櫻橋成立了會員制的賽馬預測公司。可是櫻橋那個辦公室的隔壁是一家小小印刷廠，機器運作的聲音一直持續到深夜，佐木打電話將暗號數字錄在答錄機給會員時連帶也會將聲音錄進去。所以去年夏天，他搬到了浪花筋的大樓。多田收到佐木通知辭掉報社工作並成立「純種馬企畫」的問候卡，十天後帶著威士忌去道賀，說了些無關緊要的話，之後兩人便沒再碰過面。

一到辦公室門前，便聽到佐木應答電話的聲音。

「入會費和會費麻煩請以現金袋的方式寄來。那麼，可以請您告訴我聯絡方式嗎？……好的，我明白了。那麼，我會立刻將會員卡和暗號表以及說明書一併寄過去。謝謝您。」

多田在門前一直站到佐木掛電話。因為他產生了一種預感，覺得也許他不要見佐木比較好。他覺得和一個與賽馬世界有關的人接觸，會讓他忘不了已經與自己無緣的和具平八郎和久美子。可是，門從裡面打開，出來的女職員差點撞上多田，驚呼了一聲。他的視線和佐木對上了。佐木從鐵製辦公桌後走出來，說：「咦？真是稀客。」

然後在客用沙發上坐下。

「幹嘛？進來啊。」

「感覺真是生意興隆啊。要是真的能賺到錢，那我也來當會員好了。」

多田在沙發上坐下，望著冷清的辦公室一角一字排開的五台答錄式電話。

「別鬧了。你當了會員，我的預測會全部落空。你可是死神吶，你忘了嗎？」

多田苦笑一下，然後說：「死神小木偶嗎……那就沒救了。」

佐木要從廁所回來的那個外貌欠佳的女職員去叫咖啡外送，然後說了。

「歐拉西翁真是匹厲害的馬。贏了一月的新山紀念賽後休息了一陣子，但下星期就要參加每日盃了。我看牠比完這場就要上東京了吧。他們的規劃是先在中山賽馬場比皋月賞資格賽，然後直接參加皋月賞。」

佐木的臉血還是一樣差，只見他皺起眉頭，以探詢的眼神看多田。

「現在牠再怎麼會跑，也跟我無關了。雖然我也曾經一度把夢想寄託在那匹馬身上。很不像我會做的事吧。」

「什麼夢想？」

多田差點就要把和具平八郎的兒子誠的事說出來，於是他改變了話題。

「大概兩星期前，我遇到那女人了，就是依你的預測買了馬票的那位。她現在成了新地一家俱樂部的媽媽桑。去年秋天才剛開的店，客人卻都是有頭有臉的人物。我不相信木戶物產的會長會出錢幫她開店。那位老先生從來不讓自己的小老婆做生意，包養得密不透風，二十四小時監視，就怕被別的男人偷吃。他不可能會讓自己小老婆當俱樂部媽媽桑的。總不可能靠賽馬賺到能在北新地自己開店吧？」

這回換佐木換腳蹺腳，改變話題。

「和具工業雖然被三榮電機吸收合併了，但和具的名字還留著，現在算是三榮電機的子公司對吧？至少目前是這樣。備受前社長疼愛祕書多田時夫的立場又如何？」

「我現在是總務部的係長了。」

多田取出新名片遞給佐木。佐木注視著那張名片，露出嘲諷的笑容，說道：「那你算是升官了啊。」

「一換成新公司的同時就露骨砍掉和前社長關係密切的人也不好看。所以這是新公司在表態說：我們不會那麼做喔。但不久當然會一個、兩個慢慢調到分公司或工廠去的。」

女職員接起了聽起來像是要申請加入新會員的電話。

「你真的每次辦都一定有賺？」

多田問，但並沒有挖苦佐木的意思。

「賠的時候比較多。會員當中，有兩成是一早就一定會去賽馬場的。加入電話下注的連一成都不到。這麼一來，我就得以剩下的七成，也就是只能到彩券行、或是場外投注站買馬票的那些會員為主來預測了。尤其是後半的那四場比賽。有時候我認為那天一定會中的比賽就不在後半那四場裡。可是，要是在帶子裡留言說今天沒有比賽好買，那會員就失去那一天的樂趣了。所以，賺過的，從我做這一行開始，大概就只有四次。」

咖啡店的女服務生送咖啡來了。佐木對職員說她可以下班了，然後喝了咖啡。直到職員在簾子隔起來的小房間裡換好衣服、離開辦公室之前，多田和佐木都默默地抽著菸。等那個長相雖然不佳但看來十分老實、大概才二十歲出頭的職員離開之後，說：「她是有老公的。上次，都已經懷孕了，卻在去年底把孩子拿掉了。說他們的方針是在存到買房子的頭期款之前不生孩子。我跟她說，一個健康的女人把孩子拿掉是一種罪過，但她老公都贊成了，我這個外人勸她生豈不是多管閒事。明明就有很多想要孩子卻生不出來的夫婦啊。」

說完佐木朝多田瞄了一眼。然後，對多田投以黏力極强的視線。

「你剛才說，你自己也曾把夢想寄託在歐拉西翁身上。又說，現在就算再會跑也和你無關。這是什麼意思？」

一陣懷念自多田心中湧現。一有空就往誠的病房跑的日子，誠把久美子告訴他的歐拉西翁的訓練成績和狀態抄在筆記上的事，彷彿都成了透明世界裡不能失去的回憶。但是，多田卻為了拋開對信賴自己、疼愛自己遠超過社長員工關係的和具平八郎的罪惡感，在遲疑良久之後，終究還是把和具平八郎個人的祕密告訴了佐木。以另一種罪惡感來麻痺抹拭不掉的罪惡感。

聽完多田的話，「哦，原來還發生過這種事啊。」

佐木多加志只低低說了這句話，並沒有要針對這個話題繼續發揮。

只不過，對於歐拉西翁倒是以難得熱切的語氣說：「贏得第二場比賽的時候，奈良根本什麼都沒做。感覺就只是握著韁騎在馬上而已。到了三分三厘才移往外側，到了終點前一百公尺左右，五匹馬並列為一直線。奈良的手只稍微動了一下，歐拉西翁就整個衝出去了。那四條腿可不是一般的馬能相提並論的。搭載的引擎不同啊。到終點的時候，竟然已領先八個馬身。可是，一加速，牠就會有點向內側靠。我很想確認那是因為馬還年輕呢，還是牠就是有這個習慣，所以年底第三場比賽，我親自到阪神賽馬場去看了。那場是阪神三歲錦標賽。G1，也就是三歲馬最高級的比賽。公告是『重』馬場[1]，但幾乎已經可以算是『不良』了。奈良這次是在直線跑道往內衝。應該是被前面的馬擋住去向，沒辦法只好往馬場最爛的最內側鑽了吧。其他的馬看起來簡直就像靜止了。領先的馬本來輕輕鬆鬆跑在前面，一眨眼就被牠超出四個馬身大獲全勝。我都忍不住嘆氣了。」

「那時候也往內偏了嗎？」

多田問。

「沒有，沒往內偏。要是偏了就慘了，會撞到內側柵欄，奈良和馬恐怕都會受重傷。可是，馬自己是不會去撞內側柵欄的。明明不會卻還是往內側偏的時候，就是因為馬很痛苦。可是，如果一有追兵就往內偏是改不掉的習慣，那就代表奈良的騎法是要不得的危險。」

佐木頓了一下，接著又說：「可是，第二場比賽往內偏，果然是歐拉西翁的習慣。我以為他們既然贏了三歲錦標賽，一月的新山紀念賽就不會出賽了。可是，砂田大叔還是要他們出賽了。外表雖然看不出來，但馬一定累了。一路跑起來的狀況並不好，終點前的衝刺和之前的比賽相比，勁道也不夠。奈良頭一次揮鞭死命追。我想奈良一定也知道吧。他只揮了兩次右鞭。可是，歐拉西翁往內側偏了。要是旁邊有馬，歐拉西翁就違規失去資格了。所幸，本來和牠並列的馬後繼無力落後了，所以只是判奈良在直線跑道斜行罰錢而已。歐拉西翁的强不是普通的强。這樣一場比賽，竟然還領先第二名的馬三個馬身。」

然後佐木緩緩吐出香菸的煙。

「最好是換人騎。」

「為什麼？」

「因為奈良的騎法太危險了。」

多田看看表，發現快到約定的時間，便站起來，問：「既然賠錢的時候多，會員不就會退會嗎？」

佐木臉上露出一如往常無精打采的笑容。

「退就退啊。等到人數變少了，我再到體育報上登大廣告。想不勞而獲的笨蛋就會來當新會員了。」

佐木靠在沙發上，問要離開辦公室的多田。

「你還有工作？」

「算是吧。我和人約在那邊的飯店碰面。」

「什麼時候會結束？」

「不知道。不過應該不會超過十點。」

「你那裡忙完要不要一起喝一杯？」

多田不怎麼感興趣，但說：「你要帶我去那個女人的俱樂部嗎？我可以作陪。但那可不是上班族花自己的錢去得起的地方。沒報公帳去不了。」

「我十點在那裡等你。」佐木這麼說。

沿著立春才剛過十天的河畔走向蓋在堂島大橋前的飯店，多田時夫豎起耳朵傾聽大樓與大樓間呼嘯而過的風聲。他覺得好像能了解和具平八郎為何在初見誠之後，便到靜內的渡海牧場去。那時候，他壓抑感情，硬要和具平八郎回大阪與德國採購簽約，但就結果而言，這卻成為被三榮電機合併的導火線。多田後悔自己的短視，停下來想點菸。

風很大，打火機的火就算點燃，也立刻就被吹熄。第一次隨著和具平八郎到靜内的渡海牧場那一晚颳著强風，卻不是這種污濁的風。那一晚，我擔心獨自到牧場裡去的平八郎，尾隨而上，只見他倚著柵欄坐在鋪在草地上的手帕上。我也跟著在他身邊坐下。平八郎想以打火機的火光照亮我的臉，火卻被風吹熄了。多田想起三年前那一晚的渡海牧場，就好像才短短幾個小時前發生的事。草香與馬糞味與馬的嘶鳴聲，連同渡海博正對當時還喚作「小黑」的歐拉西翁說的話，都鮮明地復甦。

——明年，你就要離開你媽媽和我，自己孤伶伶的了。到時候你會傷心難過，會哭，可是你就是要經歷這些才能成為一匹賽馬。你很快就會忘記自己的媽媽，也會忘了我的。可是，我會一直向西貝查利河祈禱，要上天保佑你不會受傷，然後一定能參加德比大賽——

多田心中，出現了博正將自己的臉頰貼在小馬臉上，雙臂環抱著牠的脖子的情景。

——我和爸爸都會去看你的德比大賽。一想到那時候的事，我的心就一直怦怦跳。小黑，將來你一定要回到我身邊。我每天每天，都會這樣祈禱的——

多田想到為小馬取名為歐拉西翁的正是自己，思索起數度從博正口中出現的祈禱這個詞的意義。又想，不知博正的父親千造的壽命能不能支撐到德比當天。一邁出腳步，多田臉上露出了賭氣的笑容。因為他腦海中閃過了一個想法：我這個死神，與和具平八郎和久美子、渡海千造和博正，還有歐拉西翁，都無關了。

進了飯店寬敞的大廳，多田在櫃台旁轉個彎進了地下樓的酒吧。佃商工的佃光康，以及三榮電機的常務宇野圭市，就坐在靠裡的座位上。

「抱歉我來晚了。」

多田這麼說，正想落坐的時候，佃伸手制止了他。

「是我們來早了。這裡耳目多，我已經在南地的餐廳訂了位。我們移師到那邊去吧。」

說完，同宇野一起站起來。多田沒料到三榮電機的宇野圭市竟會同席，簡單寒暄後，走出了飯店大門。佃的車子等在那裡。

車子前往心齋橋附近的料亭途中，宇野圭市只說：「我住剛才那家飯店的事要保密。」

就沒再說半句話了。宇野圭市在京都與和具平八郎最終談判時，事先便已知道平八郎執意留下「和具」之名，若談不成寧可使合併談判破裂。他最擔心的是，答應這個條件以使談判順利進行的決定是否會成為自己的重大失誤。平八郎在席間强調公司財產與累積赤字之間的平衡，表示必須採取合併而非吸收的形式，否則會大挫留下來的員工的士氣，因此不同意將「和具工業」改名為「三榮工業」。同時他也言明自己早已下定決心，若是三榮電機對這一點無法妥協，那麼即使裁掉半數員工，也要靠自己的力量讓和具工業繼續走下去。就算結果是不歸路也在所不惜。

三榮電機這方面，則是極度渴望得到和具工業。因為和具工業與西德的裁縫車製造商和大型農機具製造商簽下了十年合約。三榮電機也努力拓展海外市場，但西歐各國對日本的貿易摩擦日益擴大，若繼續積極西進，那麼問題很可能不僅止於經濟，甚至會演變成國際間的政治問題。三榮電機的領導高層當初看上和具工業，主要便是其具有作為西歐貿易隱身衣的價值，若合併成功，打算將社名改為「和具電子」。

然而，這其中卻牽扯上三榮電機的人事鬥爭。「和具電子」這家新公司的社長，有兩名常務出線——宇野圭市，以及津山松次郎。這兩位互爭下任副社長、甚至社長寶座的勁敵，無論如何都必須把對方趕到新子公司社長這個位子。合併工作才剛開始展開具體行動，三榮電機的社長健康便亮起紅燈，無法勝任而忍痛退位，但就任新社長的，卻是三名副社長中與宇野關係不太好的那個。於是，宇野圭市便暗中布局，讓直接負責與和具工業談合併的津山松次郎犯下致命失誤，成功擊敗對手。

在料亭二樓的包廂安頓好，事先交代好的服務人員一離開，宇野便在佃與多田的酒杯裡斟酒。

「多田幫了不少忙，我卻還沒有表示慰勞之意。」

「升副社長的人事命令還沒有下來嗎？」

佃光康藏起他的狡猾，若無其事地問。

「這可不是開玩笑的。將來的事誰也不知道。」

宇野圭市照常以看不出心情是好是壞的表情回答。

「要不是多田告訴我們和具先生肚子裡的算盤，合併恐怕早就失敗了。和具工業的員工既沒有什麼騷動，我們派過去的主管也都安然上任。三榮電機很感謝多田。高瞻遠矚的人可不多。我很能理解多田為何備受和具先生垂青。」

多田道貌岸然地接受了宇野這番棉裡針的發言，喝了杯裡的酒。在內心告訴自己：我對和具平八郎沒有絲毫罪惡感。

「先忍耐個兩年吧。多田的意願，三榮電機的社長和副社長心裡都有數。」

「但是，對和具電子的津山社長來說，我這個人就有點刺眼了。」

宇野面無表情地對多田這句話點點頭。

「這我知道。不要理他。」

只這麼回答。

「不過，和具先生竟然這麼乾脆就退出，倒是出乎我意料之外。」

佃邊為回敬宇野倒酒，邊得意地說。佃光康是和具平八郎與三榮電機首腦集團的媒人，當時便已從多田時夫身上得到了幾則情報。他為了自身的利益，將他從多田那裡得到情報放出一些風聲，使談判觸礁，在緊要關頭將面子賣給雙方。

「啊，也要謝謝佃先生的大力幫忙。」

宇野這麼說，關於合併的話題便就此打住，談起高爾夫球、三榮電機贊助的電視節目等等也不見得多愉快的事。佃將手一拍，要前來的服務人員上菜。

端上桌的料理，只擺在佃和多田面前。宇野圭市對一臉狐疑的佃說：「兩位請慢用。不好意思，我接下來還得去見一個人，先告辭了。」

之後離開了包廂。受到冷落的佃哼地輕笑一聲，摘下度數很重的無框眼鏡，拿濕毛巾抹了油膩的臉。

「他啊，心裡擔心得不得了。能不能當上副社長，只有五分把握。」

「可是，如果宇野常務沒有依照計畫升為副社長，佃先生不是不太方便嗎？為雙方握斡豈不是白忙一場？」

「多田，你不也一樣嗎。兩年後等你當上和具電子的總務部祕書課長，被母公司三榮電機挖角，以總公司總務部係長的身分再出發的條件，也得要宇野當上副社長才能兌現。」

「那些條件不是我開的啊。」

多田說。

「是事情談到一半，三榮電機透過佃先生提出來的。」

「可是，這些都是口頭約定。你接下來要爬的階梯是很脆弱、很容易崩塌的。」

多田自行倒酒，喝了一口，問道：「佃先生今天找我有什麼事？您一句也沒提到宇野常務會出席。其實也沒什麼好隱瞞的。」

「我打電話給你的時候，也不知道宇野先生來到大阪了。我要離開公司的時候接到宇野先生的電話，問我方不方便和他談談。我說我約了多田要碰面，他就說那正好，請多田也一起，就掛了電話。我想告訴你這件事，馬上就打電話給你，但你已經離開公司了。」

多田點點頭，吃了一口老虎魚肝。

「那麼就請佃先生告訴我有什麼事吧。」

說完又喝了酒。久美子乳房的乳頭的顏色和觸感，從剛剛就一直不斷在多田心中閃現。

「和具工業的工會會員，對於和具平八郎把公司交給別人自己下台後，還逍遙自在地玩他的賽馬，難道都沒有怨言嗎？」

「馬……？」

多田手上的酒杯在嘴邊停下來。

「就是歐拉西翁啊！在法律上，和具工業並不是破產。工廠、淀屋橋的大樓、員工、機械、零件、客戶，全都變成三榮電機的。和具先生個人的財產並沒有遭到扣押。可是啊，被留下來的員工對於把公司搞成這樣的社長，自己找了退路去玩賽馬，情感上應該無法原諒吧？若和具先生知道員工之間有這樣的怨言，在道義上也只能放棄馬了。」

「而佃先生要買下他放棄的馬是嗎？」

酒杯傾斜溢出來的酒，沿著多田的手指，濕了白襯衫的袖口。

「我一直以為，和具平八郎在自己的公司被吸收合併以後就會賣掉歐拉西翁的。」

佃這麼說，那雙因為高度近視眼鏡而顯得更小的眼睛注視著多田。我的背叛，是為了自己，為了和具工業，甚至也是為了和具平八郎。不是為了把歐拉西翁讓給你這種賽馬痴——多田控制住氣得差點發抖的自己這麼想。他把酒杯往桌上一放。

「和具平八郎先生從來沒有用公司的錢買過任何一匹馬。歐拉西翁當然也一樣。而且社長……」

說到這裡，他閉口不語。一方面是一時口誤喊了平八郎社長而著了慌，但主要是不想將平八郎如何運用馬所賺來的獎金告訴佃。但是，佃卻硬纏著多田想知道他本來要說什麼。

「幹嘛不把話說完。『而且社長』怎麼樣？」

「而且社長在公司經營狀態惡化的時候，就把所有的馬都賣掉了。」

多田不帶感情，以這句話帶過。

「與其空有五十四劣馬，不如擁有一匹歐拉西翁。」

「和具平八郎先生賣掉手上的馬的時候，歐拉西翁才兩歲，還是一匹看不出將來會有什麼成就的小馬……」

佃突然把和式椅和坐墊推到身後，在榻榻米上正座，雙手扶地。

「拜託。請你幫忙搧動工會。不，其實不必搧動，只要多田親口向和具先生說，工會認為拋棄公司的社長還玩賽馬行止有虧而感到不滿，這樣就行了。我無論如何都想得到歐拉西翁。」

說完，抬眼望著多田。

「您找我，就是為了這件事嗎？」

多田回答「我明白了」，站起來。不這麼說，恐怕無法離開這裡，而同時他也認為此時觸怒佃並非上策。

「你答應了？」

「我會向和具先生說說看。但我能做的也只有這麼多了。」

多田一離開料亭便看了看表。八點半。他本來就沒有打電話給平八郎的意思。只要說他出門旅行聯絡不上，就能拖延一些時日。屆時，德比大賽也就結束了吧。

多田想一個人喝點小酒，便想到「提燈」去。他實在懶得十點再去和佐木多加志碰面，便想打電話到俱樂部留言轉告他今晚沒辦法去，卻想不起俱樂部的名字。那是三榮電機派來的新董事帶著多田和祕書室其他員工一連喝了好幾家之後去的，所以多田的注意力全都放在客人的面孔，以及那位曾在賽馬場的馬主休息區見過一面的女子竟然是媽媽桑這件事上，只記得店名是一個很長的名字。

「放他鴿子好了。」

他無力地自言自語，攔了計程車。

「到新地嗎？」

計程車司機以失望的語氣說。

「不好意思這麼近。不過，你可以停在四橋筋那邊。」

「加把勁吧！」

多田把這句話當成司機要求額外收費。

「要加多少呢？兩千？」

司機以和善的笑容回頭，發了車，說：「不是的，不是這個意思。『加把勁』是我們的暗號。」

說著一面向南走單向通行的御堂筋，右轉從湊町進入車多的四橋筋。

「哦，是什麼暗號？」

「有時候，再怎麼等就是等不到客人。明明很多人來來去去，就是沒有人搭計程車。這時候，就算是走路十分鐘的地方都沒關係，先載客上路再說。這樣，我們就叫作『加把勁』。」

「哦，『加把勁』，是嗎。」

「這麼一來，當這位客人下車的時候，就會有另一位客人上車，就開始源源不絕了。很神奇喔。不過不是每次都這麼順利就是了。」

「原來如此。無論哪一行哪一業都很像啊。」

多田在四橋筋靠近「提燈」的路口下了車，站在街角觀察計程車的情況。一名男子摟著看似酒店小姐的年輕女子，敲了多田搭來的那輛計程車的車窗，大聲說：「到京都。」

多田不自覺地微笑，站在原地直到那輛計程車的後車燈消失。

他在誠喪禮那天，代替無法出席的平八郎上了香，同一時刻，平八郎正面對西德農機具製造商馮德公司副社長及亞洲總代理社長，為締結長期合約進行最後協商。對方對和具工業的ＩＣ零件給予高度評價，在售價方面也達成共識，但對十年合約卻面有難色。

馮德公司的母公司是同樣位於西德的縫紉機製造商。平八郎透過一位現居於西德、值得信賴的日本人，調查了馮德公司所謂的身家背景。了解到馮德公司所採用的ＩＣ零件，母公司也不得不採用，所以平八郎的目標，其實是與那家縫紉機製造商簽約。

平八郎堅持售價的百分比依合約年份變動的方案。但是，十年合約所得的收入與五年合約相比，差距甚微。若是著眼於利潤，五年合約其實獲利更多。

然而，利潤雖薄，但平八郎看重的是能與西德數一數二的兩家公司締結十年合約的穩定，以及和具工業在日本的評價這兩點，決定賭上公司的命運。

接下來的一個月，負責業務的董事數度往返西德，簽下了十年合約。然而，便在這短短期間內，國內需求大幅滑落。他們在日本最大的客戶，一家影印機製造商，倒閉了。彷彿是配合這個時機般，三榮電機減刪了百分之四十的訂單。無論再怎麼刪減經費也無法填補赤字。但是，阻止他們採取裁員與縮小工廠規模等最終手段的，正是與西德這二家公司所締結的十年合約。兩家公司在合約中均有「商品無法準時交貨時，應負起合約中既定之責任」這一條。若履行了責任，就只有破產一途，和具工業因此而進退維谷。

若申請更生，等於實際上破產，就不必對西德兩家公司負責。和具工業連日召開董事會直至深夜。這時候，多田聽平八郎親口說起佃光康向金融機關施壓這個實在令人費解的舉動。

「我或者哪個董事去探聽，他都不會說實話的。你能不能不著痕跡地去探探消息？」

多田忘不了平八郎當時的眼神。彷彿看著血脈相連的兒子，完全沒有預料到多田的背叛。平八郎之所以命多田與佃接觸，是因為多田也經常陪他們在賽馬場上用午餐。多田獨自前往馬主休息區，坐在佃附近。佃問起：「咦？和具先生呢？」

多田回答社長有急事回去了，自己本來也想回去的，但有點好奇，想偶爾也買買馬票。聊了馬票一些無關緊要的話題後，佃提起：「多田，要讓和具工業繼續存留下去的辦法只有一個。」

與三榮電機合併這條路，用不著佃說，平八郎與衆董事都想過了。多田也認為除此之外沒有第二條路。

「有一個最好的辦法，只要和具先生拿定主意，所有員工都不必丟飯碗。可是，要採取這個辦法，一定要有人把感情二字放一邊。」

佃悄聲這麼說。

晚上，多田走在新地邊緣行人少的的路上，打開了「提燈」的門。三名常客微微點頭致意。多田點頭以報，在吧檯坐下來。在這家「提燈」喝酒的常客總是一個人來，有時和老闆豐哥下下將棋，有時專心玩拼圖。雖然知道彼此的姓氏，但除非有特別的狀況，否則並不會同席談天，更不用說互相詢問彼此的職業或是住在哪裡這些私事了。

「歡迎歡迎。好久沒見你來，我很擔心呢。」

豐哥說，將杯墊和小菜放在吧檯上。

「風好大啊。旁邊剛好是高樓大廈，簡直就像走在龍捲風裡。這種現象好像有個專有名詞啊，都市大樓底下吹的這種風。」

「好像是呢。叫什麼來著？我也忘了。」

藍調的現代爵士樂在店內流淌。

「幫我調濃一點。」

豐哥正把威士忌兑水的酒杯放在杯墊上，開始加冰塊，多田時夫對他這麼說，然後點起菸，將煙與一口好大的嘆息一起吐出來。

「去年十一月吧，歐拉西翁的馬主來過，和我聊了馬。」

豐哥這樣說完之後，停下攪動攪棒的手，小聲問：「我一直買歐拉西翁這匹馬的單勝。聽說名字是多田先生取的，真的嗎？」

無論走到哪裡都會遇到歐拉西翁這個名字。多田只覺得上天似乎故意作弄他，回答：「嗯，是我取的。」

「那位砂田馴馬師，給歐拉西翁的訓練和其他的馬都不同吶。每一場比賽都訓練到滿。所以，我猜下星期的每日盃歐拉西翁應該不會出賽。應該是春季錦標賽，也就是皋月賞的資格賽，然後皋月賞，再跳過NHK盃進德比。」

「你對賽馬好了解啊。啊，對了，你以前和幾個朋友合夥買過馬對吧？」

豐哥苦笑：「我們的馬雖然一樣是純種馬，但和歐拉西翁相比，根本是天壤之別啊。接下來如果沒有意外，歐拉西翁一定會贏得德比的。到時候多田先生就會上電視了。」

「怎麼說？」

「贏了，就會上頒獎台拍紀念照啊。馬主和馴馬師牽著歐拉西翁，多田先生當然也要一起上台啊。多田先生可是和社長一起去買那匹馬，而且還為牠取名歐拉西翁的呢。」

豐哥並不知道和具工業已被三榮電機吸收合併一事。多田時夫明知如此，但別說心頭像是被刺了一下，簡直就是一箭穿心。

為了和具工業的員工？為了和具平八郎？哼，那只是想自我催眠罷了。我是為了我自己，才背地裡將情報洩露給佃光康，然後為宇野圭市的青雲之路鋪路。是我告訴宇野，若堅持將社名改成三榮工業，和具平八郎會不惜讓合併的談判破裂，申請更生。宇野便是利用這一點，設計讓津山松次郎談判失敗，為自己創造機會，提出和具電子這個妥協方案，火速達成協議。或許這並非唯一的理由，但宇野圭市幾乎可以穩坐總公司的副社長之位，津山松次郎則被派往子公司擔任社長。

津山恐怕再也無法回到三榮電機了。多田大口喝著濃濃的威士忌兑水，潛心思索。宇野圭市多半會不惜一切手段，將和具電子這個內定的公司名改為三榮工業，但這些對多田而言都已經不重要了。多田倒是很想知道平八郎為什麼要費這麼大的力氣，就為了要留住和具這兩個字。平八郎的說法是會打擊員工的士氣，但多田認為這只不過是表面的說詞，理由沒有這麼單純……

多田腦海中，閃過了平八郎在栗東訓練中心要自己轉交久美子的紙條。哭著求他讓她走的久美子念給他的那一段。

——兩點起，我要在京都進行祕密談判，談出一個不會讓留下的員工受委屈的辦法。為此，我要打最後一仗——

但是，就算這些話出自真心，其說服力仍不足以解開多田的疑問。

算了，已經結束了。多田將下巴放在擱在吧檯的手上。豐哥為別的客人上了波本加冰塊回到吧檯，對多田說：「歐拉西翁的馬主真是個好女人。看起來很有味道啊。」

「不知是軟是硬，不過有嚼勁是真的。」

「可是，既然是社長的女兒，多田先生也不能試吃啊。」

「會飯碗不保吧。」

「那位小姐，對多田先生一副若即若離的樣子……」

「不愧是豐哥。就是這樣。要是一不小心自作多情，很可能就會栽跟斗。豐哥，依你看呢？」

「唔——」

豐哥雙臂環胸，歪著頭回答：「看她當時的心情，有時候喜歡，有時候不喜歡吧？」

多田輕聲笑了。因為他覺得很可能就是這樣。

「豐哥做這一行三十年，想來一定見過各種情侶，看得也深啊。」

多田心中，在可惜的同時，也為自己沒有在背叛和具平八郎後，再對他落井下石而感到寬慰。那時候，如果他想占有久美子，是辦得到的。那麼細緻的肌膚難得一見，那麼純潔又玲瓏有致的身軀也不是到處都有。

「嘖，太浪費了。」

醉意上湧，多田半開玩笑地對豐哥說。

「咦？聽起來像是有過機會啊。」

「千載難逢的機會啊。可是，我錯過了。」

「但也省得砸了飯碗。」

「對，所以就不必可惜了。」

豐哥與多田相視一笑，然後背靠著吧檯，壓低聲音說：「以前啊，曾經碰過一個女人。」

「誰？」

「我啊。」

「真有你的。」

「那時候，我已經有老婆小孩了。關係大概維持了三個月吧。很可怕啊！她竟然要我抛下老婆孩子，跟她結婚。我可慌了。還在努力試圖和平解決的時候，就被對方的父母發現了，最後連我老婆都知道了。」

「好悲慘啊。」

「花了一年多，才和她斷乾淨。有人居中調解，和她那邊的問題總算解決了。可是，好不容易搞定了，正想喘一口氣的時候，老婆說要離婚。」

「可是，最後還是原諒你了吧？」

豐哥的笑容消失了，直盯著多田緩緩搖頭。

「表面上啦。但她一輩子都不會原諒我的。老婆的心情是永遠都沒有辦法解決的。」

「現在還會時不時拿出來刺你一下？」

「何止是刺呢。」

豐哥望著天花板。

「想到等老婆和我都老了，萬一我身體不聽使喚的時候，我都會不寒而慄。」

多田本來想放佐木鴿子的，但和豐哥談談說說，灰死的心情活過來幾分，便想和佐木喝上一杯再回家，付了錢離開了「提燈」。雖然不記得俱樂部的名字，但地點大致還有譜。可是，一步出「提燈」，被豐哥說的「龍捲風似的風」一吹，多田拉緊外套胸口，就地佇立。恐怕是由煙塵和不知來歷的金屬微細粉末、人類的嘆息和穢物的臭味形成的大都會的風，助長了和具平八郎心中、以及自己心中各自不同的虛無。這樣的風，吹在每一個大都會的人身上，然而對那些不知不覺將北海道馬兒們所睡的牧場的晚風當作自身的鄉愁深藏於心的人而言，這樣的風卻讓他們突然離開自己所築起的亭臺樓閣，或是讓他們幻惑於微不足道的樓閣而步上千瘡百孔的路。

多田踢開滾落在腳邊的一個可樂空瓶。然後，無精打采地邁開腳步。在靜內的渡海牧場上和平八郎的交談，片斷片斷地浮現。

「如果誠要活下去，無論如何都不能沒有社長的一個腎臟的話，您要怎麼做？」

「如果是你，你會怎麼做？」

「如果是我，會二話不說把自己的腎臟給兒子。」

偽善的東西，竟敢大言不慚地說這種話。多田被新地本通的人潮吞沒。

「因為是我的兒子。我在書上看過，母親的肉是孩子的肉，孩子的骨頭是母親的骨頭。這句話非常動人。我覺得母親的部分同樣可以替換成父親。」

「可是，我的狀況有點不同。」

白色進口車的照後鏡撞到多田的手肘。他踉蹌了幾步，手扶在一家小俱樂部入口的腳踏墊上。

「你又露出那種笑了對不對。」

「沒有，我沒有笑。」

多田拍掉手上的塵土，再度邁步。心想，我背叛平八郎，是理所當然的結果。母親的肉是孩子的肉，孩子的骨頭是母親的骨頭……我的母親背叛得了肺病在療養所裡養病的丈夫，和別的男人跑掉了。我可是從那個女人肚子裡生出來的。

多田站在一幢眼熟的大樓前，看了五顏六色的招牌，呆望著其中寫著「俱樂部安東羅妮」字樣的。他先環顧四周，確定沒錯，才走到電梯前。然而，他卻轉過身，離開了這棟在過度耀眼的照明中顯得泛白混濁的大樓。見到佐木，又要繼續談歐拉西翁？算了吧。

走過新地的木一通，來到御堂筋，風停了。他覺得無法再度踏上靜内的渡海牧場，便是背叛最大的懲罰，忽然加速腳步，走過滿地傳單散亂的馬路前往大阪車站。

二

三月下旬的星期六，多田穿著涼鞋進了社區的電梯，匆匆經過管理員辦公室，把抱在懷裡的兩匹臘腸狗放下來。

「你們吃太多了啦，會短命喔。」

牽著兩條牽繩走在多雲的公園裡，多田對這對胖嘟嘟的狗夫妻說。他在香菸舖買了賽馬的預測小報，順著狗狗的意朝牠們想去的方向走，邊走邊細看明天將在東京中山賽馬場舉行的皐月賞資格賽參賽表。歐拉西翁在二十四馬中，是第五組十號。「提燈」的豐哥的預測比佐木多加志還準，歐拉西翁沒有留下來參加每日盃，而是選擇及早東行，準備參加皐月賞資格賽與皐月賞。

「天冷的時候我不想勉强馬，所以把間隔拉開。雖然距離上一場比賽超過兩個月，但訓練都完成了。比賽應該會有好表現。」多田讀著砂田馴馬師這段話，在長椅上坐下。他注視了歐拉西翁這幾個字良久。一匹賽馬能跑進公開賽就已經像中彩券了，歐拉西翁卻已經贏了兩場重賞賽，走上經典路線。久美子的馬主運應該不是普通的好。一想到這裡，多田又想，不，雖然人已經死了，但歐拉西翁的馬主是誠。你的一生雖然又短又不幸，但馬主運可是不同凡響

——多田自言自語地說完。

「如果還活著的話……」

又看著臘腸狗濕潤的鼻子這麼說。

「歐拉西翁啊。四戰三勝，體重四百七十公斤，毛色黑。父，弗拉迪米爾，母，花影。生於靜內渡海牧場。馬主，和具平八郎。」

多田出聲念出預測報上記載的小字。兩隻臘腸狗看著多田。

「那匹不起眼的小黑馬……」

多田對狗狗說話的時候，看到妻子澄子跑過來。狗狗搖著尾巴迎向澄子，因而繃緊了牽繩。

「社長打電話來。」

「社長？」

「對，之前的社長，和具社長。我說你去散步了，他說等你回家請回電。」

這是平八郎離開社長之職後頭一次打電話來。多田將狗狗的牽繩交給妻子，回到社區裡的家。

「渡海先生今天早上過世了。」

平八郎以低低的聲音告訴多田。

「醫生之前說過應該能撐到八月，可是病情突然惡化。」

「……是嗎。」

除此之外，他說不出別的話。

「明天是守靈，喪禮是後天。我和久美子都會去……」

平八郎說到這裡就停了。多田知道，他本來是想問「你呢？」卻打住了。

「下星期一我實在無法請假。」

多田尷尬地回答。其實並沒有什麼重要的工作，是可以請假的。但他就是不敢說明天中午要和妻子一起去看施工中的新家工程。合約載明是梅雨前交屋，所以建築公司就連星期天也要工人趕工。妻子滿腦子都是新家的事，從十天前就一直期待著明天一起去看。

「是嗎。那我會代你問候渡海太太和他兒子的。」

「能不能請您代墊奠儀？我再寄給您。」

平八郎說聲好，就要掛電話。

「社長。」

多田叫道。

「我已經不是社長了。」

「您還好嗎？」

「我好得都不好意思了。你呢？」

「我很好。」

平八郎又舉了好幾個社員的名字，問大家是否都安好。其中也問到了岩崎庶務課長。

「岩崎先生被調到岡山工廠那邊去了。去當那邊庶務的負責人。」

「工廠？什麼時候的事？」

「上星期才決定的。」

平八郎只低聲說了一句「是嗎」便掛了電話。多田對愈想愈對自己冷漠的應答覺得過意不去，幾度想再打電話給平八郎。但每次他都望著窗外在三棵大白楊樹後若隱若現的妻子和狗狗。他很想和平八郎一起到靜內的渡海牧場去給渡海千造上香。雖然只有一面之緣，但被日頭曬黑的那張不會說謊的臉，一直印在多田心裡。

——取個渡海牧場這個有模有樣的名字，擺出一臉獨當一面的育馬者的面孔，培育出來的馬卻幾乎都是大牧場眼裡幾近廢物的馬。即使如此，好歹也是養活了一家人，但我很希望在自己有生之年，至少能培養出一匹在德比或菊花賞的熱門馬啊——

回想起渡海千造的這番話，多田從長褲的後口袋取出折起來的預測小報。心想，世事總是不盡人意。誠沒能看到歐拉西翁出賽，渡海千造也沒看到備受人們支持與喜愛的歐拉西翁在大舞台疾馳。真的就連這點時間也不能等嗎！他好想向上天怒吼。儘管想念平八郎，也很希望能去送渡海千造最後一程，但多田更想早日遠離平八郎與久美子的影子。

但是，他們的影子卻宛如自己的影子一般，寸步不離。通勤的電車上也好，坐在總務部的辦公桌前也好，他不禁會懷疑為何自己會成為佃光康和宇野圭市的走足，為三榮電機那邊當起合併案中的間諜？每次，多田都告訴自己：「是一時鬼迷心竅。」就算裁掉一半員工，因而一蹶不振，自己也應該和平八郎、岩崎庶務課長等人一起投身於振興公司的苦戰的。這樣的想法日益增強，但同時他又會換個角度想，被裁員的人又該何去何從？正因為合併順利進行，除了主動請辭的人，沒有人忽然失去工作。

公園裡有好幾株櫻花樹。花苞迎著透寒中卻也帶一絲暖意的風，漸漸脹大。多田打開窗戶，抽了菸。不見妻子和狗的身影。門開了，抱著兩隻狗的妻子進門來，拿抹布仔細將八隻腳擦乾淨。

「最近牠們夫婦感情很差。」

「感情很差？」

「一直吵架。」

原來說的是狗啊。多田關上窗戶，無所事事地踱到廚房，忽然想，不如喝個啤酒睡個午覺好了。

「就是這個任性的老公呀，老婆明明不願意還要用强。我倒是覺得，都這麼久了，牠應該也要明白時間不到就是不行才對。」

澄子摸著仰天而躺的公狗的肚子，問：「社長找你什麼事？」

「渡海先生今天早上過世了。他要去參加喪禮，問我要不要一起去。」

「渡海先生……？」

「就是歐拉西翁出生的牧場場主。」

「哦……，那個人呀。你怎麼回答？」

「喪禮是星期一，我沒辦法請假。」

多田從冰箱裡拿出啤酒和起司，兩隻狗立刻巴住他的膝蓋。

「別讓牠們吃起司喔。再胖下去對心臟不好。」

「明明隨時都在身邊，一年卻只能兩次，真的太折磨人了啊。」

多田背著澄子，餵了公狗一小塊起司。母狗生氣地對公狗低吼。

「你工作很忙嗎？」

「也沒有特別忙。」

「那你就去嘛？」

多田邊往杯子裡倒啤酒，邊看澄子。

澄子那張只搽了口紅的臉轉過來，說：「其實你很想去吧？我也一起去好了。我還沒去過北海道呢。」

「是去參加喪禮，又不是帶老婆去遊山玩水。」

「我可以找個地方等你參加完喪禮呀。」

「北海道雪還沒融喔。」

「可是，有很多好吃的東西吧？像是毛蟹啦，還有那個叫什麼的？鮭魚生魚片啦……」

多田托著腮，望著漸漸消失的啤酒泡泡。他很心動。說起來，這兩、三年，都沒有帶妻子到哪裡去走走。

「雖然很像利用別人的不幸，可是你就去吃吃好吃的東西，充充電，散散心吧？」

「我看起來像是需要散心的樣子喔？」

澄子點點頭。

「你很喜歡社長吧？很想跟他殉情對不對？」

說完，淘氣地笑了。

「可是，你要看開一點。和具工業被三榮電機合併以後，社長就不再是和具平八郎了。又不是小孩子了，沒辦法只講喜歡討厭的。」

澄子是三姊妹中的老么，家裡雖然算不上多有錢，但成長過程倒也無憂無慮。她出身於平凡家庭，個性卻天不怕地不怕，有時候會異想天開，做出一些天真無邪的莽撞之舉，讓多田傻眼。

「我要是跟社長殉情，也會帶你一起上路喔。別等事情都結束了，才來說這種徒亂人心的話。」

「事情結束了？」

「就是合併的事啊。」

因為這件事，我背叛了社長——多田差點脫口就這麼說，將視線從澄子身上移開，喝了啤酒。他想起第一次到渡海牧場時，在渡海博正駕駛的車上看到靜內的鬧區，的確曾說過想在冬天來看看的話。千造告訴他，以前鎮上只有一家小鋼珠店，幾家寒酸的居酒屋而已，現在已經多了有年輕女孩的小酒店了。那時候，多田說，他是想在下著雪的寂靜小鎮上喝點小酒，發呆個兩、三天。

當時，澄子得知丈夫沒有精子，雖然絕口不提，但難掩失望之色，常顯得心事重重。那時候，經常有基督教某個教派的人頻頻登門造訪，力勸澄子入教。

澄子說她想試試看，多田强烈反對。因為他不願妻子對自己以外的事物分心。為了這件事，他們爭吵了好幾次，澄子還回了東京的娘家。雖然被娘家的父母勸回來，但有將近半年，夫妻之間相處十分有距離。自己沒有精子這件事，對多田而言是晴天霹靂，也是身為男人的恥辱。也因此澄子當時的態度令他更加不滿。

「那就走吧。」

多田說。

「鎮上有一家飯店。要是你覺得那裡無聊，想去別的地方住也可以，札幌也可以。公司那邊，星期日一早再從北海道打電話請病假就好。」

走到電話旁，多田看到兩隻臘腸狗。

「牠們怎麼辦？」

「現在寵物店也有提供狗狗旅館的服務。」

「狗狗旅館？」

「蠻貴的，可是這樣比較放心。錢偶爾也是要拿來花的嘛。」

多田撥完號碼，聽著鈴響聲的時候，對於自己毫不猶豫地打電話給平八郎這件事，多少有點心虛。因為他想到，其實不必和平八郎同行，他大可搭不同的班機前往的。平八郎還沒出門。

「我決定還是去一趟。」

多田說。

「是嗎。公司那邊可以請假嗎？」

「是的。我已經拜託別人代理了。請問是幾點的飛機？我趕快來準備。」

「守靈是明天啊。不必這麼急吧。」

「啊，對喔。是明天啊。」

「怎麼？你打算現在就去嗎？」

多田難得慌了手腳，「不是的，那個，其實是……」

搔搔頭，拉著耳耳朵，看從衣櫃裡取出喪服的澄子。他實在不好意思說他打算去參加喪禮，順便和妻子來一趟三天兩夜的小旅行。

「那麼，我自己明天晚上去渡海先生家。」

多田想掛電話，這回換平八郎叫住他了。

「很可疑喔。怎麼了？」

「沒有，沒什麼。」

「你要是現在想去，也行啊。反正我閒得很。很久沒一起小酌了，我們兩個在北海道喝一杯吧。」

「小姐呢？」

「久美子今天早上搭新幹線到東京去了。她要看了明天的比賽再上飛機。我跟久美子說好在渡海先生家會合。」

「其實是這樣的……」

這時候也只能老實說了。多田這麼想，便說：「您可能會罵我很不應該，但內人說她想去北海道看看……」

平八郎笑了，壓低聲音說：「搞半天，原來是這麼回事啊。這下，我就成了電燈泡了。」

「哪裡的話，沒這回事。」

「我做了不少該讓你太太怨恨的事。週末假日把她老公帶到賽馬場去，最後還丟下公司自己跑了。我得補償她一下才行。若是你太太肯賞光，今晚讓我在札幌作個小東吧。」

多田把平八郎的好意轉告澄子。澄子說「嗚哇，好高興喔」雙手環胸。

「雖然不太應該，但她非常高興。」

於是平八郎說：「這是遲早的事，渡海太太和兒子也都有心理準備了。失去了一家主往後固然很辛苦，但他們家後繼有人。」

說完，沉默了一會兒。說好飯店由多田訂，機票則在機場各自購買，二點在大阪機場碰面。澄子送狗狗去寄宿的期間，多田為這意料之外的發展發了一陣呆。他原以為再也不會見到平八郎和久美子，也再也沒有機會到渡海牧場去了，不料卻因為渡海千造的死，這兩件事竟即將同時實現。

「我臉皮也真夠厚的，竟然敢就這樣去見人。」

他對於自己難得歡欣的心情感到羞愧。自己的背叛算什麼？為了打消又要消沉下去的心情，多田刻意以靈活的動作拿起話筒，打電話訂了飯店和機位。

飛機起飛前十分鐘，和具平八郎才趕到旅客大廳。隨口打過招呼，三人便上了飛機。機上旅客不少，平八郎的位子和多田與澄子他們有一段距離。澄子本來要讓平八郎和多田坐在一起，平八郎說：「開玩笑。我都辭掉社長了，怎麼還能搶你老公。這樣這趟旅行不就失去意義了嗎。」

說完，便坐到後面的正中央。平八郎胖了一點，氣色也很好。多田環顧四周的座位，想請誰換個位子，但位子都被利用春假去滑雪的一群大學生占據了。一回頭，只見平八郎輕輕擺手微笑。

飛機起飛後過了一會兒，坐在窗畔的澄子小聲說：「早知道不要做你的檢查就好了。」

「檢查？」

「就是不孕的。」

「哦。真的，早知道就不要做。」

這時候又說這些做什麼？不要搬出這種掃興的話題——多田這麼想，斜眼掃了妻子一眼。

「女人的身體機制很有神祕感，就算被宣告沒辦法生，現在跟以前又不一樣，大家都會諒解的嘛？可是，男人就不同了。身為男性的價值和存在甚至會遭到踐踏……我是這麼覺得的。」

「你怎麼會這樣覺得？」

「我看到亞伯拚命想騎到莉琪身上，卻惹得莉琪生氣吼牠，害牠一臉沮喪，就覺得我好像明白了男性自尊的根源。」

多田不禁笑出來。

「牠那麼沮喪啊？」

「可憐兮兮的。垂頭喪氣，躲在桌子底下都不出來。」

「可是，這三年來，牠不是已經是七隻小狗的爸爸了嗎。身為男人，我還比不上亞伯呢。聽到檢查結果那時候我有多沮喪，怕太太的亞伯根本沒得比。」

澄子捏了一下多田的手肘，悄聲說：「你可不能因為生不出小孩，就放心去外面花心喔。」

多田想起得知自己沒有精子後，有大半年不舉，便把這件事告訴了澄子。

「真的？」

多田點點頭，在她耳邊說：「那時候，我們不是常吵架嗎？晚上上了床也像仇人一樣背對著背。幸虧這樣，才沒有被你發現。」

「你怎麼好起來的？那個不是很難好嗎？」

「有一天突然就好了。」

澄子以狐疑的眼神注視多田。

「你那什麼眼神啊。」

「是不是有哪個美人兒讓你好起來？別的先不說，你怎麼知道你突然沒辦法了？沒對象怎麼知道？」

「對象就是你啊。」

多田掃視了一下四周，提醒妻子：「你聲音愈來愈大嘍。」

澄子趕緊按住嘴巴，但仍一臉難以釋懷的樣子，不時偷眼瞄多田。平八郎走過來，站在通道上，說：「蘆屋的房子，我要賣掉一半。」

「一半……為什麼？」

「去年底我在家無所事事，就又想找點事來做了。畢竟還不到退休的年紀啊。正好鄰居在砌和我家庭院相鄰的土牆。大概兩星期前，站在路上聊天，他問我能不能把一部分的院子賣給他。我老婆說絕對不要，但我倒是打算這麼做。」

「您又要創業嗎？」

澄子站起來，把座位讓給一直推辭的平八郎，到後面去了。

「談不上創業啦。我已經受夠了在大樓和車陣中忙碌鑽營了。要不是歐拉西翁這麼厲害，我這也只是夢想而已。」

平八郎從西裝內口袋取出一張藍圖在腿上攤開。是一張土地面積測量圖。

「這裡是渡海牧場。」

平八郎指著圖面說。

「渡海牧場有二十公頃，但這個牧場有二十七公頃。去年夏天就開始找買家。馬廏雖然老舊，但還能用，有十五間馬房。而且還附一幢和渡海先生家幾乎一模一樣的房子。」

多田吃了一驚，看著平八郎。

「您的意思是要經營牧場？」

平八郎露出一絲微笑。

「我想培育好馬，就算數量少也沒關係。」

他說。

「我已經想好不賠錢的辦法了。一月我去探望渡海先生的時候，向他一提，他雖然嚇了一跳，但也說這個想法不錯。」

「是什麼辦法？」

「成立有限公司，推出共有馬主制度。已經有兩、三家公司在幾年前就開始了，不過採用的是一匹馬有好幾百個人共同持有的系統。這樣每一個人頭負擔的買馬和託管費都很低，但馬主分配到的獎金也微乎其微，沒有擁有純種馬的況味。我構想的系統是，一匹馬由十人或二十人共同持有。吉永先生和信用卡公司合作的共有馬主制度的新公司，四月就會正式成立。據說一匹馬是二十人。他們有聖艾斯特瑞拉這塊大招牌，生意應該很好做。他們牧場上有訓練跑道，也有訓練騎師。我卻連牧場都還沒有。」

平八郎將雙膝一拍笑了。那燦爛的笑容和和具工業業績不斷成長時一樣。

「只要有飯吃、週轉得過來就行了。要是歐拉西翁贏了德比，我的牧場也就有招牌了。」

「要是沒贏呢？」

平八郎把圖折起來收回胸前的口袋。

「沒贏就算了。我還是會把牧場買下，但應該會請渡海先生的兒子代管。別看我這個樣子，還是有公司願意準備一張椅子請我當顧問。所以到時候我就搭電車再回到到處都是人的大都會，然後內心期待著每個月回一、兩次自己在靜內的牧場……」

平八郎以淡淡的語氣這麼說。飛機經過佐渡島上空後便搖晃得較為厲害，繫安全帶的指示燈亮了。

「希望會贏。」

多田說，從窗戶望著眼底的雲。他差點就要開口誠心說，到時候請僱我當個牧人什麼的都好。

「當年花影和弗拉迪米爾的交配，渡海先生是怎麼算的我不知道，但我一查，歐拉西翁就是一匹應該要出現的馬。並不只是百分之十八點七五的近親奇蹟而已。」

平八郎說。

「花影的前四代母親，是以一頭之差在英國德比大賽屈居第二的馬。而牠的異父弟弟當中，有一匹叫『金錢教父』的馬贏遍了全歐洲。後來這匹馬雖然成為種馬，卻在頭一年配了三十四匹母馬就死了。牠的前六代母馬起，便出了好幾匹名馬，建立了一個大譜系。就像偶爾歹竹會出好筍，有些系統會出現一、兩匹在經典賽中勝出的馬，但花影可不是那種只有牠自己曇花一現的馬。花影死了實在很可惜，但歐拉西翁繼承了牠的血統。」

多田以一顆空洞的心聽著平八郎熱切的談論。但是，當平八郎斷言：「馬，是用『心』在跑的。」

這時，他覺得平八郎也許早就洞悉自己的背叛，而抬起頭來。在此之前，飛機搖晃得再厲害，多田都不曾感到害怕，但那一瞬間，劇烈的搖晃讓他手心冒汗。

「心，是嗎。」

多田說。平八郎興奮得臉都漲紅了。

「沒錯。心是最重要的。」

他說。

「自己的工作是什麼？有些馬跑了好幾場比賽還是不明白。但也有馬知道自己的工作就是領先跑過終點柱。一匹馬不管血統再好，要是不明白，就是劣馬。但是，光靠心是贏不了的。沒有相對應的內臟和全身的肌肉還是會輸。所以從這個角度來看，真不知道身為和具工業社長的我是匹好馬還是劣馬。前天，我對久美子這麼說，她竟然說，公司都被別人搶去了，當然是劣馬啊。」

多田悄悄回頭，去看坐在後面的澄子。飛機晃得那麼厲害，她還若無其事地看著雜誌。

「你是一匹好馬。」

聽到平八郎這麼說，多田只覺得一切都被看穿了，無法動彈。

「我是劣馬。我沒有心。」

「誠是真心喜歡多田時夫這個人。做完七七之後過了三、四天，我見過誠的母親。那時候，她希望我轉告你，她真不知該怎麼感謝你才好。」

「我怎麼會是好馬呢？我……」

平八郎解開安全帶站起來。然後，微笑著說：「要你和你太太分開坐實在不好意思。這樣我跟你們同行就沒有意義了。」

說完便朝後面的座位走去。

千歲周邊，積了近三十公分的新雪。計程車司機解釋今年春遲，兩天前開始的那場大雪才剛停。

「可是，雪景真美。」

澄子說。這個看起來很善良的中年司機苦笑道：「是偶爾看才會覺得美啊。鮭魚也是偶爾吃才會覺得好吃，鮭魚卵啦，毛蟹啦，馬鈴薯和玉米也是，偶爾吃才會覺得好吃。我早就吃膩了。我老婆還質問我說為什麼春天不早點來。一想到她會不會是藉雪來暗指人生的春天，我就更憂鬱了。」

話說得詼諧滑稽，澄子忍著笑，平八郎則是放聲笑了。多田只是微笑，忍耐著車輪繫著防滑鐵鍊的計程車不舒適的震動。

平八郎是以什麼為憑據，將我評為好馬的？因為我的背叛，最後拯救了和具工業的眾多員工，讓和具工業保留「和具」之名，順利合併嗎？是因為不需別人下令，就圓滿達成自己的工作嗎？

驀地裡多田忽然想到，假使平八郎明知合併是必然的結果，為了將犧牲減到最低而命他當企業間諜，那麼他所採取的行動一定也和這次的背叛行為如出一轍。接近佃光康，由他居中牽線接觸三榮電機，利用對方的內鬥成立以「和具」為名的新公司。這麼一來，必須離開的就只有和具平八郎和少數董事。而和具工業這方洩露情報的叛徒，必須是社長的心腹。那麼平八郎應該會要他扮演這個叛徒。

一進入札幌市區，路上的車就多起來。司機告訴他們這是因為除雪車正在除雪的關係。在市中心主街附近的飯店辦理完住房手續，多田和平八郎約好二小時後在大廳會合，便各自進了自己的房間。

「社長說，最近養成了午睡的習慣，一到這個時間就睏得不得了。」

澄子這麼說，然後打開窗簾，俯視在雪中宛如黑色河流般閃閃發光的柏油路，但不一會兒便掛起多田的喪服，也將自己要替換的衣服掛起來，提議「我們到街上走走吧。」

「我覺得有點想吐。飛機搖晃得很厲害，計程車的震動也讓我很不舒服。」

「呼吸一下外面的冷空氣，走一走就會好了。」

「讓我躺個三十分鐘吧。」

但不到二十分鐘，多田就被拉起來了。

「你可不要在路邊堆雪人喔。」

來到大馬路上，走向熱鬧的十字路口時，多田這麼說。

「一下就會被人看出我們是鄉巴佬對吧。」

「鄉巴佬說的是鄉下來到都市的人。」

「啊，對喔。那，都市佬？」

多田看到咖啡店和餐廳的外觀、精品店的櫥窗裡擺設的商品，都和大阪、東京如出一轍，一心只想早點到靜內去。有時他凝視澄子的側臉，很想問她要不要吃過飯就取消飯店到靜內去，但看到妻子開心的樣子，就把話吞回肚裡。

「明天我們搭火車到靜內去吧。那裡什麼都沒有喔，四周都是牧場。」

「有沒有温泉呀？」

「我倒是沒聽說過靜內有温泉。」

多田在書店買了觀光地圖，進了一家咖啡店。在距離靜內不遠的地方，有一個小小温泉。

「可是，我們不能去那裡住，不然就對死者太不敬了。你是來玩的，可是我卻是要去守靈和喪禮的。」

「守靈和喪禮都非去不可嗎？不能只去喪禮就好？」

「可以是可以，可是我想住靜內。」

「你對靜内很執著吔。」

聽澄子這麼說，多田才把歐拉西翁出生未幾時，和平八郎一起到渡海牧場去的事告訴她。多田還沒有向澄子說過他是歐拉西翁的命名之父。

「我完全沒想到牠會變成這麼厲害的賽馬，可是和別的小馬相比的確是不太一樣。現在回想起來，真的是這樣。像是骨架啦，前半身和後半身的比例啦，肩膀的高低這些，別人再怎麼跟我解釋我也不懂，可是怎麼說呢，雖然才是個小寶寶，卻存在感十足……有這種感覺。」

澄子微偏著頭聽他說，也應了一聲「哦」，但她對馬毫無興趣，不一會兒便看起觀光地圖了。多田喝完奶茶，抽了一根菸。熄掉菸的時候，忽然想起一件事，離席去找女服務生，表示想打長途電話。女服務生指指店內的公用電話。多田表示對方在大阪，又可能會說比較久，想透過電信局轉接，女服務生便幫他在收銀機旁不是客用電話的電話撥了號碼。趁還電信局的接線生還沒接起電話，多田迅速翻開記事本，找出佐木多加志的辦公室的電話。

「幹嘛？上次還放我鴿子。我等到一點半欸。」

佐木一接電話劈頭便這麼說。多田說臨時有事，想聯絡他卻忘了俱樂部的名字，向佐木道了歉。

「你的客人或朋友當中，有不少人想當馬主吧？」

「當然有啊，那又怎麼了？」

「有人想開共有馬主制的公司，如果開成了，能不能幫忙介紹？」

「誰啊？吉永達也？」

「吉永達也就輪不到我來拜託你了。是和具平八郎。要先保密喔。他很可能會成立一家共有公司，馬匹數量雖然不多，一匹馬由十人或二十人共有。」

佐木說，十人的話馬主會有點辛苦。

「聽好了，十個人來分的話，獎金是十分之一，託管費也是十分之一。人們想當馬主卻裹足不前，就是因為每個月的託管費是一筆龐大的負擔。你只要想成貸款買了超出自己能力範圍的進口車就對了。就算籌到了頭期款，還是要苦哈哈地張羅每個月的分期付款。如果是十人制的話，每個月的託管費就上看五萬。如果馬是會跑的就算了，要是買到一匹怎麼也管教不了的劣馬，好不容易熬到出場比賽也只能拿到十幾萬的參賽津貼。就算手頭比較寬裕的人，每個月付五萬也很辛苦，撐不了多久的。要是我，就會選二十人制。」

「可是，二十人制的話，不就跟吉永牧場跟信用卡公司合開的公司一樣了嗎。無論講規模講信用，想當馬主的，大家都會去找他們。」

「那就乾脆四十人制啊。吉永牧場的制度一樣也不輕鬆，所以目標只鎖定真的想嚐嚐當馬主是什麼滋味的人。喂，和具老闆是玩真的？」

「目前是認真有那個意思吧。」

佐木多加志以十分熱切的語氣連珠炮般陳述了自己的意見。過去，也有公司推出幾百個人共同持有一匹馬的制度，這些公司會倒，原因之一雖是馬主無法體驗箇中妙趣，但主要的原因是經費管理不當。吉永牧場之所以推出二十人馬主制，簡單地說就是因為現在馬賣不掉了。也許還有別的意圖，但說穿了就是這樣。所以開一家這樣的公司，必須要會計健全，同時讓每一位會員享受到身為馬主的樂趣。

「要是歐拉西翁成了傳說中的名馬，我倒是認為可以做。不過，暫時也不需要付高額的配種費給外國進口的種馬。多田，你現在把我說的馬抄下來。」

佐木舉了好幾匹馬的名字。多田趕緊草草抄下來。

「這些都是國產馬。而且，每匹都贏過二次以上的經典賽或重賞賽。不過都才剛當種馬，又因為是國產馬，配種費很便宜。但是，既然在日本留下好成績，就表示牠們是適合日本的賽馬。就算在英國、法國、美國贏了多少場比賽，不見得在日本也行得通。美國和歐洲的馬場跟日本的不同。日本的馬場又硬又爛，一下雨就是一片泥濘。一輩子只跑過歐洲那種地毯般的跑道的馬，生下來的馬要在日本闖出名堂得花上好幾年。環境這種東西的影響力，甚至會改變品種。再加上訓練方式也不同。母馬也一樣。重點是要弄到血統好，而且贏過兩、三場的母馬。」

佐木語氣放緩，問：「你從哪裡打的電話？」

「札幌啊。」

「札幌？」

「歐拉西翁的育馬者走了。就是培育出花影，又讓花影和弗拉迪米爾交配，生下歐拉西翁的一家小牧場的大叔。我來參加他的喪禮。」

佐木遲遲不出聲。多田問：「喂，你在聽嗎？」

「我在聽啊。我要是有一百萬，就全部拿來買歐拉西翁的單勝。歐拉西翁因為休息了近兩個月，又是第一次跑東京的跑道，所以熱門程度排第三。可是，這匹馬不是普通的厲害。單勝會有四到五倍的賠率。而且神奇的是，馬會給培育自己的人送上一個大白包。」

「大熱門是哪匹馬？」

「聖荷耶。可怕的就只有這匹馬。夏天以來的比賽讓牠累了，又重新調養。要是牠使出牠剃刀般的利腿，搞不好在終點前會被牠搶先。」

晚上，在鄉土料理店讓平八郎請客時，多田將佐木這些意見告訴平八郎，並讓他看了抄在記事本上的馬名。

「很中肯的忠告。我也有同感。」

平八郎要板前師傅儘管端出好菜，邊有些驚異地看著澄子的食欲。

「看你吃得這麼津津有味，請客的人也覺得痛快。」

平八郎笑了，然後壓低聲音對多田說：「要是歐拉西翁贏了德比，你願不願意來幫我？來當事務所的所長。」

然而，平八郎立刻收回自己的話。

「算了，當我沒説過。我不能把和具電子的青年才俊拉來做這種還不知道能不能成為一門生意的工作。」

平八郎也不再談馬，喝著酒，又是問起澄子建築中的新家，又是介紹送上來的魚。天知道多田有多麼想答應平八郎的邀約。他乾掉一杯又一杯的酒，深深領悟到，他這輩子都無法從他對平八郎的背叛中重獲自由。

他們搭千歲線到苫小牧，再由此轉乘日高本線。多田已經私下告訴平八郎他只參加喪禮，請他對自己偕妻同行一事加以保密。火車沿著下雪的海岸線緩緩行駛。風颳起了雪，黑藍色的海在視野驟然遼闊的那一瞬間變成群青色。

「啊，有馬在跑。」

澄子用手抹掉玻璃窗上的霧氣，往雪原上到處看。

「這一帶全都是牧場。現在差不多是馬生產的季節了，有些小馬才剛出生呢。」多田說。

「歐拉西翁也是在這樣的雪中出生的嗎？」

「歐拉西翁是四月二十一日生的，北海道再怎麼冷，那時候也沒有雪了吧。」

「我的生日你都常常忘記，歐拉西翁的生日卻記得那麼清楚。」

多田把那份一直捲起來拿在手上的預測報放在澄子腿上。

「因為上面有寫啊。」

澄子似乎把丈夫心情不好當作是宿醉的關係。

「你和社長都喝了好多呢。」

「我不知道原來社長酒量那麼好。在和具工業的時候，社長喝得再多也只有昨天的一半。」

可能是星期天的關係，車廂裡只有一個綁著深色頭巾的老婆婆，和三個戴著毛線帽看似高中生的女孩。

澄子叫道：「啊，有小馬！正在看我們這邊。牠們都不會感冒啊？」

栗色的小馬隔著柵欄看著火車。母馬就在不遠處，前腳掘著雪。

「要是體型一直都那樣不會變大的話，真想在家裡養一匹。」

他們在門可羅雀的靜內車站下了車，向站務人員詢問飯店的所在。一面提防滑倒，一面走過行人稀少的商店街。

「再怎麼樣，這都是最後一場雪了唄。」

錯身而過時，一個穿著厚重皮夾克的男子對雜貨鋪的老闆說。

「渡海的馬不知道會不會贏啊。」

聽到這句話，多田停下腳步回頭。雜貨鋪的老闆對皮夾克男說：「大村家的馬也要出賽。我剛遇到他，他說沒人贏得了那匹馬。本來就夠强了，今天又是憑弔賽。」

飯店是細長型的建築，格局和常見的商務飯店沒有兩樣。各樓的走廊都放置了啤酒和下酒類零食的販賣機。

「會來這裡談生意的，都是賽馬方面的人嗎？」

澄子環視天花板低、壓迫感大的房間，往床上一倒，喃喃地說：「好懶得起來叫計程車去泡溫泉喔。」

多田看看鐘。快三點了。

「我要去看電視。皐月賞的資格賽是三點半開始。你要不要一起去？」

「你要去哪裡看？」

「找一家看起來東西還不錯的居酒屋。」

「那我也去。」

多田傻眼，望著澄子的臉，嘆著氣說：「你還真會吃啊。」

飯店後方有一家還沒開店的小酒館，門上積著雪。

走過那家店門前，就在前方不遠處看到一幅有點髒的門簾迎風搖曳。從外表看不出是食堂還是居酒屋。

「要是這裡是居酒屋的話，東西一定很好吃。」

澄子在這方面的直覺很準，幾乎百發百中，所以多田打開了格子門。在寫著「口上」的菜單旁邊，有「烤中卷　五百圓」、「鱈魚卵　兩百圓」等紙條。座位只有吧檯，要是有十個客人上門，格子門八成會被擠破。一個穿著日式圍裙，看來才三十左右的男子正盯著掛在牆上的電視看。

「今天有什麼好吃的呢？」

多田在吧檯邊坐下，看著電視畫面裡拍的檢閱場的情景。

「寒鰤很不錯喔。還有茨汁蒸北寄貝，不過這是小菜啦。還有，今天的中卷很新鮮。」

「那，請你隨便幫我們配一配吧。先來瓶熱酒。」

歐拉西翁入鏡了。播報員報出馬體重四百七十二公斤，單勝熱門排名第三，賠率四點八倍。解說員說道：「訓練的成果比預期還好。氣勢足卻不躁進，感覺很穩，腳步也強勁有力。」

「剛才還在下大雨呢。變成滿地泥巴的不良馬場了。」

店老闆端出螺肉生魚片說。

「哦，東京下雨啊。」

奈良五郎的臉被攝影機拍了大特寫。多田腦海裡閃過佐木說最好換騎手的話。

澄子吃了一口寒鰤，說：「真好吃。」

店老闆將熱酒倒進酒杯，一邊說：「不但下雨，還打雷呢。所以馬很煩躁。你看，三號馬都發脾氣了。」

「歐拉西翁沒事吧。」

多田這樣自言自語。

結果店老闆說：「牠會贏的。那是好雷。」

說完便注視電視。

「好雷？」

「在發脾氣的是聖荷耶。」

多田看看店老闆的側臉，本來想說話卻又作罷。馬匹進入主馬場，響起一聲電視機也聽得清清楚楚的雷。

「連我都緊張起來了。」

澄子說，明明不太會喝酒，卻把多田的酒喝掉一半。多田眼中只有奈良五郎的綵衣。那件綵衣一直到轉過第四彎道，都維持第五、六名，沿著內柵欄跑。

「奈良那白痴，要是內側有人擋住怎麼辦啦！」

店老闆氣呼呼地大叫。但是，跑在前面的馬到了第四彎道，為了跑在狀況好一點的跑道上，紛紛向外跑。轉眼間歐拉西翁便居於領先之地。歐拉西翁的臉、脖子、胸口，和奈良五郎的臉、綵衣，都被爛泥噴得全黑。

「好啊，贏了！」

店老闆正要拍手的那一瞬間，聖荷耶緊貼著外側柵欄搶上來。一內一外距離拉得很開，所以從電視畫面看不出是哪方獲勝。但是，照片判定的結果很快地便公布在電子布告欄上。歐拉西翁以一頭之差獲勝。

「好險、好險，何必冒險貼著內柵欄跑啊。」

老闆雙臂環胸叨念之後，嘖了一聲。

深夜，多田等澄子睡著了，又去了那家店，點了烤中卷下酒。店老闆一臉過意不去。

「不好意思，平常我們是開得更晚一點，不過今天再三十分鐘就要打烊了。」他這麼說。

「我要去給培養出歐拉西翁的人守靈。」

「哦，你認識？」

「他常來我這兒喝酒。」

「是嗎。那麼我也再喝一杯當守靈酒就走人。」

多田在心中想起渡海千造的臉，喝了酒，來到強風吹得小雪橫飛的靜內鎮上。走在屋簷下，積了整個冬天尚未消融的雪發出碎裂聲。他倚著四方型的路燈，望著空無人影的街景。

「等牠成了傳說中的名馬……」

多田不斷這樣低喃著，走在分明有不知何處傳來的人聲，又有朦朧的燈光，卻像死了一般的鎮上。

1——賽馬比賽時會先公告馬場狀態作為下注的參考。日本分為「良」、「稍重」、「重」、「不良」四種，跑道的含水率以「良」最低，依次升高。「不良」是指跑道上有積水的狀況。草地跑道在「重」、「不良」時因容易打滑，對跑速不利；沙地跑道反而是「良」和「不良」時較為不利。

第十章　黒旋風

一

下午的騎乘運動一結束，傍晚五點整，圍著砂田重兵衛開會討論各匹馬的狀態和往後的計畫已成慣例。主力騎師荒木隆治加上奈良五郎，以及兩名馴馬助手與十名廄務員，邊喝砂田太太泡的咖啡邊看筆記。

奈良朝前輩荒木瞥了一眼，見他沒加糖也沒加奶精。荒木已經四十二歲，減重愈來愈吃力。在騎師中骨架偏大的荒木已戒掉他愛喝的啤酒，但無論在三温暖裡排掉多少汗，體重始終無法減到五十三公斤以下。奈良覺得過去處處維護他的荒木，最近變得格外生分。荒木雖然在冠軍騎師排行榜經常名列前茅，也贏得了許多大比賽，但唯獨不曾拿下德比。

「『現金王』左肩的狀況不好。」

砂田重兵衛對負責的廄務員說。這匹馬由於出生得晚，兩隻前腳骨骼發育也遲，上上星期才總算在未勝利賽中拿下冠軍。

「我想應該是輕微的肌肉痠痛。馬蹄也沒有問題。」

年輕的廄務員回答。

砂田微微點頭，這麼說：「我討厭肌肉注射。這個星期雖然申請了，但還是不要用吧。」

「是……」

這個新婚的大井廄務員，一臉遺憾地垂下頭。大井照顧兩匹馬，其中一匹出道後兩度超時，目前受到停賽處分。以「進上金」的名義發給廄務員的百分之五的獎金，今年他只拿過一次。

砂田看著大井，臉上不帶一絲笑容地安撫他。

「現金王要等到夏天過後才會真的拿出實力。現在飼草長得更好，訓練的狀況也很有進展。要是這時候沉不住氣，會對往後造成不良的影響。等到牠五歲，多少現金牠都會帶回來給你。」

開會中，砂田的視線不時往時鐘看。皐月賞資格賽之後，負責歐拉西翁的廄務員小室直接留在關東準備下星期的皐月賞，所以現在人在美浦訓練中心的客場馬房。砂田正等小室的電話等得不耐煩。

一手拿著訓練計畫表，一一確認所有馬的狀況，正式決定三匹出賽後，砂田嘖了一聲。

「小室那混蛋在搞什麼。」

蹺著的腳抖個不停，一邊敲著手沙發扶手。好幾個等候砂田馬廄開完會的記者聚集在浴馬處旁，時而抬頭看隨時會下雨的天空，時而伸長脖子偷看客廳。

「千萬不要多嘴。」

一行人解散了，砂田小聲交代要離開客廳的馴馬助手和廄務員。然後低聲說：「石本那裡的『羅伯達許』明天要進美浦。他們說想要荒木騎。」

「羅伯達許……要跑皋月賞嗎？」

荒木拿湯匙邊攪動幾乎沒喝的咖啡邊問。

「羅伯達許一月贏了新馬賽之後得了疏仙（第三節掌骨骨膜炎），有一段時間沒出賽，但上上星期贏了特別賽。馬主說無論如何都想參加皋月賞，石本也認為就算拿不到第一，也不會差到哪裡去。你就幫忙騎吧。」

奈良小心不讓自己露出安心之色，同時想起羅伯達許的廄務員是松木左門。要是能跑皋月賞，就能一舉同時擊敗歐拉西翁和聖荷耶……每次見到奈良，松木左門都會笑著這麼說，但他顯然不是開玩笑的。

「我去看看馬。」

一群記者包圍住走出客廳的荒木。一個耳朵很尖的記者問：「你要騎羅伯達許，是真的嗎？」

荒木默默騎上腳踏車，往石本馬廄去了。電話響了。砂田接起電話，打手勢叫奈良先不要走。

「我星期一過去。我會在美浦待到比賽結束。賽前訓練由奈良來騎。奈良說星期三晚上會到。」

砂田本來和小室說得好好的，突然大叫。

「什麼！」

奈良手臂上起了雞皮疙瘩。他以為是歐拉西翁出現異狀。

「這小丫頭實在教人頭痛。我走到哪她就跟到哪。在渡海千造的喪禮也碰到她了。你就大聲給我罵她，叫她不准靠近歐拉西翁。就跟她說，要是輸了都怪她。管她是不是馬主，都不必跟他客氣。混帳！」

掛了電話，砂田氣沖沖地點了菸。

「和具先生的女兒就是不肯離開歐拉西翁身邊。身邊一直有人在，馬的身心都沒辦法休息。」
上次比賽的時候也是這樣。奈良想起他在訓練看台和客場馬房看到的和具久美子的身影。
「有她在，歐拉西翁就會很平靜。」
奈良邊說邊以為砂田會破口大罵，但砂田臉上卻露出說不上是肯定還是否定的笑容。
「而且，現在她都知道，像歐拉西翁吃飼草的時候，或者在馬房躺下來的時候，她都不會靠近。」
「那是我交代的。」
砂田說。
「時時有人照顧，馬的腰間反而會疲累。她問我為什麼，雖然懶得說，我還是跟她解釋了。馬呢，也有想躺下來讓身體休息的時候。可是一有人來，牠們就會站起來。尤其是偷偷帶著紅蘿蔔來的人，牠們當然要站起來了。我這樣跟她講，順便板起臉來瞪她一眼。」
「被砂田叔叔一瞪，她一定嚇壞了吧。」

說完，奈良心想糟了，就等著香菸盒飛過來。但砂田卻壓低聲音笑了幾聲。

「她可不是被我瞪就會怕的姑娘。野是野了點，不過演技可是相當好的。到底哪些是真心，哪些是心機，她可不會露出狐狸尾巴。不過，無論如何，都不是個壞姑娘。」

這樣說完，砂田眼神突然銳利起來，換了話題。

「歐拉西翁在終點前往內靠的毛病暫時還改不過來。牠那個毛病不是因為痛苦。你覺得是為什麼？」

「我想是牠的好勝，以那種形式展現出來。」

「對，一點也沒錯。我是在新山紀念盃的時候看出來的。我在這一行就快四十年了，還沒見過那麼好勝的馬。因為不願意輸，在終點前會瞬間變得像發了瘋似的。知道嗎？終點前五十公尺以後絕對不可以揮鞭。」

「是。」

奈良回答之後站起來。等候在一旁的記者對奈良提出了好幾個問題。

「聽說今天是以十五－十五來訓練，請問歐拉西翁的情況如何？」

「很好。」

只答了這兩個字，便抬頭看開始下雨的天空。
「聖荷耶陣營說，和歐拉西翁還沒有分出高下。」
「哦，是嗎。」
奈良跨上腳踏車，踏上踏板，但不知哪個記者抓住了後座。
「多告訴我們一些啊！好歹也替我們想想，這樣怎麼寫報導啊！」
這聲音的主人是預測報的記者，同時也是增矢光秀的酒友。他抓著腳踏車的後座不放。
「增矢說，歐拉西翁沒什麼好怕的，關東馬才可怕。」
他以此挑釁。
「關東的馬，無論是中山還是府中，都受過直線坡道的訓練。所以正式比賽時最可怕的，應該還是關東馬吧。」奈良說。
「這麼說，你也認為最大的强敵不是聖荷耶？」
「不，聖荷耶也很厲害。」
奈良用力踩踏板，逃也似地衝回自己的宿舍。在他心中，敵人只有聖荷耶。在資格賽時，他始終讓歐拉西翁沿著内側柵欄跑，就是因為他認為這樣歐拉西翁就不會在終點前往內側跑了。而且，他也想試試在泥濘不堪的馬場，而且是最黏腳的內側柵欄邊，歐拉西翁會怎麼跑。現在知道再惡劣的馬場歐拉西翁都不以為意，但卻也發現即使就在內側柵欄旁邊，歐拉西翁在終點前還是會往內側去。砂田將歐拉西翁這匹馬形容得很貼切。異常的鬥志，的確會使歐拉西翁瞬間發狂。

每當想起資格賽終點前的那一刻，奈良就會不寒而慄。要是一個控韁失誤，自己整條小腿，恐怕早已夾在柵欄和歐拉西翁的軀體之間，支離破碎了。而且，歐拉西翁也將全身筋折骨斷，死在當場。幸好聖荷耶是從最外側趕上來的。要是牠和歐拉西翁並騎的話……一想到這裡，奈良就全身僵硬，怕得不敢騎歐拉西翁。

來到石本馬廄附近，奈良加快了腳踏車的速度。寺尾的三週年忌就快到了。本來予定和寺尾結婚的石本家獨生女，去年和自家馬廄離了婚的馴馬助手成家，今年一月生下了一個女兒。

松木左門的背影出現在幾乎已經不見馬匹蹤影的黃昏路上。

「松木大叔。」

奈良這樣叫，然後在松木身旁跳下腳踏車。

「羅伯達許要去皋月賞？」

「是啊，臨時決定的。為了準備忙得不可開交。」

松木前年年底得了糖尿病，瘦得判若兩人，一雙柔和的眼睛看起來像是埋在鬆弛的皺紋裡。

「牠上次贏得漂亮，跑出來的時間也很好。剛才荒木來看了馬，讚歎說馬體很好。」

「荒木先生要騎嗎？」

「嗯。他說要和歐拉西翁一較高下，很起勁呢。」

奈良不想讓松木左門知道自己心情的波動，將視線從他身上移開。歐拉西翁的毛病和其中的原因，荒木當然一定早就看穿了。

「羅伯達許能和歐拉西翁一較高下嗎？我看頂多就是舔舔歐拉西翁的尾巴罷了。」

「賽馬啊，不實際上場，結果誰也不知道。」

松木這麼説，手搭在奈良肩上，低聲説話。

「都兩年多了。我不是不明白你的顧慮，可是你也差不多該來石本馬廄露面了。寺尾的死，又不是你的錯。」

奈良沉默不語。兩人以緩慢的步伐走向宿舍，松木説：「我這一輩子，很希望自己照顧的馬贏一次經典賽。我覺得米拉克博德有八成勝算，但這次的羅伯達許搞不好也有希望。牠的腿常出問題，動不動就受傷，花了我不少心血，但總算也穩定下來了。牠是三歲的五月進我們馬廄的，但一進來就肚子痛，計畫就亂了。等肚子痛好了，卻又熱壞了。先回了牧場，去年十月才又回馬廄。好不容易再訓練個一、兩次就可以出道的時候，卻傷了馬蹄，又要重新來過。牠不但要減重，而且是大大減重，但一月賽馬的最後一星期讓牠上場，結果贏得輕鬆愉快。可是，跑完就得了疏仙。電燒之後，隔了兩星期又為了參加特別賽給牠輕度訓練。我反對。在疏仙沒好全之前，我不想讓牠上場。果不其然，病情惡化了，別説本來要參加的那場比賽了，整整兩個月都泡湯了。在這段打擊不斷期間，你知道我做了什麼？」

松木搭著奈良的肩的手使了力。

「我看了歐拉西翁。看到都要穿洞了。那是匹會騙人的馬。」

「騙人？」

奈良停下腳步，面對松木問。

「你啊，被那匹馬騙了。牠從第三彎道到第四彎道的氣勢凌厲，而且不會喘，你就順著歐拉西翁的意跑。可是，歐拉西翁在這裡已經用掉七成的力氣了。進了直線跑道，只剩兩百公尺的時候，歐拉西翁只剩下三成力。可是牠還是贏了。那是靠他非比尋常的毅力贏的。牠就算粉身碎骨也要超過前面的馬。明明痛苦得要命，心和肺都快爆了，可是牠幾乎是貼著地般的跑姿沒有垮掉變形，所以從腳步上看不出來。為什麼沒垮，這我也覺得不可思議。只能說是牠天生的血脈造就的神技吧。好一匹驚人的馬啊。二十年難得一見的一匹驚人賽馬。」

松木左門走到通往廄務員宿舍的路口，說了一句。

「中山賽馬場見啊。」

便轉過身，揚起了一隻手。奈良望著松木的背影，在那裡佇立良久。

「我被歐拉西翁騙了？」

他在心中說。然後低聲喃喃。

「松木大叔該不會是想誆我吧……」

事實上，在賽馬場中，騎師被馬騙的事情所在多有。有時候，馬看起來完全沒有想跑的意願，也不是熱門馬，隨便騎騎進了直線跑道，明知道反正再怎麼催也沒用，但當著觀眾和裁判的面，只好揮鞭推馬脖子。結果馬像子彈般飛出去，一口氣追過其他的馬。反過來，狀況很不錯，到第四彎道也順著馬的意思跑在第一，正想著好極了，冠軍在望，結果卻在終點前一百公尺腳步忽然不對勁，轉眼就被所有的馬追過去。但是像這些狀況，騎師當下就有被馬所騙的自覺。然而，他已經騎歐拉西翁挑戰五場賽事，卻從來沒有被騙的感覺。雖然經常反省催動歐拉西翁是快了幾秒還是慢了幾秒，但從來沒有絲毫偏向松木左門所說的那種想法。而且，目前歐拉西翁已經四連勝，幾乎可以確定會是皐月賞的大熱門並獲得單檔指定[1]。

奈良確定四周沒有馬之後，騎腳踏車全速衝刺，回到宿舍，跑上樓梯。一進自己的房間，就把錄影帶放進錄影機，緊盯著畫面。那是第二場比賽，新馬賽。歐拉西翁在十二匹參賽的馬當中，是第三檔三號。在後側直線跑道時位居第六。由於有一匹以速度掛帥的馬一直跑在最前面，奈良便只以那匹馬為目標，但他看出那匹馬一千公尺大約是一分二、三秒，若一個不小心，很可能會讓牠直接拿下冠軍。歐拉西翁外側的馬開始減速了。歐拉西翁自行咬緊馬銜，讓奈良知道牠想趕上去。於是奈良稍微向外移，讓牠跑，歐拉西翁隨即以威逼其他馬的魄力追過五匹馬，與領先的那匹馬並騎轉過第四彎道。奈良考慮到整場比賽的步調太慢，領先的馬一路上跑得相當輕鬆，便等著後面的馬追上來。等到馬來了不少之後，才動手催動歐拉西翁。

歐拉西翁在終點前十公尺左右的地方向內靠。奈良那時以為這是年輕的馬常有的習慣。他將錄影帶倒帶，仔細觀看從三分三厘開始自行加速的歐拉西翁。我在這裡被歐拉西翁騙了？這怎麼可能。那是因為牠的步伐、速度和力量都非比尋常的關係。騎在牠背上的我最清楚……奈良在心中自問自答，同時一再倒帶重看。歐拉西翁在終點前痛不痛苦，騎在牠背上的我不可能不知道。難道我連這點都被騙了嗎？

奈良回想起往內側偏得最少的那場比賽。那是第三場比賽，阪神三歲錦標賽。一早便下著大雨。比賽開始時，雨勢已歇，轉為毛毛雨。想往前衝的馬很多，再加上馬場狀況很差，內側空了約有三匹馬的位置。歐拉西翁在三分三厘開始加速的時候，領先馬群中的三匹不願往外，朝內切進來。歐拉西翁被擋住去路，想衝也不能衝。奈良還記得自己朝騎在三匹馬上的騎師大叫。

「危險！」

奈良很擔心被擋住了去路，會讓歐拉西翁失去跑下去的意願。結果，他只能忍耐到最後直線跑道再衝刺，以暫居第八跑過了第四彎道。前方依舊沒有空隙，要往外也出不去了。這時候沿內側柵欄空出了一匹半左右的間隔。

「我要過去了！不要擋我的路！」

奈良大喊，拉緊歐拉西翁的馬銜，盡全力推騎。惡劣的馬場對歐拉西翁完全不成問題。牠追過了原本領先五個馬身暫居第一的馬，而且還以四個馬身之差贏得勝利。只是，在追過領先馬的那一瞬間，略略朝內傾，但這只是個微妙的感覺，不勞奈良提韁控制。

奈良裝好第四場新山紀念賽的錄影帶時，門鈴響了。他站起來，先打開房裡的燈才去開門。

還一身訓練服的荒木說：「五郎，馬鞍借我。」

進了房間。

「馬鞍嗎？」

「嗯，最輕的那個。你有五百公克的馬鞍吧？我的馬鞍馬鐙那裡快斷了，現在拿去修會趕不上比賽。」

奈良請馬具店做的五百公克馬鞍連一次都沒用過，就直接進了壁櫃。奈良的體重隨時保持在四十八公斤，很少遇到必須使用最輕的五百公克馬鞍的比賽。他一個月前訂了新馬鞍，前天送到的。

「不好意思啊，還全新的說。」

荒木說，那張黯淡無光的國字臉轉過來面向奈良。

「星期六主要那場比賽要騎的『大兵精神』負重是五十六公斤，可是星期天的短距離特別賽卻是五十五公斤。我還有一公斤要減，不然會超重。」

奈良知道為減重而苦的騎師為了減不掉最後那五百公克而痛苦呻吟的樣子。要是騎到負重五十分斤的馬，騎師就必須把自己的體重減到四十七點五到四十八公斤左右。馬鞍、馬靴、帽子、馬鞭、綵衣，再加上防泥水的護目鏡及號碼牌，就算用的是最輕的五百公克馬鞍，加起來也將近兩公斤。

「你最近既不喝酒也不打麻將了。而且也騎法也不再像以前那麼危險了。

我是說你騎歐拉西翁以外的馬的時候。」

荒木的語氣酸酸的。他瞄了奈良一眼，嗤笑道：「你一定是在想，要是生病或受傷，或是騎法太危險受到暫停出賽的處分，歐拉西翁就會被我搶走吧。」

「哪有……我去年就被罰了兩次，被老師一巴掌打到站不穩，今年才會比較小心。」

奈良這麼回答，然後進廚房準備泡茶。

「我認為該來的時候終於來了。」

荒木的話，讓奈良拿茶壺裝水的手停下來。

「一個騎師要是不能讓自己的體重減到五十三公斤以下就完了。整整禁食禁水三天，還能騎馬嗎？光是要坐在馬上不被甩下來就要了他的命了。」

「可是，還是能騎公的成馬啊。預測腳步、比賽的規劃這些，還沒有任何騎師能超越荒木先生。」

「我贏過兩次櫻花賞，一次皐月賞，一次橡樹賽，二次天皇賞，一次菊花賞，還有一次有馬紀念賽。就只有德比沒贏過。歐拉西翁本來是要給我騎的。老師也明白說過。可是，我去年卻落馬，摔斷了鎖骨，所以才會由你騎。現在都已經四連勝了，總不能把你換下來。可是啊，老師的意思，其實是想讓我風光一次的。德比的負重是五十七公斤，我也能在最佳狀況下騎。」

奈良覺得狀況開始變得和寺尾搶走米拉克博德那時愈來愈像。不知為何淚水上湧，為了忍住眼淚說出來的話，聲音又啞又抖。

「沒有任何理由可以把我換掉。」

說完，扭開了水龍頭。

「現在是沒有。」

荒木說。

「可是，等你輸了皋月賞就有了。」

在水煮開前這段時間，荒木和奈良都不發一語。砂田重兵衛真的想讓荒木在德比大賽上騎歐拉西翁，讓他風光一次嗎？或者這是荒木捏造的？砂田不是會讓感情影響輸贏的人。這一點奈良有刻骨銘心的教訓。奈良是這麼認為的。

「你已經是一流的了。可是，卻不是超一流。超一流，在關西就只有糸見和我。關東則是高野和宇山。這你也承認吧？」

「不承認。」

奈良從廚房跑出來，瞪著荒木。他還住在砂田馬廄上中學的時候，當時已經是紅牌騎師的荒木幫忙隱瞞自己尿床的情景歷歷在目。但奈良終於還是忍不住淚，他哭著說：「荒木先生是二流的。我現在是超一流的。體重沒有辦法減到五十三公斤以下的騎師，怎麼會是超一流？不要說一流了，荒木先生已經淪落到二流了。」

荒木站起來，朝奈良逼近。奈良往後退，但視線仍緊盯著荒木的眼睛。

「不要命的奈良五郎在哭什麼？」

荒木以格外冷靜的視線說。

「我怕被打到受傷。你就是想用這個辦法把歐拉西翁從我這裡搶走。被鋼臂人荒木一打，我的下巴一定會骨折。這樣別說德比了，連皐月賞也不能騎。」

「沒錯。我就是打定了這個主意來的。」

奈良抓起旁邊的一座獎盃作為防護。

「那我先殺死荒木先生。我絕對不會把歐拉西翁交給任何人。既然你這麼想騎歐拉西翁，就騎那匹羅伯達許打敗歐拉西翁啊！」

「一邊哭，還會一邊撂狠話啊。那個上了中學還會尿床的傢伙，現在已經敢當著我的面説我淪落成二流了。」

荒木説完，看奈良的眼神更加沉靜了，但他帶著裝有馬鞍的紙箱走了。奈良為了平靜心情，在廚房和起居室之間踱來踱去。到浴室裡洗了臉，搬出最近開始學的圍棋，擺起棋子。

訓練中心内有幾個休閒社團：釣魚社、高爾夫球社、將棋社、圍棋社……這些為了讓馴馬師、騎師和廄務員聯絡感情而設的社團，奈良本來都沒有參加，但後來在砂田建議之下，進了圍棋社。棋藝最高强的，是一位名叫田内仙吉的六十九歲馴馬師，其次便是砂田。但是，砂田還差内田一大截，要讓七個子砂田才能勉强打成平手。田内仙吉的小馬廄一年只贏個兩、三場，奈良卻很喜歡他。他沒有孩子，也沒有收養子，所以田内馬廄再兩、三年就會歇業。知道這一點的馬主都不再將馬託給他，今年也只進了一匹三歲馬。

到田内師傅家去玩好了。奈良下著棋，忽然起了這個念頭。他帶著馬主送他的蘇格蘭威士忌，走向田内馬廄。走在路上，一輛車的車頭燈照在他身上。這輛黑色的愛快羅密歐搖下車窗，裡頭傳來話音。

「真難得。現在才要出門？」

是增矢光秀。增矢馬廄的年輕廄務員坐在副駕座上。

「聖荷耶已經不行了。食欲不好，毛色也變差了。皋月賞只是陪跑而已。」

增矢光秀不懷好意地笑著說。奈良當然知道他說的不是真的。

「哦，真可惜。我本來很期待讓牠好好了解一下資格賽輸那一馬頭是輸，輸十馬身一樣也是輸的。」

奈良邊走邊頂回去。跑車配合奈良的速度前進。

「所以你比賽的時候就別在意我的馬了。」

增矢光秀說。

「好啊。我打從一開始就不在意。你該不會以為聖荷耶贏得了歐拉西翁吧。我擔心的是你卑鄙的違規。」

「原來如此。你當然不想死得像寺尾那麼慘嘍。寺尾就是死在皋月賞嘛。」

彷彿想代替他惡劣的態度似的，增矢以狂催油門向訓練中心的正門駛去。

增矢之所以不像以前那樣胡攪蠻纏，除了是懾於奈良的話的氣勢，更是因為對奈良感到某種畏懼，但奈良對此一無所知。寺尾死後，奈良改變的不止是比賽的態度和騎術，甚至有一股雖害怕卻大膽面對的精神，而這種精神無論是在檢閱場還是主馬場，都令其他騎師感受到令人不寒而慄的鬥志和孤傲。

奈良踢著自己在水銀燈下的影子，低聲說。細雨將滲進訓練中心每一個角落的馬糞味和乾草味濃濃地逼了出來。

「寺尾就是死在皐月賞……」

奈良伸長脖子朝田內馬廄的馬房看。馬房共有十八間，但其中五間是空的。田內仙吉與妻子正在看電視，但一看到奈良就高興地請他進屋。

「不好意思，我想請師傅教我下棋……」

奈良說，把未開封的蘇格蘭威士忌放在和式矮桌上。

「請讓我用這個代替學費。」

田內仙吉摸摸一頭理得相當短的花白頭髮，看了酒標。

「這可是上等貨吶。謝啦，那我就不客氣收下了。」

他端出棋盤和棋子，在和式矮桌旁盤腿坐下。

「要下幾子？」

田內在口袋裡掏摸。還以為他在找菸，結果不是。他從長褲口袋裡取出假牙，放進嘴裡。

「你也愛乾淨些好嗎……」

田內的妻子微胖的身軀忙忙碌碌地動起來，拿來了濕毛巾，擦了丈夫的手。

「師傅，想請您教我定石。我看書擺過，可是完全看不懂……」

「哦，定石啊。像那種人們花功夫想出來的東西多的是。那不是智慧，是功夫。」

田內正要擺棋子的時候，田內的妻子把一個大盤子放在棋盤上。是羊栖菜滷油豆皮。

「這是幹嘛？這可是棋盤呢，竟然拿來當餐桌。」

只見田內的妻子臉頰紅光滿面的，勸道：「五郎，我做太多，兩個老人家吃不了。洋栖菜對身體很好的，你就配飯吃了再走吧。」

不等奈良回答，便開始準備開飯。田內仙吉也說：「吃過晚飯沒？還沒的話，就在我們家吃。吃完再下棋也不遲。」

奈良也懶得自己回宿舍再煮飯，便決定留下來吃飯。田內開了威士忌，倒了些許在玻璃杯裡，舔也似地試了一下味道，看著天花板。

「幸好我這裡沒有歐拉西翁那樣的馬。要是來了那樣的馬，我這條命可不夠跟牠耗。那匹馬的真面目深不可測啊。」

「又沒人要給你訓練。要是給你訓練，每匹馬都被你訓成濫好人，去比賽當作帶便當去參加運動會，不是用跑的是用小跳步的。」

聽了田內的妻子這番話，奈良不禁笑了。田內仙吉也笑了。

「馬也有濫好人嗎？」

笑著笑著，奈良對田內說的「那匹馬的真面目」心頭一凜。因為他覺得這和松木左門的話有不謀而合之處。田內對妻子說：「歐拉西翁本來搞不好是要給我訓練的。」

「怎麼說？」

「我和和具先生說過一、兩次話。他說，幾時有機會，想把馬送來給田內老師訓練。」

「聽你在說呢。才不過說過一、兩次話而已。」

「說過一、兩次話就夠了啊。他是個好馬主，我們合得來。」

田內的妻子送上味噌湯和小菜，指著丈夫說：「五郎，這麼不可靠的馴馬師，找遍全日本也只有這麼一個了。要是由我來當馴馬師，訓練出來的馬一定比他好得多。」

「那當然了。要是由你來當馴馬師，我早就金山銀山，不愁吃穿了。」

馬房裡傳來一個大聲響。好幾匹馬嘶鳴。踢隔板的聲音也愈來愈大。

「那孩子怎麼這時候踢起隔板來了呢。」

田內的妻子邊說邊走進馬房，撫摸一匹馬的鼻頭。奈良邊吃羊栖菜配飯，邊聽田內的妻子對馬說話。

「你這孩子就是愛撒嬌。都是一開始沒教好，被我們家老頭子寵壞了。可是你真是個善良的孩子，心太軟了。有馬從後面過來，你就客氣地說『你先請』，讓路給人家。要是你稍微精明點，我們的荷包也就不會那麼空……也罷，個性是改不了的。你好歹也是贏了兩場的名馬呢！贏了兩場就很了不起了。拚著性命不要去當人們賺錢的工具，那有多傻。無論馬還是人，都要長命百歲才好。等最厲害的人一死，第二名的人就變成最厲害的了。所以死了就輸了。」

奈良覺得被託給田內馬廄的馬真幸福。而將自己的馬託付在這裡的馬主，又該有多心急呢。

又倒了少許威士忌，直接品嚐之後，田內仙吉忽然說：「大概在二十年前，我也曾經贏過皐月賞。」

然後又說，「比賽當天，我就相信一定會贏。」

「哦，為什麼呢？」

「馬呀，每天都在變。肌肉一天比一天多，也一天比一天油亮。比賽那天，我在牠背上摸了一下，手心裡都是油。這油光水滑的馬身，我到現在都還會夢到。騎師是荒木。」

奈良放下筷子，看著田內。

「荒木那時候是二十一還二十二。比賽結束去檢量的時候，悄悄在我耳邊說：『我什麼都沒做』。我那時候就想，這小子一定會成為一個好騎師。為什麼呢？他怎麼可能什麼都沒做呢，那可是一場艱苦的比賽啊。在第一彎道被旁邊的馬撞到，跑後方直線跑道的時候是墊底的。加速上前，有人從前面切進來，差點絆倒。在三分三厘的地方進了馬群出不來。轉過第四彎道，有那麼一瞬間出現了一匹大的空隙，荒木可沒錯過。他拿捏時機和追趕的姿勢實在精采。他給馬打氣的方式，讓本來已經不想再跑的馬都清醒過來，這可不是尋常騎師辦得到的。」

然後田內的視線空洞地望向半空。

「那匹馬在德比骨折了。右前腳第三指粉碎性骨折，只好安樂死……荒木整整三天泡在酒裡哭。哭喊著說，都是我一心只想著占跑道之利，叫馬跑馬場最差的地方，是我害死牠的。」

這件事奈良從沒聽說過，砂田也沒提過。奈良默默吃完飯，把松木左門的話告訴了田內仙吉。同時，也說了自己和砂田的共通意見。

「我家老太婆也跟松木說過同樣的話。」

田內墊起腳尖拉長身子朝馬房後面看，叫了正在和剛進馬廄的三歲馬說話的妻子。

「幫我拿一下歐拉西翁新山紀念賽的錄影帶。」

田內馬廄並沒有馬參加新山紀念賽，因此奈良有點驚訝，看著老夫婦。

「照規矩是不能管別家馬廄的馬的，但我家老太婆是歐拉西翁迷啊。」

田內之妻一聽就說：「不對不對，是五郎迷。」

不知為何，田內之妻一開始播放錄影帶就把音量轉到最低，聽不見聲音。

然後，在即將進入第三彎道時換成慢速播放。

「那時候馬的狀況有點不太好，而且在剛轉入後方直線跑道的時候，有一塊泥打到臉了，所以……」

奈良說到一半，田內的妻子在嘴巴前豎起食指，打斷他的話。

「就是從這裡開始。歐拉西翁是和西口先生的這匹馬一起加速的吧？五郎的手沒有動。馬也沒有躁進的樣子。看起來真的是很輕鬆就加速的樣子。可是，西口先生的這匹馬卻跟不上歐拉西翁。從三分三厘到轉過第四彎道進入直線之前的樣子，實在讓我很擔心。就怕五郎是不是被馬騙了。」

「當然，牠跑起來的速度和魄力都和其他的馬不同，一點都沒有急躁的感覺。騎在牠身上的我很清楚。」

奈良看著終點前大大向內側切入的歐拉西翁這麼說。雖已過了終點柱，從時況轉播錄下來的影片仍繼續播放。

「的確，就結果而言，是以領先了三、四個馬身贏的，無可挑剔，可是我是想，歐拉西翁在三分三厘那裡自己加速的時候，無論看起來多麼不費力，如果讓牠速度放慢一半會怎麼樣。歐拉西翁會不會是把直線入口到終點柱這段好幾百公尺的跑道，全都當成終點了？」

田内的妻子說。奈良看看她，視線又移到田内仙吉身上。田内仙吉露出一絲微笑，指指畫面。正好拍到奈良在檢量室前從歐拉西翁背上下來，卸下馬鞍的樣子。

奈良想起歐拉西翁頭一戰時，自己對他異常旺盛的鬥志大吃一驚的事。在馬房裡的時候，在洗澡的時候，在換馬蹄鐵的時候，都柔順聽話、毫不費事的歐拉西翁，在比賽中搖身一變，就連奈良都陷入某種恐懼之中。彈力十足的馬身忽然光澤備增，雙眼的精光彷彿棲息了人類的靈魂，側腹的血管像網子般爆出來。可是，出汗量卻正常，走路的樣子也不見煩躁，脖子筆直，絲毫感覺不出任何焦慮。入閘時很平靜，聽到開閘聲也處變不驚。那自然而卓越的速度，起跑不到兩化朗，就讓奈良陶醉忘我。

可是，出道賽一方面因為有砂田的指示，奈良本身也準備讓歐拉西翁體驗一場不如意的賽馬，因此刻意選擇不利的地方讓牠跑。歐拉西翁想反抗奈良。所以，雖然非常輕微，歐拉西翁曾與相鄰的馬擦撞。若是一般的馬，這樣就會退縮了，但歐拉西翁不同。牠的脖子爆出青筋，一股類似爆炸的力道透過黑青色的毛底下的肌肉散發出來。彷彿在吶喊著：為什麼不讓我盡情地跑！我想贏！這竟是一匹頭一次參賽的三歲馬？——奈良驚愕萬分。

「我真的以為我會被歐拉西翁咬死。比賽一結束，牠就瞪著我，眼神在說：這傢伙，竟然給我選了讓我絕對贏不了的騎法。」

錄影帶播出奈良的受訪片段。奈良的臉被特寫。他覺得有點奇怪，朝田内夫妻看。只見兩人對望，一臉心虛。

「這個呢，其實是相親照啦。」

田内的妻子說。

「相親……？」

「嗯。我妹妹有三個女兒，大的兩個都嫁了，小女兒去年從短大畢業，現在在保險公司上班。那孩子喜歡賽馬。說喜歡賽馬喔，其實是喜歡馬。她對馬票沒興趣。她是五郎迷。」

田内仙吉補充妻子的話。

「那孩子呀，在檢閱場上看過五郎好幾次。啊，她算不上什麼大美人，不過是個性很討喜。可是，她父母討厭透這一行了。所以啊，我們就想說，讓她爸媽看看贏得這種大比賽的奈良五郎騎師的長相和工作時的樣子。也就是說，這是給對方的爸媽看的相親照，而且是會動的特別版。」

奈良將視線從他們兩人身上移開，說：「不就只是一般的賽馬迷嗎？」

然後為自己的話羞得紅了臉。

「迷到願意結婚的賽馬迷嗎？我上次這樣問，她給的回答是『嗯』……」

田内的妻子表情突然顯得有些生硬，說他也差不多該定下來了。

「這樣誇自己的外甥女也很奇怪，不過她是這年頭罕見的潔身自愛的女孩。又孝順，又開朗。」

奈良一知道有女孩在檢閱場的大批觀衆中看著自己，就覺得全身處處發癢。他故意皺起眉頭，小聲問：「她個子比我高吧？」

「她說她比你矮一公分。也不知她是從哪裡查出來的。」

「哦……」

田内仙吉放下酒杯，點了菸，低聲說：「五郎，人啊，若沒有一個能夠接納愛情的對象，腦子會愈來愈不正常的。」

然後還想繼續再說什麼，卻打住了。

「是不是有喜歡的人啦？」

田內的妻子偏著頭，觀察奈良的神色。

奈良回答：「沒有。」

但這時候和具久美子的臉卻在腦海中一閃而過。在寺尾發生意外之前，和具久美子對奈良來說便是遙不可及的人，現在距離更加遙遠了。

「我現在滿腦子就只有皐月賞。」

奈良這麼說，然後為晚餐道了謝，準備告別田內馬廄。這時候，田內仙吉說：「不妨試試看。」

奈良以為他說的是相親，正思索著該如何回答時，「皐月賞輸了應該無妨吧？重要的是德比。」

田內雙臂環胸這麼說。將歐拉西翁在三分三厘起的腳力控制在過去的一半。想做，隨時都做得到。可是，這樣會不會扼殺了馬的鬥志？要是被馬群包圍，闖不出去怎麼辦？關東的騎師和同伴意識強的關西騎師不同，沒那麼好對付。他們一定會群起而攻，不給歐拉西翁竄出的空隙。要是輸了，歐拉西翁就會被荒木搶走。奈良心中飛快地假設各式各樣的情況。

田內仙吉走出住處，送奈良到浴馬場。

「皋月賞到ＮＨＫ盃中間隔了兩星期，ＮＨＫ盃到德比中間也是隔兩星期。逆時針的跑道和府中的直線坡道，歐拉西翁都還沒有經歷過，所以ＮＨＫ盃是非跑不可的。要讓馬的狀況從皋月賞一直維持到德比，是一件非常困難的工作。對馬而言，是一連串嚴苛的考驗，但只有成功完成這些艱鉅的任務，才能在至高無上的光榮舞台上獲得勝利。」

田內仙吉叫住已經邁開腳步的奈良，有所顧慮地問：「星期天的第一場比賽，你沒有要上場吧？」

「沒有。是一千兩百公尺的沙地賽吧？本來有馬要騎，可是牠受了傷……」

「能不能騎我們家的『丹克艾波』？昨天訓練過，終於可以跑出全力了。Ｂ跑道，從六化朗起，是八十二點三—六十五點三—五十一點三—三十九—十二點八。砂田先生那裡，我會打電話跟他說。」

「好。是母馬吧？」

田內回轉進馬房，讓奈良去看那匹四十二戰卻還連一勝都沒有的棗色母馬。

奈良心想，牠脖子好高啊。

「給牠戴遮眼帶之後，連續兩次跑第五。之前都是差點超時的吊車尾。不善於衝刺，但再加速倒是很快。」

「讓牠一路領先呢？牠是短跑型的血統吧？」

奈良覺得那匹馬看起來很像狗。騎過歐拉西翁後，無論什麼馬，在他看來都像狗。

回到宿舍，奈良躺在鋪了毛毯的長椅上。心想，沒有時間試了。他沒有膽量臨場實踐松木左門和田內太太的意見。要將歐拉西翁從三分三厘起堪稱沉重暴風的速度砍掉一半，沒有十足十的把握是不行的。要是沒有弄好，可能會和馬一起受重傷。他忽然想起田內仙吉的話——人沒有接納愛情的對象，腦子會愈來愈奇怪——田內會不會也知道自己在兩年前做了什麼？奈良有這種感覺。他從書桌的抽屜裡取出在中山賽馬場拍的皐月賞資格賽的優勝紀念照。歐拉西翁身旁，便是和具久美子。他看著久美子，想像著一個連自己的身高都知道的女孩躲在檢閱場一角的模樣。然後，隨口小聲哼唱。

「寺尾死在皐月賞……」

二

「反正，現在就算只有一隻小蟲飛過來，我都會被嚇到。上次我還夢到歐拉西翁被蜜蜂螫到大鬧，半夜裡嚇醒。」

奈良騎在歐拉西翁身上，前往美浦訓練中心的南馬場時，改不了一口岡山口音的小室廄務員這麼說。砂田對附近一個按了快門的記者皺起眉頭，小聲加以制止。

「不要在離馬這麼近的地方卡喳卡喳猛拍照。你沒有望遠鏡頭嗎？離遠一點再拍。」

仔細觀察歐拉西翁行走的樣子之後，奈良為了安撫知道快比賽而顯得有些焦躁地不斷低頭抬頭的歐拉西翁，輕輕拍了拍牠的脖子。接下來預定單獨跑E跑道，從七化朗起加速。不讓別的馬陪跑，是為了不要跑出太快的時間，而不使用開放給皐月賞參賽馬使用的草地跑道，是因為歐拉西翁的馬體已完成七成，在沙地跑道跑長距離，就能完成訓練。大約十五分鐘前，聖荷耶也在同一條E跑道上單獨訓練，七化朗起的成績是九十一秒二。最後三化朗三十七秒二。最後一化朗十一秒五。這些成績是交情好的預測報記者告訴奈良的。他內心暗笑，增矢光秀控制不了馬，跑得太快了。

通往訓練跑道的路上，由廄務員牽著的馬形成一條長長的隊伍。其中有才剛進馬廄的三歲馬，也有即將告別賽馬生活的馬。前方出現了眼熟的棗色馬和訓練服。是結束訓練準備離開的聖荷耶和增矢光秀。朝陽下，聖荷耶的身體散發出來的蒸氣裊裊上升。汗水讓牠全身呈現深色，但胸前的肌肉也好，腰臀、後腿的彈性也好，完全是一具迷人的馬體，顯得比資格賽時更加雄偉。增矢下了聖荷耶，在正在解馬鞍的廄務員旁邊接受記者的訪問。奈良經過時，朝增矢看，增矢卻故意背向奈良，和一名記者說話。

「資格賽前空白了一段時間，馬有點太胖了。又是跑沒跑過的跑道，所以分了心。」

這歐拉西翁也一樣。但是，歐拉西翁不會因為跑沒跑的跑道就分心。奈良的視線朝著搭車前往訓練看台、正在等歐拉西翁的砂田重兵衛四周巡視。和具久美子應該就在附近，但被等候歐拉西翁的幾十名記者和攝影機擋住了，他沒能找到久美子的身影。但是，馬路的另一邊，接近跑道入口的地方，傳出一個聲音。

「小黑看起來好厲害。」

小室牽著歐拉西翁，抬頭看著奈良苦笑。歐拉西翁的脖子，朝身穿米色風衣站在那裡的久美子動，抽了抽鼻子。

「別擔心，該在的人都在。」

小室對歐拉西翁說。然後朝久美子點點頭，但發現砂田的視線，連忙收斂心神。

「好，走吧。」

小室解開牽繩，從歐拉西翁身邊離開。奈良進了訓練跑道，最初是沿著B跑道的內側柵欄仔細地小快步走一圈。歐拉西翁的脖子上滲出小顆汗珠。一匹在B跑道訓練的馬以全速跑到七成的地方，呼吸聲和蹄聲甚至震動了奈良的腹部。奈良細看歐拉西翁的胸前和腹部。汗水猶如水晶的結晶體般從體內冒出來。他又讓歐拉西翁小快步半圈放鬆身體，喘一口氣，才進入E跑道。以輕鬆慢跑靠近七化朗標，慢慢加快速度。歐拉西翁的呼吸很輕鬆，經過E跑道的七化朗標時，奈良對牠說：「來，好好跑一趟吧。」

開始繞過馬場九分的地方。感覺很順，因此奈良提醒自己不要跑出比設定的更快的時間，縮短了轠繩。砂田下的指示是，全部加起來要在九十三秒多。最後三化朗要在三十七秒多。但是，衝刺只限於最後直線的二化朗。

「十五點零。」

經過六化朗標時，奈良說。風的寒意，讓奈良發現自己額上、頸上也都冒汗了。

「十四點零。」

經過五化朗棒時也喊出聲來。他感覺遠遠的訓練看台拋來無數視線。歐拉西翁的肌肉沒有任何一塊是僵硬的。前腳的落地與後腳的蹬腿之間保持完美的均衡，充分伸縮。奈良稍微催了一下。歐拉西翁放低重心，速度加快了。

「十三點五。」

奈良心中的碼表這時候經過四十二點五秒。歐拉西翁想加速。各跑道上豎立的紅、白、藍化朗標，彷彿曝光失焦的照片般，從奈良身邊彈開。轉過彎道，進入最後三化朗的那一瞬間，奈良低聲說：「十三點五。」

算好以五十六秒半哩的慢速跑到這裡，拉緊了歐拉西翁的馬銜。歐拉西翁把從這裡到直線跑道當成實際比賽認真要跑，必須控制牠的速度。奈良將韁繩收短，轉過第四彎道，叫道。

「十三點五！」

開始讓歐拉西翁全速前進。側耳細聽歐拉西翁的呼吸聲，注意牠的馬銜狀況，全神慣注於每一條肌肉。

「十二點五。」

E跑道位於訓練跑道的最外側，看台上的哄鬧聲、自動相機捲底片的聲音都聽得到。

「十一點五。」

鬆開馬銜，奈良伸展了剛才前傾的身體，輕拍了歐拉西翁的脖子兩、三下。很好，完全按照計畫走。最後三化朗是三十七秒五，最後一化朗是十一秒五。就算多少有誤差，也和砂田的指示只有零點二、三秒之差吧。奈良這麼想，在E跑道的後方直線跑道讓歐拉西翁停下來。最後一化朗伸展得非常驚人。跑法合宜，既不痛苦，也沒有往內側靠。奈良望著歐拉西翁白色的鼻息，心想這劇烈的喘息要多久才會恢復？奈良可以計算歐拉西翁從雙膝傳來的心跳聲。

「小黑，很厲害喔。」

奈良學久美子這麼說，然後帶牠前往小室等候之處。在訓練跑道入口附近，與一匹剛結束訓練的馬並騎。那是一匹被看好是聖荷耶勁敵的關東馬，騎在馬背上的是比奈良大三屆的學長高野真一。

「真不想和這種怪物一起比賽。」

高野把護目鏡拉到下巴底下，對奈良說。

「你每次都用一樣的模式贏，所以我在想，乾脆在皐月賞裡給你大鬧一場好了。」

「請別做這麼恐怖的事。」

奈良笑著回答，但「一樣的模式」這個說法，讓奈良感到沮喪。

「我跟在你的馬後面是贏不了的，只能跑在前面。要是被追上就沒戲唱了，所以要一直領先到底。」

兩人出了訓練跑道，雙雙下馬，走了兩、三步，高野真一問：「你會一直待在這裡吧？」

「不，我星期六在阪神有四場比賽。所以今天就必須回栗東了。」

「那，星期六再趕回這裡？」

「是啊。」

「中午到我家吃個飯再走吧。」

高野看記者蜂擁而來，小聲這麼說，但語氣帶著堅持。

「我等你。」

高野對記者大聲嚷嚷。

「你們要找的不是我吧？光看他的馬就夠了。」

然後指指奈良。攝影機靠過來，麥克風也伸到了面前。

「最後訓練的感覺如何？」

電視播報員發問。

「完成了。」

奈良只這麼回答。他認為沒有更貼切的回答了。

「這幾年，關西馬全軍覆沒，但今年不但一鳴驚人，我想關西的賽馬迷們內心一定非常希望牠一舉拿下四歲馬的經典賽大滿貫吧。」

「這是賽馬，不實際上場是不知道的。不過馬的狀況無可挑剔。」

攝影機轉向準備離場的歐拉西翁，麥克風轉向砂田。記者們鍥而不捨地追著奈良不放。

「這場訓練看起來是以最後為重點？」

一個面熟的記者邊這麼說，邊出示他的筆記。上面以紅色原子筆草草寫著「九十三點五。終盤三十七點五」的數字。

奈良以訓練服的袖子擦掉額上的汗，反客為主，問：「天氣預報怎麼說？」

他在心中為零點一秒的誤差都沒有而感到無法扼抑的歡喜。

「應該不會下雨。會是良馬場吧。」

雖然被問起各式各樣的問題，但奈良一概回答馬的狀況很好，其他的就看運氣。砂田從記者中抽身，上了車，向他招手。奈良跑過去，也上了車。坐在駕駛座上的是久美子。

「辛苦了。」

久美子說。

「哪裡……」

奈良只這樣應了一聲，然後砂田看。

「好，走吧！」

砂田調整了他的獵帽，對久美子，然後大聲喊：「出發！」

但是，久美子卻熄了三次火，每次都紅著臉重新發動。

「你在幹什麼啊？」

「車是租來的，開不習慣。」

「離合器太早放了。」

「砂田叔叔還不是，昨天也熄了好幾次火……」

「你這孩子就是不知道『是』這個字怎麼說。管別人怎麼樣呢。」

奈良儘管擔心又會被記者們包圍，還是被久美子和砂田的對話逗得低著頭笑了。

「真的服氣了就會說『是』了。之前我不也都說了嗎？」

「別爭了，快發動車子吧。」

「您就是這樣動不動就氣呼呼的，頭髮才會……」

「這孩子還真失禮。我可是愛極了我這顆光頭。我實在可憐將來娶你的男人。等你一進門，休想有一時半刻的清靜。如果不是個樂天無腦的男人，當不了你的丈夫。」

「我會去找樂天無腦的人的。」

「是啊是啊，快去。」

車子總算動了，朝客場馬房而去。奈良心裡很納悶，不知久美子和砂田什麼時候感情變得這麼好。

「喏喏喏，馬要過。剎車要慢慢踩啊。讓馬受驚嚇壞了可不得了。」

到客場馬房的這段路，砂田一路大呼小叫，不是說油門踩太猛，就是喊著又有馬要過。很多人十分討厭砂田重兵衛。他口風緊、態度冷漠、冥頑不靈，許多記者都背地裡喊他「禿頭老怪」。但是，砂田之所以不多談馬，是因為賽馬牽扯到龐大的金錢。被問到「勝算如何？」一定只回答「不實際上場不知道」。奈良曾撞見一位老牌賽馬計者和砂田對槓的場面。記者激動地說，我又不是小孩子玩玩，彼此的交情也不是一天兩天了，多說幾句會少一塊肉嗎。當時，砂田難得以平靜的語氣如此解釋。

「我不能為了給你們方便，而讓那些素昧平生的人們賠錢。馬的狀況很難說，也發生過明明得了疏仙腳痛，卻因為實在沒有別的比賽可跑而讓牠上場，結果卻輕鬆獲勝的事。若是報紙在比賽前把馴馬師的談話刊出來，一定沒有賽馬迷肯花錢買牠的馬票吧。也有相反的情形。一切按表操課，順利完成訓練，時間也好、競爭對手也好，怎麼看都不會輸的馬，卻只跑了第五。凡是比賽都一樣，而賽馬更是一場比賽就牽動好幾億圓的賭博。贏也賽馬，輸也賽馬。這就是賽馬。直接參與其中的人，不能隨便說話。」

奈良認為砂田的態度是對的，從此，自己也不會發表身為騎師的一己之見。而這樣的砂田，在重大比賽之前，而且是由砂田在馴馬師生涯中未必能遇上一次的歐拉西翁出賽，他卻仍輕鬆地與久美子鬥嘴，讓奈良好生羡慕。奈良五郎身上的壓力一天大過一天，所以他自己也很希望有個能夠互相說笑的溫柔對象。

在晾著乾草的馬房前，奈良與砂田一同檢查歐拉西翁的身體。小室應砂田之命，牽著歐拉西翁順時針繞五、六圈，然後又逆時針繞。接下來，砂田以手心按壓歐拉西翁的雙肩，撫摸腳部關節，查看前腳內側的肌腱。

「好，去洗澡。」

砂田在歐拉西翁進了浴馬場之後，仍望著牠的身軀。

「虧牠能一路平安直到今天啊。」

他對奈良這麼說。

「無論如何，歐拉西翁都會成為衆矢之的。跑在一起比快是不會輸的，所以不要對前面的馬窮追不捨。鬧門沒開，比賽會是什麼狀況沒人說得準。」

奈良連聲稱是，一邊偷瞄站在不遠處的久美子。覺得她成熟了不少。頭一次見到久美子是什麼時候，奈良已經想不起了。明知她高不可攀，仍多少對她懷抱夢想，但那是害死寺尾之前的事，從那之後，奈良認為無論什麼女人都和自己無緣了。

「高野學長說要請我吃中飯。吃過飯，兩點我會叫計程車直接去羽田。雖然是傍晚的飛機，但路上可能會塞車。」

聽了奈良的話，砂田顯得有幾分可惜，悄聲在奈良耳邊說：「那丫頭也說要請你吃中飯啊。聽說從這裡開車大概三十分鐘的地方開了一家店，牛排很好吃。」

「噢……可是，高野學長的太太大概已經準備好了吧。」

奈良匆匆離開，在小室起居的房間換了衣服，趁著久美子不注意，走到高野的宿舍。歐拉西翁最後衝刺的感觸，還鮮明地留在奈良身上。那是他將三化朗標到二化朗標的那兩百公尺的速度控制得比平常還慢的結果，而歐拉西翁的行動也證實了這一星期來縈繞心頭揮之不去的松木左門和田内太太的話是可信的。然而，訓練和比賽不同——奈良這樣告訴自己。今天是訓練，而且是單騎訓練。若前後左右有別的馬，歐拉西翁的整個精神狀態會有所不同。若是保留體力最後卻無法發揮，那就後悔莫及了。

聽到有人喊自己，回過神來，一抬頭，高野從車上向他揮手。高野開的是一輛進口的箱型車。他喜歡釣魚，後車箱用來收放釣魚用具。

「我糊塗了，今天我兒子校内觀摩，我老婆要一點才回得來。」

高野說。

「沒關係。這樣的話，我就和我師父一起吃。」

「是我約你的，這怎麼好意思，我們去訓練中心外吃吧！」

高野打開了副駕駛座的車門，但奈良婉拒了。

「真的不必介意。反正我傍晚就得上飛機了，沒辦法慢慢吃。」

不料高野說：「你因為寺尾的事，都不願跟大家來往對不對。我一直很擔心。你是不是認為寺尾是你害死的？」

說完，硬是要他上車。奈良表情僵了，覺得全身血液逆流，但仍故意裝傻：

「學長在說什麼呢？」

對了，原來比賽已經開始了。這是高野對我施展的心理戰術。

奈良瞪著高野說：「不愧是高野學長。你之前說要搗亂，我倒是沒想到你會來這一手。」

「好了，上車吧。寺尾給米拉克博德做賽前最後訓練那一天，就是住我那裡。」

高野抓住奈良的手腕。

「上車。」

又說了一次。奈良雙膝打顫，無法抵抗高野。奈良一坐上副駕駛座，高野便幫他關了門，從訓練中心的正門離開，經過馬主和媒體人員的宿舍，往鄉下馬路前進。一直到他們進了一家咖啡店前，高野都默默無言。

紅茶送上來，女服務生離開，高野開口了。

「寺尾那傢伙喝醉了，對我說：『奈良那王八蛋，竟然教我騙小孩的戰術。

把我當白痴。我好歹也個騎師，怎麼可能看不出米拉克博德怕別的馬。』他這樣說，還笑了。」

奈良只覺茫然。

「我沒有跟寺尾說什麼戰術。」

他的表情卻意外讓高野別有意會，讓高野相信了這句話。高野啜了一口紅茶，抽著菸，說：「我想也是。我也覺得奇怪。你從來就沒有讓米拉克博德緊跟在前面的馬屁股後面，而且幼時臉被踢傷差點沒命的馬，一輩子都不會忘記那種恐懼，這一點只要是騎師沒有人不知道。有哪個笨蛋會故意教這種戰術啊。」

「可是，寺尾明知道，為什麼要用那種騎法？」

奈良不想讓高野發現自己的手在發抖，所以沒去碰紅茶杯，在膝上握緊拳頭，這麼問。

「我也不明白。只是，那時候，整個步調突然慢下來。那時候我還落後米拉克博德五個馬身，對寺尾喊：『會被包圍，快往外！』我的馬也快要被圍住了，本來在米拉克博德後面的馬往外移，有兩、三匹同時拉快了步調。一眨眼，就變得內外都進退不得，就只有米拉克博德沒有跟上變化的節奏。我想寺尾大概是吃了一驚吧。你懂吧？不但無路可去，還跟大家脫節。真的只是一瞬間的事，但實在很嚇人。」

奈良微微點頭，一雙眼睛只顧著凝視高野的雙眼。高野摁熄香菸，低聲說：「我覺得是我害死寺尾的。」

「怎麼說？」

「因為，我喊那句是在喊寺尾，可是，在我前面的騎師是吉岡。」

吉岡，算起來是高野的師弟。奈良明白高野沒有明白說出來的意思了。

「吉岡在比賽結束之後，一心認為我那句話是在跟他說的，跑來跟我說。他就是因為那樣，才會到外側和米拉克博德並騎。意外就是那時候發生的。在五個馬身之後的我，錯就錯在不應該沒加上『寺尾！』這兩個字。可是，我卻只說了『會被包圍，快往外！』。站在吉岡的立場，聽到我的聲音在後面這樣喊，當然會認為是在喊他。」

奈良心想非得說些什麼，拚命找話說。這句話，必須要能打消高野對自己僅存的一絲懷疑。

「寺尾為什麼要說那種謊？說我告訴他騙小孩的戰術。」
「預留藉口好推託啊。」
高野幾乎是百分之百斷定。
「藉口？」
「你讓米拉克博德贏了四連勝，他卻搶了你的，大家都在背後說話。他承受的壓力，應該不單單是在經典賽裡騎一匹熱門馬而已。為了在輸的時候有藉口可以推託，才說了這種謊。多可怕啊，謊話成真了。」
奈良向女服務生要了菸。點起了這半年多來都沒碰的菸，將第一口深深吸入胸腔。在他心中，潰爛瓦解和解放新生之間產生了奇怪的摩擦，眼底猛烈痙攣，嘴唇卻以放鬆得可能會流口水的形狀張開著。
高野說：「那之後兩、三個月，我很消沉，無法振作。我不斷告訴自己，寺尾是三流的騎師，所以才會對比賽形勢的轉變無所適從，沒辦法完全控制住馬。我，整整花了三個月，才說服了自己。」
說完，便不再提兩年前皋月賞的慘事。

皋月賞是滿閘比賽，共有二十二匹馬參賽[2]。一如預期，歐拉西翁是單檔指定大熱門，前一天賽馬會發表的預售賠率，以單勝二點零倍獲得壓倒性的支持，第二天早上賠率甚至下降為一點八倍。

一早就是大晴天，檢閱場上成群的觀眾大多脫下了外套和毛衣，拿著預測報和娛樂報擋太陽，望著繞場的二十二匹四歲公馬。聖荷耶的體重減了十公斤。奈良看著出了不少汗、躁動不安得讓廄務員手忙腳亂的聖荷耶，推測牠十之八九無法發揮出資格賽那樣的後勁。歐拉西翁的體重沒有變化，一如往常，以强而有力的步伐走在檢閱場的外側。第五檔十三號，是求之不得的檔別。

奈良坐在能一眼望盡檢閱場的騎師休息室，重新戴好黃色的帽子。視線和高野對上了。高野的馬也抽到絕佳的檔號，第三檔七號。高野對他投以意義不明的笑容，不時舔下唇。高野學長果真幹勁十足——奈良心想。高野所騎的「艾普夏」是長距離馬的血統，但速度也很快。目前已贏了三場，其中兩場是一路領先到底。

「停！」

工作人員喊，騎師們一齊站起來。荒木有如被通知時間到了的相撲力士，彎著腰，大聲拍了兩下屁股。奈良在檢閱場排好隊，偷眼去看歐拉西翁，邊聽工作人員說：「第十場比賽，皐月賞。草地跑道內環道，距離兩千公尺。參賽馬數多，請各位騎師秉持運動家精神，進行公平公正的比賽。」

「上馬！」

奈良行禮之後，跑向歐拉西翁。

「你騙我沒關係，我也會騙你。」

邊在內心這樣對牠說。

「訓練得真好。已經是高手境界了啊。」

奈良對小室這麼說，跨上歐拉西翁。砂田檢查了馬鞍的位置和腹帶，只對奈良說：「五郎，看你的了。」

奈良摸了摸閃著藍黑光澤的馬身，卻沒有田内仙吉所說的那種黏滑的油脂。

騎師上馬之後開始繞場。

「心境如何？」

小室那張曬得黝黑的臉望著前方對他說。

「當然很緊張啊。皐月賞的單檔指定呢。而且還是一點八倍的大熱門。」

奈良小聲回答之後，小室說：「下星期就是我女兒的婚禮了。要幫我賺嫁妝回來。」

「別說這種話，會增加我的壓力啊。」

但是，奈良早已做出決定。雖然也要看比賽的情勢，但他要把歐拉西翁從三分三厘的勁道，減為過去的一半。但是，這必須看高野所騎的艾普夏的狀況。對奈良而言，跑在前方的馬比那些以歐拉西翁為目標在後面追的馬更可怕。中山賽馬場的直線跑道長達三百一十公尺，從終點的前兩百公尺便一路上坡。坡度很陡，在兩百公尺內爬升兩公尺半。而且，坡度並不平均，在終點前五十公尺，乍看並不明顯，卻使馬必須擠出最後僅存的力氣。第一彎道和第二彎道也是上坡，第二彎道到第三彎道前是和緩的下坡。第四彎道的半徑小，一個不小心很容易向外偏。

領隊的白馬朝離開檢閱場的地下道走了。有如退潮般，觀衆也開始從檢閱場離開。

「你騙我，我騙你。你騙我，我騙你。」

奈良配合著歐拉西翁的蹄聲輕聲説。一出地下道便是沙地跑道。領隊馬一走出地下道的那一瞬間，〈純種馬進行曲〉便開始播放。然後衆馬進入草地跑道。

增矢為了讓躁動的聖荷西放鬆，朝第四彎道跑過去。無論哪一場比賽，為了向觀衆展示各匹馬在主馬場的狀態，所有馬匹都要在看台前遊行。在經典大賽中，這個儀式尤其重要。荒木所騎的羅伯達許抽到第一檔二號，以恰到好處的氣勢開始前進。一直陪著走到草地跑道入口的松木左門鬆開牽繩，朝奈良看了一眼，低聲説：「聖荷耶沒用了。賽前訓練訓過頭了。」

草地上蒸氣騰騰，馬匹和幾萬名觀衆的熱氣，讓奈良立刻冒汗。看台前的遊行結束了，馬匹各自散開時，奈良上身前傾。

「我會好好騎的。小黑，你要依照我的控轡跑喔。我可是很冷靜的。如果我膽子不夠大不夠穩，你也會跟著怕怕的。」

他這樣告訴歐拉西翁，然後讓牠緩緩跑向第一彎道。確認馬場有無哪裡破損，在第三彎道與第四彎道的中間讓歐拉西翁停下來。後方直線跑道上出現了艾普夏的綵衣，聖荷耶也在附近。

「聽我說，小黑。就是這裡喔。你在這裡，可別像平常那樣跑喔。你以為從這裡開始就是終點對不對？不是喔。你知道從這裡開始就要決勝負，所以就會心急對吧？不必急。你是一匹從大家的夢想中走出來的馬，是至高無上的藝術品。你不願意和狗一起跑。和你比起來，全日本的純種馬都是大狗。和狗比，不必急。」

奈良說到後來也搞不清自己是在對誰說話，但一說完，就明白自己還是極度緊張。

繞完第四彎道的地方就是起點，二十二匹馬的閘門一字排開，工作人員正在待機。幾萬名觀衆有如黑色基調上灑了各色沙粒的馬賽克圖，在奈良看來好似被蟲蛀得班駁不堪的牆。他真想就這樣騎著歐拉西翁逃走。希望能早點到閘門後方集合，開始繞圈。這一麼一來，想逃也無處可逃，心就會定了。

奈良改變歐拉西翁的方向，朝第三彎道慢跑。歐拉西翁的眼白開始充血，泡狀的汗從雙腿間滴下，鼻孔大大開合。奈良覺得歐拉西翁太過激動，便要牠停下，對牠說話。

「小黑，你很厲害喔。」

驀地裡，朝遠方看台的馬主休息室看。心想，久美子一定雙筒望遠鏡片刻不離，正看著歐拉西翁吧。攝影機也一定以望遠鏡頭一直聚集在我和歐拉西翁身上。

騎著艾普夏的高野若無其事地讓馬走過來。

「一直那麼躁動，撐不了多久的。要是那樣還能一直撐到最後，就是怪物了。」說著朝聖荷耶回頭。然後又說：「這下頭痛了，整場比賽的步調可能會變得很快。」

他說完苦笑。

「想搶在前面的馬就有七匹。宇山還放話說：『我要跑前面，不准擋我的路。』」

「那是宇山的手法呀。因為跟高野學長硬拚會兩敗俱傷。」

「荒木先生的馬訓練得很好喔。要是一切順利，終盤會使出不到三十五秒半的速度。如果牠能一直忍耐著待在中段的話。」

召告集合的旗揮動了。奈良再度改變歐拉西翁的方向，用力踩著馬鐙，讓屁股騰空。二十二匹馬在閘門後方集合。荒木一反常態，不發一語，看來是避免與奈良視線相對。

「喂，我在後方直線跑道看到寺尾的鬼魂了喔。」

增矢光秀擦身而過的時候說。

「他現在就跟在你背後。你不是看得到嗎？回頭看看啊。」

奈良一這麼回，增矢發青的臉便微微抽搐，不作聲了。聖荷耶脖子又上又下，全身是汗，彷彿絞濕毛巾似地，不斷滴落在草地上。

司閘員看了時鐘。奈良很想擦掉手心的汗。司閘員朝閘門走來。本來在第四彎道附近在草地上或坐或躺的觀眾站起來。司閘員揮動紅色小旗，號角聲響了。歐拉西翁有些興奮，高高地揚起了頭，但很快便平靜下來。奈良向工作人員要了止滑劑，仔細塗在轠繩上，然後擦了掌心的汗。

開始入閘後，七匹馬順利入閘，但聖荷耶卻不願進去，在閘門附近不肯動。聖艾斯特瑞拉子孫的强悍本色，以負面的形式展現出來。荒木頭一次看著奈良微微一笑。聖荷耶已經輸了——荒木的眼睛這麼說。增矢抓住聖荷耶的尾巴一拉，加上三名工作人員幫忙，聖荷耶才進了閘門。其餘的都很順利。奈良戴上護目鏡，進了閘門，看著司閘員。任何聲音都進不了他的耳朵。觀衆的喧囂也好，會場內的廣播也好，工作人員的聲音也好，他都充耳不聞。所有的神經都集中開閘的那一剎那。

歐拉西翁起跑很順利。奈良的視線內外兼顧。真的會跑的是哪幾匹馬？外側有三匹馬並騎相爭，出線的是艾普夏。不見宇山的綵衣，也不見荒木的。經過看台前時，受到大群觀衆拍手的影響，二十號馬抬起馬頭，就這樣不受騎師控制地加速，趕上艾普夏。奈良控住轡，視線再度左右橫掃。聖荷耶沿內側柵欄跑第三，繞過了第一彎道。歐拉西翁是第八，在外側兩匹馬、內側三匹馬之間。好，這是個好位置。奈良這麼想，但隔著馬鞍的大腿內側肌肉在發抖。冷靜、冷靜——奈良在心中說。巨大的地鳴聲前後夾擊。在終點前，這地鳴聲就只會在遠遠的後方了——奈良這次無言地這樣告訴歐拉西翁。

一度領先，以一馬身之差繞過第二彎道的二十號馬的樣子有點奇怪。高野的手明明沒有動，艾普夏卻輕易搶先。繞過第二彎道後，比賽的局勢便穩定下來。聖荷耶仍是第三，但恐怕在第四彎道前就會落後了。奈良這樣預測，但他希望聖荷耶最好在那之前就退下來。因為增矢已經開始一步步搶跑道外側的位置了。無論如何，他都不想和增矢並騎。為了事前防範，他甚至考慮要不要拉低歐拉西翁的速度，但想到三分三厘的重點，才改變心意。奈良將上身壓得更低，回頭看。他想確認宇山和荒木的位置。荒木所騎的羅伯達許在距離歐拉西翁二馬身的右後方。原來如此，是打算在直線跑道時，從歐拉西翁的內側追趕嗎。荒木果然很了解歐拉西翁的毛病。正當奈良面向前方想計算和艾普夏的差距時……

「步調好慢啊。會追不上喔。」

宇山的聲音從左後方傳來。這時候歐拉西翁剛好是三角形的頂點，荒木和宇山一左一右緊跟在後。

「那你幫我把領先的馬幹掉啊！」

奈良對宇山說。歐拉西翁主動想咬緊馬銜，奈良立刻閃避這個情況。步調的確是很慢。然而奈良相信，忍耐不住的馬一定會從後面及早出手。忍耐不住的有時候是騎師，有時候是馬。這兩種狀況差不多快要發生，那步調應該就會加快了。

地鳴聲漸漸變大了。後面的馬開始加速了。歐拉西翁又想咬馬銜。奈良則是慢吞吞地鬆開。一會兒，地鳴聲在奈良聽來開始像風聲了。土塊打在奈良肩上。接著打在臉上，又一次打在肩上。歐拉西翁的呼吸和步伐都游刃有餘。奈良以伸手一邊的袖子擦掉黏在護目鏡上的泥土。很快就要經過寺尾出事的地點了。本來在後面的馬，以一個馬身的間隔，從歐拉西翁外側趕過去，但同時聖荷耶的速度也變慢了。歐拉西翁與聖荷耶的距離自然縮短。奈良將歐拉西翁帶到外側。荒木進了內側。步調變快了。但是，宇山仍舊讓自己的馬跟在歐拉西翁一馬身之後，完全沒有要改變位置的意思。通過後方直線跑道正中央時，奈良覺得持轠的手變滑了。與聖荷耶並騎了。奈良隔著護目鏡與增矢互瞪。

「擋路！沒用的馬快退下。」

奈良朝增矢大吼。

「走開！不要拖拖拉拉的！」

荒木也朝增矢吼，一邊給羅伯達許打氣。不知不覺間，奈良已經經過寺尾出事的地點將近一百公尺了。好，接下來才是重頭戲。奈良眼望著即將開始繞第三彎道的艾普夏，心裡這麼想。艾普夏緊貼著內側柵欄，以兩個馬身的距離領先跑第二的馬。第二到第八這七匹馬擠成一團，其中有馬已經開始變慢了。歐拉西翁與艾普夏的差距大約是七、八個馬身。奈良和宇山並騎著繞過第三彎道。羅伯達許也在荒木拉緊轡繩後，跟在歐拉西翁半個馬身後。歐拉西翁真的想放開腿跑，想咬緊馬銜。奈良雖然不許牠這麼做，但卻為牠打氣。別生氣，別生氣啊——奈良以祈禱般的心情低聲說。

跑第四、第五的馬顯得後濟無力，荒木追過他們，跑在最靠內側的跑道。歐拉西翁對於不同於往常的模式感到困惑，跑起來的樣子產生了微妙的變化。會停頓？還是會失去跑下去的意願？奈良感到了那種瀕臨邊緣的不明確。宇山跑向第四彎道，送來一瞥狐疑的視線。奈良以轡繩和馬銜，一而再、再而三地安撫歐拉西翁。但是，依舊持續與艾普夏保持七、八個馬身的差距。之所以能夠維持不拉開，是因為歐拉西翁並沒有喪失跑下去的意願。打在奈良身上的土塊已經多得數不清了。

「小黑、小黑，還沒喔，還沒喔。」

控制住歐拉西翁隨時都可能會炸裂的肌肉和鬥志，來到第五與第六匹馬的外側，繞過第四彎道。再一下、再一下下……奈良看到與領先的艾普夏追到只差兩馬身的羅伯達許的步伐，大喊：「好，小黑！上！」

拉了馬銜。歐拉西翁立刻和宇山的馬並騎，筆直地跑過直線坡道。奈良沒有揮鞭，在終點前一百公尺超越羅伯達許，並騎不久便超越艾普夏。奈良配合著歐拉西翁柔軟的脖子伸縮，使出全力不斷推騎。地鳴與如雷的呼叫聲，在奈良聽來都是歐拉西翁切過風的聲音。歐拉西翁絲毫沒有向內偏，穿過了終點柱。前半採慢步調，後半也絕不變快，在充分呼吸後，與原本領先的艾普夏拉開四馬身的距離。

「虧你忍耐了那麼久。小黑，你好聰明。真了不起。你最棒了，太厲害了！」

奈良將速度放慢，繞過第二彎道，前往第三彎道正中央的這段期間，奈良輕拍歐拉西翁的脖子，不斷這麼說。歐拉西翁喘著氣，直盯著看台看。奈良想向高野說說話，所以等著高野和艾普夏靠過來。他全身好痛。其中一塊土塊打到他的鎖骨，衝擊力道很可能讓骨頭產生了裂縫。

「還好沒有打到你的臉啊。」

奈良對歐拉西翁說。

荒木和羅伯達許來到二、三十公尺附近，但直接掉頭了。

此時高野遠遠地說：「是我的馬贏了。有一個奇怪的黑色東西咻一下跑過去，但那又不是馬。」

說完之後，「你在德比也能用今天這種跑法嗎？我倒是不這麼認為。」

只見他以凶狠的眼神丟下這兩句話，便拉馬回頭。奈良在震驚於高野明顯厭惡的眼光，同時對自己竟又傻又天真地想為寺尾的事向高野道謝而感到丟臉。你到底是想道什麼謝？高野也是拚了命想贏的。他的騎乘完美無缺，卻被歐拉西翁力道與鋒利兼具的追趕瞬間奪走了勝利。心中想必備受懊惱不平的煎熬吧。奈良讓歐拉西翁跑到看台前，心中這麼想。

歡呼與掌聲迎接了奈良與歐拉西翁。奈良看了電子布告欄。荒木所騎的羅伯達許得了第五。是在終點前被其他的馬趕上了嗎。可是，在德比大賽上，他搞不好是最可怕的對手。聖荷耶到時候狀況也一定會恢復正常。牠絕對不是只有那種程度而已。奈良又看了一次電子布告欄。獲勝時間是二分一秒六。終盤三化朗是三十五秒整。

「五郎，不錯喔！」

「恭禧。大獲全勝啊！」

幾名騎師對他這樣說。奈良一一對這些話點頭致意，來到檢量室前，從歐拉西翁背上下來。小室的聲音興奮得發抖。

「繞過第四彎道的時候，我還以為會怎麼樣呢。」

奈良卸下馬鞍，連同一次都沒用到的馬鞭以及沾滿泥土的帽子，一起上了檢量室的磅秤。

「好。」

負責檢量的人員大聲這麼說。在洗臉台簡單洗了臉，正拿著毛巾擦臉時，有人拍了他的肩。是宇山。

「我跑第七。五郎，你騎得很好，可是要是一個出錯，很可能來不及施展實力就輸了。」

他以笑容這麼說。

「列隊。」

工作人員在擠滿了媒體和騎師的檢量室裡，宣告比賽結果不變。這期間，攝影機只追著奈良跑。奈良回到歐拉西翁那裡。砂田重兵衛繫好了肚帶，然後對久美子說：「你要說點話啊！這時候說不出漂亮的場面話，那平常就乖乖把嘴巴給閉上。」

在此之前，奈良完全沒注意到久美子就在檢量室前。久美子一臉驚魂未定的神情，向奈良行了一禮。奈良心想，怎麼沒看到和具社長，於是在跨上歐拉西翁之後，問了走向看台前的砂田這個問題。驀地裡，多田時夫的臉出現在他腦海中。

「在馬主區那裡。不過，不會上頒獎台。」

「為什麼呢？」

「說是不方便上電視。」

奈良朝站在久美子身旁的青年瞥了一眼。那名青年一張臉漲得通紅，含著淚的眼睛緊盯著歐拉西翁。歐拉西翁和奈良再度來到看台前，觀眾響起了比剛才更盛大的掌聲。

在砂田催促之下，奈良當上騎師以來頭一次向觀眾揮手。喜悅讓他的手不自然地擺動著，笑容也很生硬。但是，奈良不認為他完全掌握了歐拉西翁。就像高野說的，在德比大賽中，三分三厘的那個辦法能否奏效，這令他感到十分不安。

歐拉西翁似乎不喜歡攝影機和抱著花束的和服女子們，後腿空踢了好幾次。第三彎道和第四彎道間的爾虞我詐，讓奈良深深領悟到，憑自己這點本事，終究奈何不了這匹馬。

1——單檔指定（単枠指定）：日本賽馬會舊有的投注制度。在檔號連勝（枠番連勝，即以檔別而非馬號來購買，一場賽事不論次序選中第一名及第二名的馬所在的檔別即可）的投注方式下，當某匹馬的支持率超過百分之三十卻臨時取消出賽或失去比賽資格時，馬票因同檔還有其他的馬也無法退票。此時，若同檔的馬熱門程度低，買氣與中獎率便不成正比，賭局因而有失公正。為預防此種情形，便將這匹大熱門的馬單獨作為一檔。此制度始於一九七四年，後於一九九一年取消。

2——日本中央賽馬會於一九九兩年規定，每場賽事的出賽馬匹最多為十八匹。

終章　長河

一

歐拉西翁陣營猶豫再三，最終還是報名參加了德比資格賽NHK盃[1]。因為歐拉西翁不曾跑過逆時針的跑道，為了真正的目標德比，無論如何都必須經歷過一次府中的東京賽馬場，以及長達五百公尺的直線跑道與其上的陡坡。

參加了皐月賞的强勁對手幾乎都不願意耗損馬力，因此避免在德比大賽兩星期前出賽。聖荷耶本來就不打算參加NHK盃，羅伯達許也不參加。在希望贏得德比參賽權的二勝馬當中，有哪一匹是能夠打斷歐拉西翁連勝的伏兵，是這場比賽僅有的話題，卻也不值得多少期待。歐拉西翁增加了八公斤，對於頭一次跑的跑道雖然不免感到疑惑，卻仍從居中的馬群中慢慢出線，到了直線坡道上完坡時，已領先群馬，以三馬身的距離領先第二匹馬輕鬆獲勝。

博正在看台前，依馴馬師、馬主、育馬者、騎師的順序站在台上，望著那匹已不再是「小黑」的令人生畏的黑藍色純種馬，那雙充血的眼睛對自己不屑一顧，心裡不斷想著：不想讓歐拉西翁再跑了，已經夠了，太多了。儘管距離實現遠大的夢想僅僅有一步之遙，奇妙的狼狽與不祥的預兆卻爬上他的心頭。

和皐月賞那時一樣，由久美子站上馬主獎台，接受獎狀與紀念品。那張側臉有幾分蒼白，顯得凜然之美，媒體將代替父親上台的久美子當作大明星，娛樂報也大肆加以報導。原本決定贏了德比之後，不顧一切將自己的心意向久美子表白的決心，隨著日子過去愈來愈薄弱，不僅如此，博正甚至對久美子與歐拉西翁之間的密切關係心生嫉妒。這樣到了德比的賽前最終訓練的前一天。

去年播種的鴨茅和苜蓿，在雪已消融無蹤的渡海牧場上茂密叢生，一陣風吹來，牧草便時濃時淡。博正將三根鴨茅自接近根部折起，跑到柵欄處，吹了口哨。椰黃少婦帶著十天前才出生的小馬靠過來，吃了博正遞給牠的鴨茅。椰黃少婦從陣痛到生產只有兩個小時，產程非常順利，生下了一匹棗色的小母馬。

博正已經學習到，要培育出厲害的賽馬，培養優秀的母系有多重要，因此對於藤川老人割愛的椰黃少婦生下母馬心存感激。已經有好幾個人對椰黃少婦的孩子表達了購買的意願，但博正尚未與任何人簽約。去年秋天，平八郎居中介紹的那位京都的和服店老闆，結果並沒有談成。為了等候和具平八郎的決定，他這兩天過得惶惶不安。

和具平八郎在千造喪禮翌日，向博正提出了經營牧場與成立共有馬主制度的有限公司的構想。這些構想全都建立在「假如」的條件下。假如歐拉西翁贏得了德比……假如能再找到十匹優秀的繁殖用母馬……假如有限公司和牧場能夠分別找到三、四個值得信賴的員工……

可是，這些「假如」當中，歐拉西翁在德比獲得優勝這個條件的重要性，讓其他條件都靠邊站。歐拉西翁是屬於平八郎的。由歐拉西翁和渡海牧場所擁有的繁殖用母馬配種。這筆配種費是最初的投資金額，在雙方之間只徒具形式，實際上是不必要的。歐拉西翁之父弗拉迪米爾年事已高，配種次數逐年遞減，其產駒成為種馬的，並沒有誕下表現出色的子女。若歐拉西翁贏得德比，便會成為弗拉迪米爾後繼的主軸，必然會備受育馬人士的注目。而歐拉西翁已經贏得三場重賞賽，更成了皐月賞馬。光是這樣，便已充分具有種馬的資格，若是再贏得德比，又贏了秋天的菊花賞成為三冠馬，頭一年的配種費也會跟著水漲船高，人人都會搶著要配種。這麼一來，資金來源也就充沛無虞，共有馬主制度也能順勢推展。一切就看歐拉西翁能否贏得德比。

「可是，無論如何，都會有四年的時間沒有進帳……」

博正對椰黃少婦說。平八郎打算讓歐拉西翁在明年夏天退休，所以第一筆配種費便是後年春天的事了。等產駒兩歲時再募集共有馬主，必須有至少四年沒有收入的心理準備。今年，博正原打算購買兩匹繁殖用母馬，但因為千造的死，必須支付遺產稅，看好的繁殖用母馬就落入其他育馬者手中了。

「你覺得呢？」

靜内遲來的春天帶來耀眼的陽光，同時也蒸起了濃濃的草木新芽味與乾草味，包圍住博正。他雙臂放在柵欄上，下巴擱在手上，對椰黃少婦說話。耳中聽到小馬吸奶的聲音。

「我實在不知道怎麼做才對。今天的一百塊，總是比明天的一千塊實在啊。要是賣了你的女兒，我們就好過多了。」

博正很清楚，只要自己拒絕，和具平八郎的構想便全部化為泡影。這是因為和具平八郎本身連一匹繁殖用母馬都沒有。若無法實現讓歐拉西翁與渡海牧場少卻優秀的母馬交配的計畫，共有馬主制度公司的成立便化為烏有。當和具平八郎提出這個構想時，博正曾問過為何必須是共有馬主制度。平八郎立刻舉出了三個理由。首先，最重要的是，馬一定賣得掉。其次，只要設下母馬在結束賽馬生涯時，公司以當初售價的百分之二十買回的規約，就能不費力地以低廉的價格買到優秀的母馬。最後一點是，透過有限公司來擁有馬，無論會員有多少人，實質上的所有人就是公司。

「說得狡猾一點，就是讓會員付買馬的錢，付每個月的飼育費，但實際上馬仍舊是公司的。這是一個很微妙的機關，但就經營牧場而言，會有非常多好處。好比說，將馬的名字全部加上渡海這兩個字，那不就是活生生的廣告嗎。將來，渡海牧場變大了，培育出來的馬變多了，沒有拿來當共有馬主制的馬也不愁賣不掉，而且價錢也會更高。」

平八郎這樣解釋。然而，博正心頭只出現一個又一個不安。要是找不到會員怎麼辦？要是馬一直跑最後一名怎麼辦？那渡海牧場的馬豈不是變成一個又一個跑不動的活廣告嗎。而且，日高和靜內的同行的不滿、干預也勢必會愈來愈多。才二十一歲的自己，應付得了這麼多難題嗎？

「爸真的死得太早了。」

博正雙腿往小蟲飛舞的草原上一伸，脫掉橡膠長靴倚著柵欄。椰黃少婦的鼻子往他靠過來。他想起歐拉西翁還是小馬的時候，自己再三跟牠說過的話。

——我和爸爸都會去看你的德比大賽。一想到那時候的事，我的心就一直怦怦跳。小黑，將來你一定要回到我身邊。我每天每天，都會這樣祈禱的——。博正伸手趕走小蟲，對於除了跟父親一起去看德比這一點之外，其他幾乎都已一一實現，產生了一種類似戰慄的感覺。這世上，不可能事事順心如意。

「何必管他什麼德比了。」

望著蜜蜂在空中悠遊，以及動得快得看不見的翅膀，博正這麼說。歐拉西翁已經賺了兩億兩千萬圓了。扣掉進上金、稅金以及託管費，牠為和具平八郎帶來了一億四千萬圓的鉅款。

「我不想再讓你跑了。要是折斷了腳就萬事皆休了。」

說完之後，博正覺得不該說這麼不吉利的話，連忙穿上長靴，站起來。

粗粗的柵欄，以及由西貝查利河人工引水而來的寬約三十公分的小溪，是他們與丸山牧場的分界。丸山牧場去年春天便已決定放棄育馬業，繁殖用母馬幾乎都賣掉了，但當時已懷孕的三匹母馬血統好，又會生，所以多少還有點捨不得，保留著和牧場一起待價而沽。現在，和具平八郎與丸山牧場之間，正朝著售價與付款方式進行最終協議。

博正看著丸山牧場馬廄的紅色屋頂。住家被馬廄擋住了，從博正所在之處看不見。問題是，那三匹母馬和小馬的價錢——博正這麼想。丸山牧場的地勢起伏比渡海牧場來得大，這一年多都沒有整理的採草場上，有一搭沒一搭地長著乾扁的貓尾草和鴨茅，草地早熟禾在牧場各處長得太高，有些地方則是一根草都沒有，已化為雜草漫漫的荒地。

沒有馬的牧場顯得荒涼孤寂，令博正想起千造臨終前的那一刻。千造躺在醫院的病床上，說想看皐月賞資格賽的預測報。多繪讓他拿在手上，千造的手指卻連拿的力氣都沒有了。千造以幾乎聽不見的聲音對博正說，扶我起來。博正與多繪從腋下撐住他，讓他坐起，背後墊了好幾個墊子讓他靠著。千造的頭緩緩向前垂下，就這樣沒了氣息。

直到最後，他們都沒有告訴千造他的病名，但博正認為，父親一定早就知道自己得的是回天乏術的癌症。

「和具社長要買下丸山牧場。終於要出手了。我一直相信他遲早會親自下手來養馬的。他說等到他買下丸山牧場，想把和渡海牧場之間的柵欄去掉，問我覺得怎麼樣，我跟他說，請找博正談。」

「兩座牧場加起來有四十七公頃啊。採草地也會變成過去的兩倍。」

「和具社長有歐拉西翁，你則是有包括椰黃少婦在內的五匹繁殖用母馬。和具社長打算成立共有馬主制度的公司。我覺得這是個好主意。博正，你可千萬別忘了，椰黃少婦的孩子，是聖艾斯特瑞拉的種。這匹馬無論如何，都要讓牠回到我們牧場來。就像我把花影租給馬主一樣。」

「歐拉西翁的妹妹預定今年秋天出道，是不是也趁現在跟馬主講好比較好？」

「對，就這麼辦。花影死了，有牠的血統的母馬，就只剩下歐拉西翁的妹妹了。」

這是千造死前三天和博正的對話。隔天，千造的手腳便開始水腫，無法自行起床了。

和具平八郎和丸山富次從丸山牧場的馬廄之後走來。路上不時停下，丸山富次指著牧場各處，為平八郎說明著，臉色並沒有顯得特別高興，但過一會兒，他大聲對博正說：「今天就可以來把我這裡的馬牽到你那裡去了。」

丸山牧場的母馬和小馬現在都在分割為三塊的放牧地上狀況相對較好的地方，但那也是在紅屋頂的馬廄後側。

「有兩匹時期已經過了，但『羅德小姐』下星期是最後配種的機會。」

丸山這麼說，然後看了和具平八郎一眼，補上一句。

「和具先生說，想要給羅德小姐配『喬爾強尼』。」

喬爾強尼是前年的德比馬，也贏了朝日盃三歲錦標賽。在菊花賞中傷了韌帶，經過漫長的治療，最後終究無法重回賽馬生涯，直接成了種馬。今年是頭一年配種，所以配種費也很便宜。

「我們就六月底交割吧。」

丸山已經快四十歲了，但本來對育馬業就不怎麼投入。在無奈之下繼承亡父之後約有十年的時間，但花在馬票上的錢遠比育馬多，據說背了不少債務。

「那麼，頭一筆付款就定為六月三日。」

丸山向和具平八郎說完，轉身，不無依戀地環顧牧場，走回住處。

「終於到手了。」

平八郎隔著柵欄對博正說。然後脱下西裝上衣，微微一笑。

「連帶有了三匹繁殖用母馬，和三匹當歲馬。和博正的馬加起來，就有八匹母馬了。小馬裡頭也有兩匹是母的。」

平八郎連領帶也鬆開了，伸了一個大懶腰之後，鑽過柵欄，來到渡海牧場內。

「春天照樣颳著風……我的魂大概是被北海道牧場上的風吹走了……」

平八郎仰望太陽，接著視線跟著蜜蜂轉。那眼神，實在不像一個四天後可能會成為德比馬馬主的人。

「虧您還能這麼氣定神閒。像我，晚上都睡不著。昨晚也是，明明十點就上床了，卻一直翻來覆去，半夜三點都還醒著。歐拉西翁已經確定是單檔指定了，可想而知是獨家大熱門啊？這一帶的人都說，賠率大概是單勝一點五倍吧。甚至有人拿死去的父親當下酒的話題，說就是因為培育出那種怪物，才會折壽的。」

博正說。

「那是嫉妒啦，不用理他們。人啊，總是盡其所能忽略別人的努力，愛說別人就是運氣好。千造是懷著什麼的夢想培育出花影，又是如何痛下可能必須全家夜逃的決心培育出歐拉西翁的，這些都沒有人想了解。要不是寄居在吉永達也的牧場，歐拉西翁也不會長得那麼健壯，要是沒有砂田重兵衛這位馴馬師的斯巴達教育，也訓練不出歐拉西翁的速度和毅力吧。別人是不會去看運氣背後的心血的。」

平八郎迎著舒適怡人的風站著，博正問他：「為什麼歐拉西翁沒有贏得德比，就沒辦法成立共有馬主制度的公司？」

於是平八郎如此回答：「如果走到這一步輸了，那就只能說，和具平八郎這個人氣數已盡。一個氣數已盡的人，要展開什麼新事業都是白費工夫。還有就是，德比的優勝獎金加上附加獎金，有將近一億圓。能夠留在我手邊的，大概是六千萬左右吧。這六千萬，就是公司的營運資金。開公司需要人，牧場也必須僱好幾個人，東京和大阪也不能沒有辦公室。還要買好的繁殖用母馬。我打算賣掉志摩的別墅，用那筆錢來買母馬。這一切，全都要看四天後那短短二分二十幾秒了。」

平八郎看看表，又低聲說了一次。

「總算到手了。」

然後朝博正的住家走去。博正心想，得把西貝查利河引來的小溪填平才行。不，在那之前，還是先去把丸山牧場的三匹母馬和三匹小馬帶過來。

「得給牠們多吃點好牧草。」

他到馬廄去，拿了牽繩。為什麼自己會變得這麼膽小呢？為了能夠接近吉永牧場一小步，他設法弄到了椰黃少婦，讓牠與本應不可能成功的聖艾斯特瑞拉交配。參與和具平八郎的共有馬主制公司，一定能朝實現夢想跨出一大步。可是，為什麼……

博正將牽繩披在肩上就跑。打開玄關門，喊人在客廳裡的平八郎。平八郎正在講電話，聽見博正喊他，掩住通話口，驚訝地問：

「怎麼了？」

「我們家缺錢。不賣掉椰黃少婦的孩子，今年就沒有錢配種，而且，社長要開的公司，我一毛錢的資本都沒有出。要是我出不起呢？就算馬取了渡海的名字，我還是員工啊？一切都是由和具社長作主啊？」

平八郎邊聽邊點頭，但什麼都不說，把手上的電話作勢拿給博正。博正脱掉橡膠長靴，進了客廳，拿起通話筒。

「喂。」

是久美子的聲音。大概是已經聽到部分博正的話，她叫：「那個馬鈴薯在說什麼？喂，爸爸？」

「馬鈴薯？是說我嗎？」

博正瞄了平八郎一眼，這麼說。

「啊，你聽到了？電話換人接，好歹要說一聲呀。」

「你跟每個人講起我的時候都說是馬鈴薯對吧。隨你取笑好了。」

「我沒有取笑你。我跟你說，歐拉西翁的狀況好極了。飼草也一天吃六公升呢。椰黃少婦的孩子好不好？」

「哦，很好。」

「牠將來是歐拉西翁的老婆呢，你可要好好照顧。」

「現在的問題不是這個。」

「不然是哪個？你真的認為渡海牧場會由我爸爸作主？」

「因為，一毛錢都沒出的人當然沒資格開口啊。這是社會的規矩不是嗎？」

「把椰黃少婦的孩子賣掉，不就有錢了嗎？」

「你在説什麼啊。就是你爸爸叫我先不要賣的啊。」

「咦？怎麼回事？叫我爸爸來聽。」

博正把電話交給平八郎。

「我接下來正要談價錢。等事情談好了，我會打電話給你，你乖乖待在飯店。」

平八郎向久美子這麼説，掛了電話。多繪端茶過來。平八郎和多繪交換了一個笑容，然後問博正：「好了，椰黃少婦的孩子，你要用多少錢賣給我？」

博正感覺自己的臉又紅又燙。

「志摩的別墅賣掉了。内人氣得發狂，不過我想她應該會更喜歡這個北海道的別墅。等德比結束，我想帶她來看看。」

博正看著一臉沒事人樣的多繪，心想吉永牧場上聖艾斯特瑞拉最貴的母馬會開價多少。畢竟，光是配種費就花了五百萬，而且為了買椰黃少婦，又賣掉了三匹繁殖用母馬。母馬開價四千萬有點太高了。歐拉西翁也才三千萬。可是，這匹馬可是聖艾斯特瑞拉的種。而且，是一匹聰明的好馬。

「兩千萬。」

聲音比平常高了好幾度，舌頭也打結了。

「我早料到了。」

平八朗說。一千五百萬我可不賣——博正在內心告訴自己。平八郎從西裝內口袋取出皮夾，將一張支票放在桌上。那是一張面額兩千萬的支票。

「這兩個星期，我去看了不少牧場。也和曾經有三、四年培育了不少好馬，但現在卻只養得出劣馬的牧場場長談過。我很清楚進入育馬這一行的風險有多高。如果讓好的種馬和好的母馬交配就能生出好的馬，那就輕鬆了，但事情不是這麼簡單。只懂得花大錢來介入育馬業的有錢人當然會失敗。舉例來說，歐拉西翁出生那年，弗拉迪米爾的孩子，包括歐拉西翁在內，一共有四十五匹出生。與六十五匹母馬交配，未受孕的有十六匹，四匹流產。六十五匹母馬中，賽馬成績三勝以上的馬，包括花影在內有十五匹。這十五匹母馬的孩子，出生時前景看好的有五匹。但是，贏的卻只有歐拉西翁和另外三匹，但這三匹都只有一勝。有好幾匹未勝利馬，幾乎都被馬主和馴馬師放棄了。但是，育馬家因為歐拉西翁的出現，又開口閉口弗拉迪米爾的了。換句話說，眼睛只看到歐拉西翁。育馬家想要弗拉迪米爾的種，今年的配種數比去年還多。衰退的大牧場，第一步就是錯在這裡。」

平八郎說，花影的死，恐怕是好幾億圓的損失，然後站起來，約博正到放牧地去。多繪雙手拿起支票。

「謝謝您。」

深深行禮，將支票收進小保險箱。

「等歐拉西翁贏了，我就在牧場上蓋一條八百公尺的訓練跑道。大家一起親自動手做。關於這，吉永先生倒是表示過意見。他的說法是『做得到就試試看』，還笑了，但我們就來做啊。放牧地就鋪滿草地早熟禾。吉永一家人厲害的地方，就是三百六十五天，天天都只想著要怎麼樣才能配出好的血統、養出好的馬。這一點實在厲害。他的眼睛永遠看著歐美的賽馬，果真是個一生為馬而活的人啊。」

博正和平八郎一起倚在柵欄上，望著現已成為和具平八郎名下的牧場，為自己感到羞愧不已。因為他想起自己曾經懷抱著熱情和決心，向久美子發下宏願，說要在自己的能力範圍內，努力一步步接近吉永牧場。現在卻因為想早點拿到錢而徬徨迷失，將堅定發誓的決心拋在腦後。要是自己有心，要在渡海牧場裡做三百公尺一周的訓練跑道並非辦不到。由自己來騎，讓兩歲馬運動，就值得他這麼做。歐拉西翁會在德比大賽中獲勝的。博正告訴自己。這麼一想，只覺心頭一緊，不能不做些什麼。

「我去丸山家把馬牽過來。」

博正捲起襯衫的袖子，跑向丸山牧場的門。

自己退出和具工業究竟是對是錯，平八郎不知道。如今再怎麼想也無濟於事。明知如此，當他在夜闌人靜中醒來，還是會後悔沒有再試一下。然而，為此，他至少必須遣散三百名員工。這三百名員工背後，還有他們的家人，他們的人生。他們的生活，因自己的決定而獲得保障。這樣不就好了嗎。要這樣說服自己雖然需要一些時間，但也讓平八郎得以安心入眠。

「可是，我本性其實是流氓啊。」

平八郎望著一切綠意盎然的牧場，自嘲地喃喃低語。他心中某處，希望歐拉西翁在德比敗北。自己只是把戰場從大都會的水泥叢林移師到北海道的牧場而已。他大可不必涉足育馬業。將蘆屋房子的地賣掉一半，在北海道的靜內擁有別墅。這樣不就夠了嗎。純種馬的培育生產，不是一個外行人該插手的事……

可是，讓平八郎起意成立生產馬並提供共有馬主制度的公司的，是久美子。和具工業被三榮電機吸收合併，簽完約當天晚上，

「贏了德比之後，歐拉西翁要怎麼辦？」

久美子問。

「能當種馬嗎？」

「應該會吧。由幾個人出錢共同享有歐拉西翁的配種權，或是由中央賽馬會收買。這兩種的其中一種吧。」

「我想還給那個馬鈴薯。」

久美子在平八郎面前都以「那個馬鈴薯」來叫渡海博正。

「還？還給他做什麼？歐拉西翁又不是玩具。牠是厲害得連我這個馬主都不敢相信的一匹馬。歐拉西翁的後代很可能會出現重賞賽或G1級的勝馬。你要讓牠在渡海牧場養老？怎麼能這麼埋沒牠。」

「那個馬鈴薯，就只有心比天高。他放話說，雖然規模追不上吉永牧場，但要不斷努力，在內容上慢慢接近。還立了以十年為期的計畫。可是，他的計畫裡，卻沒有在自己的牧場上擁有種馬這一點。那個馬鈴薯，竟然在計畫裡漏了最重要的一點。」

後來就換了話題，但平八郎意外發現，久美子每當說起「那個馬鈴薯」的時候，視線一定會別開。儘管心中覺得不太可能，但或許「這個野丫頭」和「那個馬鈴薯」會是意外的絕配——他忽然這麼想。於是平八郎故意挑渡海博正的話題來試探久美子。看樣子做父親的天外飛來的直覺很可能相當準確，他驚訝於這完全出乎意料的少女心，問道：「喂，那位馬鈴薯君已經進入我的女婿候選人名單了嗎？」

久美子大笑，搖手否認，但那不自然的笑容和動作，反而讓平八郎的直覺化為確信。

「喂，這可不是開玩笑的。你跟我說實話。要是你要選那個馬鈴薯當丈夫，我可不能讓渡海牧場一直是個勉強才能存活的小牧場。」

平八郎逼問久美子。久美子也以吃驚的眼神望著平八郎，然後正色低聲說：「那個馬鈴薯，連一個字都沒提到過。明明就對我一見鍾情說。」

然後吐了吐舌頭。

女兒和渡海博正都才二十一歲，也許某時某刻心情就會變了。更何況久美子是個任性驕縱的獨生女，個性又善變。到了明天又另表心跡，將父母親疲於奔命也大有可能。平八郎苦笑，當晚便不再提起這件事。

然而，自己脫口而出的話，卻留在心中逐漸擴大，一天天成為思緒的中心——我可不能讓渡海牧場一直是個勉强才能存活的小牧場——那麼，具體上該怎麼做，才能擴大一座繁殖用母馬已減少到五匹的牧場？答案很簡單。只要馬賣得掉就好了。那麼，要怎麼樣才賣得掉？他像解棋局般，在家附近散步時也好，在咖啡店喝咖啡時也好，都不斷動腦思索。

得知丸山牧場待售時，他的心情很微妙。那座牧場與渡海牧場只有一柵欄之隔，而告訴平八郎這個消息的，正是住院中的渡海千造。頭一次的交涉，是博正出馬，也是博正去幫忙建築物估價的。他決定要買。這麼一來，不知不覺間，在他心中，自己要買的這座牧場和渡海牧場，便是擁有兩座馬廄的一片土地了。平八郎重新布局，在腦海裡描繪四十七公頃的牧場的平面圖。有四十七公頃，就能有廣闊的採草場，也能做一圈八百公尺的訓練跑道了。

這時候，平八郎常去的咖啡店老闆來搭話。

「我都不知道原來和具先生是歐拉西翁的馬主。」

老闆興致勃勃地問起歐拉西翁馬名的由來、如何買下的經過，然後這麼說：「我也想過這輩子來擁有一匹自己的馬，可是實在買不起。以前，我們十來個高爾夫球球友說要合資來買馬，可是一定要有人登錄為馬主才行。資產啦、定存金額啦、年收入啦，規定多得要命，大家覺得還是沒辦法，就算了。」

平八郎在心中大叫：找到了！就是成立共有馬主制的公司，讓小群人可以一起成為共有馬主。第二天他就飛到北海道，和病榻上的千造商量。

「如果社長肯這麼做，歐拉西翁就會回來了。」

千造含著淚表示贊成。

「除了錢多到發霉的人，一般個人實在養不起一匹馬。每個月付給訓練馬廄的託管費可不是一筆小錢，而且由十人、二十人共同擁有一匹馬，馬也就好賣了。」

然而，當平八郎認真在心中盤算成立新公司時，立刻就明白事情沒有那麼簡單。若向其他牧場買馬，經費支出太多，無法獲利。只能靠自己生產馬。而要生產馬，繁殖用母馬卻不夠。辦公室也需要人手。要是馬完全跑不出名堂，不到兩年會員就會跑光。他可不想挖個坑給自己跳。平八郎想到自己是為了什麼退出和具工業，覺得自己實在可笑，便放棄了已經成形了一半的藍圖。然而，渡海千造卻從醫院打電話給要好的同行尋求協助，甚至還熱心力勸平八郎去見已經退隱的老人家藤川傳三。

由於主意是自己出的，平八郎也不好峻拒，便這麼說：「這需要不少資金。千造，等歐拉西翁贏得德比再說吧。歐拉西翁贏了，作為種馬的價值也水漲船高。做不做，我們就賭這一把。」

平八郎萬萬沒有想到，藤川傳三會由親戚扶著，拄著拐杖到蘆屋來拜訪他。藤川傳三以沙啞的聲音懇求平八郎挺身而出，他會幫忙集結有心的育馬人士。否則再這樣下去，日高和靜內的育馬產業將會一步步凋零，結果便是馬的品質低落，幾條寶貴的血脈從此稀釋分散，日本賽馬也跟著江河日下。

「我是外行人啊！日本的賽馬產業，有吉永達也先生在。除了吉永先生，也有好幾位懷抱著獨特理念的馬主兼育馬者，生產優秀的純種馬。要是我失敗了，會給藤川先生、幫助我的各位育馬者造成致命的打擊。」

平八郎這樣回答。若是歐拉西翁稱霸德比，你願意出動嗎？——藤川傳三在長長的沉思之後這樣問。德比靠運勢——平八郎想起這個說法，答道：「要是這樣，我就試試看。」

藤川老人費勁地眨著眼。

「我會告訴千造，說和具先生答應了。」

平八郎請他多坐坐再走，他卻深深向平八郎行禮，回帶廣去了。短短半個月後，千造便走了。

望著被春霞染成紅紫色的培拉利山，平八郎側耳傾聽馬兒的嘶鳴。他忽地眺望椰黃少婦和其小馬所在的放牧地，視線停留在柵欄的一角。

他走到那裡，捲起襯衫的袖子坐下來。一種很像紫蘿蘭的花在微風中搖曳。多田遲早也會和岩崎一樣，被調到某地的營業處吧。而三榮電機也遲早會撤銷他們和多田之間的密約。平八郎心裡非常清楚。多田當時只有那條路可走。他一心認為自己背叛了我，但我不這麼想。背叛的人，其實是我。我之所以派多田當使者去找佃光康，為的就是要藉多田的嘴將我的用意透露給對方。三榮電機無論如何都不會相信多田。然而，當他們弄清楚這不是策略，而是多田對和具平八郎的背叛，他們就會相信多田的話了。是我利用了多田時夫聰明、固執，卻有有些脆弱的人性，保全了自己的名聲。至於留下和具這個公司名，也不是為了留下來的員工。那僅僅我這個敗將唯一的矜持。佃為了得到歐拉西翁，將多田的背叛一一告訴了我，但我的心思全用在保住我可悲的名聲和自己個人的財產，對多田的痛苦視而不見。不是多田背叛了我，是我逼他演出背叛的戲碼。

平八郎心中浮現了多田的樣貌。若是出面成立共有馬主制度的公司，他非常希望能夠與多田共事。牧場的工作渡海博正會做。我也穿起工作服和橡膠長靴，整天照顧馬、檢查牧場的每一個角落，有排水不良的地方就去疏通，以碎石和石碴來改善。賽前最後訓練那天就到訓練中心去，自己親眼確認託付的馬情況如何，若是累了，就帶回牧場養精蓄銳，再送回訓練中心。與此同時，多田則與會員保持密切聯繫，募集新會員，盯緊會計，負責辦公方面的事務。有多田在，他大可放心。他也應該很喜歡這座牧場的風。反正，在三榮電機他是沒有出頭的一天的。

他小心不去踩踏紫色小花，來到渡海家後門找多繪。這兩年突然老了很多的狗佩羅現在整天都在睡，雙眼微睜，搖了搖尾巴。

「渡海太太，不好意思，可不可以再借用一下電話？」

在廚房裡的多繪對平八郎說：「請用請用，別客氣，您請自便。」

多繪邊拿圍裙擦手邊進了客廳。

平八郎也繞到正門，進了客廳，拜託多繪：「一個離開的社長打電話到之前的公司實在不太方便，渡海太太能不能幫我打？請幫我找總務部的多田。」

多繪撥了平八郎所說的電話號碼。

多繪對接線生說：「請轉接總務部的多田先生。」

但立刻又接著說，「調職……？哦，這樣呀。」

說著朝平八郎看。

「能不能幫我問問他調到哪裡去了？」

平八郎壓低聲音說。

多繪拿粉筆將接線生告訴她的電話寫在黑板的那一瞬間，平八郎儘管早有預感，仍對三榮電機冷酷的手法感到憤怒。那電話是前和具工業，現和具電子的東京分社。他們多半是暗示多田，礙於其他員工，無法立即將他調到三榮電機，要他暫時待在和具電子的東京分公司。但這只是口頭承諾。三榮電機是打算讓多田待在和具電子的東京分公司一輩子。這種公司別待了！和我一起開創新事業吧！——平八郎在內心對多田說。

這時候，平八郎已經決定了。不必等到德比那天。歐拉西翁不可能會輸的。從現在開始，我就要展開行動。

多繪問：「要打到這裡嗎？」

「對，麻煩你。」

花了不少時間，才等到多田接電話。

「喂，是多田嗎？」

平八郎一時之間也不知該說什麼，便只說：「我是和具，和具平八郎。」然後想著接下來要說什麼。

「好久不見。您好嗎？」

多田也是在停頓片刻之後，才以生硬的語氣這麼說。

「你什麼時候調派的？」

「才四、五天前。人事命令是六月一日生效，但從今天起就到東京分公司上班了。」

「好突然啊。」

「是啊。不過，想想這裡也是我的老家。」

「房子呢？應該已經蓋好了吧？」

「正在找買家。我們應該會在東京這邊待很久，所以決定賣掉。才住了三星期啊。」

多田說完，頭一次笑了。

「上次跟你提過，你要不要和我一起創業？我已經決定要放手一試了。如果多田時夫願意幫忙，我就可以放心把工作交給你。」

平八郎等著多田回答。

多田沉默的期間，平八郎不知有多少次，差點說出：你以為你背叛了我，但不是這樣的。

「社長太看得起我了。我不是那種可以讓人安心託付的人。雖然很感謝您……」

多田的語氣有幾分含糊，但聽得出他的意志很堅定。

「是嗎。雖然遺憾，我也只好死心了。」

多田聲音忽然變柔了。

「歐拉西翁好厲害啊。我也開始做夢了。」

說完，又壓低聲音說：「大家也都在替歐拉西翁加油喔。雖然沒有明說，但總務部的人也好，業務部的人也好，都已經開始準備，等歐拉西翁贏了就要大肆慶祝。像岩崎先生，好像都無心工作了。我還是頭一次聽他談起馬呢。」

平八郎的視線晃動了，只覺得上顎深處好痛。他終於再也忍不住，用力閉上眼睛。眼淚滴落在電話機上。平八郎吸了吸鼻子，握緊聽筒。

「社長，您在哭嗎？」

「沒有，我感冒了。我現在人在渡海牧場。兩、三天前，這裡的櫻花也謝了。幫我問候大家。」

「社長也要保重身體。」

多繪半途就刻意迴避，回廚房去了。

掛了電話，平八郎望著自己滴落的眼淚出神。藤川老人那腦子裡明明知道要說什麼，卻得要好一陣子才能從嘴裡說出來的模樣，以及他說出來的話在心中閃現——寶貴的血脈，就要稀釋分散——。他說的雖是純種馬的血統，但對平八郎而言，卻另有含意。他覺得自己與多田時夫之間，早已超越社長與員工的關係，以人與人之間的血脈相連。但是，這段血脈卻被斬斷了。何止是稀釋分散，是被斬斷，再也無法重新接續了。

平八郎拿手帕將散落在電話機上的眼淚擦乾，匆匆趕往人在牧場的博正那裡。博正將丸山牧場帶回來的母馬趕入放牧地，正在觀察三匹小馬的體形。

「這匹棗色馬，前腳有一點點向外翻。『羅德吉姆』的孩子幾乎每個都有這種腳。牠們的祖父『暹羅之心』就是這種腳，隔代遺傳啊。」

博正說明。

「但是，羅德吉姆的產駒速度很快。」

「是啊，所以更容易受傷。要是體形長得太大，會對這種腳造成負擔，但這一系小型的馬卻又不會跑。不過也不必擔心。有一匹腳比這匹小不點外翻得更厲害小馬，在今年的橡樹大賽跑第三呢。那是一匹母馬，卻又高又壯，足足有五百公斤。」

「能不能送我到千歲機場？」

平八郎說。

「千歲？您要回去了？」

「我要開始準備製作簡介，然後要在大阪租個辦公室。明年六月就以今年的當歲馬開始第一次募集。也得去拜訪藤川先生。」

博正從已經邁出腳步的平八郎身後問：「今年的當歲馬？不是等歐拉西翁配種的孩子出生一年之後才召募會員嗎？」

那雙本就明亮的眼睛更加閃亮。

「不，我覺得白白浪費時間太可惜。哪等得了四年呢。明年就開始。就算馬只有十四，也要開始做。」

打開車門的博正說：「我去通知藤川老爹。」

平八郎叫住準備要走的博正，大聲說：

「我叫久美子在飯店裡等我電話。你順便幫我打電話到飯店，告訴她我明天天黑之前會到東京賽馬場歐拉西翁的馬房去。」

平八郎坐在車子的副駕駛座上，邊等博正邊想起妻子的臉。

「她搞不好會大大傻眼，說要跟我離婚。」

到了這個地步，無論如何歐拉西翁都非贏不可。

瞪著耀眼的半空這麼想時，多田時夫那句「我也開始做夢了」忽然重重打在他的心崁上。

二

為了看參加德比大賽那二十三匹馬而聚集在檢閱場的人們，不顧其他比賽，無畏於盛夏般的豔陽，已經站了兩個小時。

府中賽馬正門前車站，不斷有電車停靠，吐出為數驚人的乘客，流入賽馬場，使圍著檢閱場的群眾起起伏伏的圈子更加壯大。

久美子在檢閱場附近的西側門前，每當有電車到站就拉長了身子找博正。明明約好十二點在西門的，都已經一點半多了博正還沒來。

「一定是又沒趕上飛機了。那個笨馬鈴薯。」

久美子小聲罵，正要死心回馬主休息區時，忽然想到一件事，匆匆趕向東門。她想到也許是把東和西搞錯了，但自己和博正究竟是誰對誰錯，久美子已經搞不清楚了。從清早在飯店裡醒來的那一瞬間，「這一天終於到了」的想法便化為無法控制的恐懼，不斷壓迫著久美子的心。

從歐拉西翁誕生那晚到今天，是多麼漫長的一段時間啊。短短三年的歲月，久美子卻覺得有如無盡的時間黑洞。自己同父異母的弟弟田野誠，這個少年真的曾經存在於這個世間嗎？那個風大的夜晚，自己真的親眼看到歐拉西翁出生嗎？和具工業真的已經不再屬於父親了嗎……？久美子只覺得好像一直在永遠醒不來的夢裡不斷奔跑。

果不其然，博正倚著東門入口附近的牆站著。

「你就是沒辦法準時到。」

不等久美子抱怨，博正顧不得滿頭大汗，一張臉便迎上來說：「我可是十一點半就到了。你以為現在幾點了？」

「我說的是西門啊。」

「我在掛電話之間還跟你確認過的，說東門喔。早知道會這樣，我就自己先去歐拉西翁的馬房了。」

「要現在去嗎？」

「差不多要量體重了。現在去，只怕會給砂田老師和廄務員添麻煩。」

說完，博正打量久美子的臉。

「怎麼了？你沒什麼精神欸。我說什麼你竟然沒有罵回來，害我覺得毛毛的。」

「嗯，是沒什麼精神。十二點的時候入場人數就已經有十二萬人了。連馬主休息區也沒地方坐，大家都站著。人太多，空氣差，我頭好昏。」

「沒辦法，德比就是一場盛會啊。」

博正說我去買點喝的，正要走，卻被久美子叫住。然後，久美子告訴他在最後訓練完的第二天，歐拉西翁有點小異常，但恐怕只有久美子看到。

「牠咬了別的馬的屁股。」

「咬屁股？歐拉西翁嗎？」

歐拉西翁本來在吃飼草。隔壁馬房的一匹關西馬為了要去浴馬場，被帶出馬房。由於還有別的馬，那匹馬的廄務員就從歐拉西翁面前橫越而過。結果歐拉西翁就停下來不吃飼草，咬了那匹馬的屁股。被咬的馬受驚大鬧。可是，那時候歐拉西翁卻一臉若無其事的樣子，又一頭栽進飼草桶，故作不知。

「那匹馬被廄務員罵得好慘。因為他絕對想不到歐拉西翁竟然咬他的馬……」

「以前發生過這種事嗎？」

久美子用力搖頭。

「我覺得，好像是因為從皐月賞資格賽一路跑到NHK盃，太累了。」肉眼看不見的疲勞，讓平時總是柔順乖巧的歐拉西翁暴躁不安——久美子這麼認為。參加NHK盃會不會是個錯誤？眼看著德比大賽就要在二小時後開始，這樣的不安卻緊緊揪住久美子的心，揮之不去。

博正決定不去買飲料，從東門搭了通往馬主休息區的電梯。

「不可能會輸的。馬主這麼膽小，該贏的比賽也贏不了了。像吉永達也，凡是不是他培育出來的馬，他都當成狗。他是真的這麼想的。歐拉西翁也是狗……他現在正拚命告訴自己，聖荷耶一定會贏。他那個人啊，聖荷耶明明不是自己名下的馬，卻想把騎師從增矢換成宇山。夾在中間的馬主也敵不過吉永先生的氣勢，和馴馬師起了一番爭執。增矢老師無論如何都要讓自己的兒子騎。結果是決定讓增矢騎了，但要是輸了，可不是丟了面子就算了。」

電梯門打開時，博正連忙住口，朝久美子看了一眼。走廊上擠滿了馬主、媒體以及受邀而來的客人，當中便有吉永達也的身影。吉永在一群追隨者的包圍下，正與幾名娛樂報的記者高談闊論，一看到久美子，便說：「哦，歐拉西翁的馬主來了。」

然後輕輕點頭。

「歐拉西翁正為了這位美麗的小姐努力呢。英雄難過美人關啊。」身邊的追隨者以響亮的笑聲回應吉永這句話。

「回頭見。」

吉永朝博正瞄了一眼，便從四樓進了包廂。久美子看到兩張沒人坐的椅子，便和博正一起在那裡坐下，打開預測報。歐拉西翁是單檔指定，第四檔十號。前一天五點發表的預售賠率，歐拉西翁的單勝是一點六倍，第二熱門的羅伯達許是七點五倍，位居第三的聖荷耶是七點九倍，可見得歐拉西翁受到異常熱烈的支持。

「一點六倍啊……那就代表買單勝馬票的人有近六成是買歐拉西翁。這也是德比啊。若不是有超強意志力，大概沒辦法騎那種馬。」

「你別再說了。我光想就快打冷顫了。」

有個看似馬主的人已經喝了不少啤酒，渾身酒臭味地在包廂和走廊上不斷來回走動。仔細找找，也有十幾二十個神情激動的人，但看來不像記者，也絕對不是馬主。無論何時來到，馬主休息區都是一個令人靜不下來的地方。無論來多少次，都無法習慣這裡的氣氛。但是，父親已經決定成立共有馬主制度的公司了。歐拉西翁必須贏。自己也必須在這個蔓延著欲望與惡鬥的馬主休息區和賽馬場中保持堅定不移的心。久美子想到多田。聽父親遺憾地說起多田調職，婉拒參加新公司時，她心中對多田懷著一絲感謝之心。

那個下午在飯店房間裡發生的事，至今仍是刻在久美子心頭一則活生生的現實。若是多田不想讓她走，當時的她一定無法反抗。可是，即使沒有越過最後一線，光著身子躺在床上，依然和發生了關係沒有兩樣。要是多田應父親之邀，辭去和具電子，來到新成立的公司的話……

久美子往視線正落在預測報的博正的側臉看。時而可靠，時而稚氣的博正對自己的心意，在歐拉西翁出道當天，久美子就知道了。那張馬鈴薯臉上的濃眉，那雙清澈的眼睛背後純淨的心靈，讓久美子感到無比珍貴。

「七月起，我就會去牧場幫忙。」

久美子說。

「不到半天你就會求饒了。那些都是粗活。冬天手一定會龜裂，變得很粗。但就算這樣，還是得每天換乾草、打掃馬房。」

博正說，手指一下捲起領帶，一下鬆開。

「以後我們就是鄰居了。」

「嗯，是啊。」

博正站起來，說：「我姊也來了。跟她老公一起。她說要把孩子託給鄰居幫忙帶。現在人應該就在這十二萬人裡吧。」

「那你怎麼不請她到馬主休息區來？」

「我跟她說了，可是她說要在看台上加油，覺得那樣比較好。」

「今天我媽媽也來了。報紙上每天都有歐拉西翁的名字，她的朋友一天到晚跟她說好棒喔好厲害什麼的，她就得意起來了。爸爸賣掉志摩的別墅的時候，她氣得抓狂，我堅持要去牧場幫忙的時候，她還大哭大叫呢。」

可是，母親畢竟是企業家的妻子——久美子這麼想。看著丈夫把公司拱手讓人，在家裡看報睡午覺，出門就只是到附近咖啡店，母親心裡一定也有所感觸吧。搞半天結果還不是馬——雖然這樣挖苦父親，但對於丈夫為了新的工作動起來，無論那是什麼樣的工作，作為妻子，内心一定是十分歡喜的。久美子甚至覺得來到賽馬場之後仍是滿口抱怨的母親特別可愛。

「走吧。我還沒有向社長和社長夫人打招呼呢。」

博正這麼說，久美子便走向平八郎和美惠所在的包廂。

博正邊走邊小聲說：「我認為，就算今天聖荷耶沒有拿到冠軍，將來吉永牧場所生產培育的馬拿下日本一半以上的重賞賽的時代一定會來臨。因為不光是資金，他們對賽馬的想法也比日高和浦河的同行先進很多。他們的努力，一定不會沒有結果的。」

可是，今天我會贏。渡海牧海生產的馬會贏……久美子在心中低語，鼓舞自己。終點柱在距離馬主看台右側相當遠的地方，大批觀衆裡的一小群，看起來好像陽光下的沼澤。

「六號馬的鼻孔很小，下巴到喉嚨的角度太小了。那不是跑得動兩千四百公尺的馬。」

由佐木多加志陪伴前來的女子，在德比參賽馬進檢閱場的時候一直不發一語，這時候卻突然這麼說。

「鼻孔？」

多田時夫拉長身子，看著檢閱場的馬主區這麼問。因為人群眾多，從多田站的地方看不到馬主區，無法找到應該在那裡望著歐拉西翁的和具平八郎和久美子的身影。

「鼻孔可是非常重要的呢。馬是無法用嘴巴呼吸的，只能靠鼻子。所以，鼻孔小的馬是沒有用的。而且，馬的體形如果有任何會妨礙牠向前跑的要素都不行。很多人不明白馬就是要向前跑。這種馬主就只會靠馬的血統好壞來買馬。」

佐木拿手帕擦了汗，斜眼看了多田一眼，苦笑。他們約在正門碰面，多田比較早到，但五分鐘之後佐木也到了，身邊帶著這個眼熟的女子，多田多少有些不知如何是好。她就是那個當過木戶物產會長的小老婆、買了佐木告訴她的馬票，現在在北新地的俱樂部當媽媽桑的女子。

「我老婆。五天前登記的。我們都不想辦婚禮。」

佐木簡單地這麼說，將女子介紹給多田。多田不知道兩人之間的故事，只能簡單道賀，也不想多問。只是，想起幾年前佐木曾經低聲說過的那句「是我愛上的女人變成了有錢人的小老婆」。

「不過，能參加德比的馬，每一匹都是好馬。」

女子這麼說，多田便問：「歐拉西翁怎麼樣？體重少了四公斤，流汗的方式也和平常一樣。我頂多只看得出這些了。」

從歐拉西翁一進檢閱場，多田就一直墊著腳尖，視線集中在黑得發紫的馬體上，根本沒看其他的馬。

「很少有身體這麼均衡理想的馬。而且非常聰明……感覺後腿的力道經過肩部和前腳，直通到柔軟的脖子。」

女子說。

「你很懂馬啊。」

「她說將來想擁有自己的馬。凡是跟馬有關的書她都看了，連獸醫看的專業書籍都不放過，我真是敗給她了。而且，她還把所有贏得經典大賽的馬的照片剪貼起來，還收集那匹馬當歲和兩歲的照片，每天看到照片都要穿孔了。」

佐木苦笑著這麼說，然後望著檢閱場，低聲說，

「聖荷耶果然訓練到完美狀態了。」

主馬場那邊傳來銅管樂的聲音。多田脖子和腳開始痛，又覺得不必在檢閱場待到騎師上馬，便說：「我先到終點前去了。人這麼多，馬票也得先買。」

「馬票？別鬧了，你一買，歐拉西翁必輸無疑。」

聽到佐木這句話，女子看著多田，露出一絲笑意。

「我是要買歐拉西翁以外的二十二匹馬的單勝。各一千。」

佐木放聲笑了，說：「通殺嗎。死神要使出殺手鐧替歐拉西翁加油就是了？」

然後對女子說了什麼，自己也離開了檢閱場的群衆。

「你會這麼投入倒是很難得。」

佐木邊走向馬票賣場邊說。

「我也是好幾年沒看到你放聲笑了。」

多田這麼回答，然後揉揉脖子。佐木雖然還是帶著以前那種模糊朦朧感，但表情豐富多了。看了這樣的佐木一眼，多田想問他和女子之間的故事，卻又作罷。

「你為什麼拒絕和具先生的邀約？你現在應該算是被發落邊疆了吧？由和具平八郎來辦，這家共有馬主制度的公司一定會上軌道的。要是我，我一定會離開和具電子這種麻煩的公司。」

「每家公司或多或少都有麻煩的地方。」

「我是不想干涉別人的人生，可是要是歐拉西翁贏了，你就和和具先生一起創業吧。我覺得那樣對你來說好多了。」

多田在攤子買了二杯紙杯裝的可樂，靠著牆點了菸。被通知調任時，那令人難以忍受的羞愧又重上心頭。他當時既不吃驚，心情也沒有波動。只覺得羞愧萬分。

我這個人，就算只有短短的一刻，竟然相信了三榮電機那肯定是謊言的口頭約定，竟然當真了。明知道會有這種結果的不是嗎。背叛平八郎，背叛和具工業的同仁，我竟然向三榮電機那老奸巨猾的經營首腦提出了那麼膚淺的條件。他們在我的酒杯裡倒酒的時候，內心一定在恥笑我。

多田吐了菸，喝了可樂。心裡實在可憐妻子。好不容易蓋好自己的房子，才住了短短幾天，就必須拱手讓人。做出這個決定的那個晚上，她臉上硬擠出來的笑容，令多田難以忘懷。這一切，全都是我這同時扮演偽善者和偽惡者的爛個性害的。這時候又怎能厚著臉皮出現在平八郎面前？要是我開口說請讓我幫忙新事業，那我真的就不是人，是木頭，是如假包換的小木偶。

「歐拉西翁啊……我覺得自從牠誕生，好像一切都朝四面八方開始流動了。」

多田喝完冰得透涼的可樂，把紙杯丟進垃圾筒，這麼說。

「一切？」

佐木看著腳邊四散的廢馬票問。

「一言難盡。總之，是和牠有關的人當中，本來靜止不動的東西開始動了。除了這樣，我不知道該怎麼說了。」

馬匹要開始進入主馬場了。佐木這樣一提醒，多田趕緊走向馬票賣場。

向櫃台小姐說：「一號到二十三號各一千圓。不要十號。」

「啊？」

賣馬票的小姐一臉訝異地反問。

多田又重覆了一次同樣的話。在多田附近低頭看預測報的男子也抬起頭來看著多田。多田接過馬票，和佐木一起到終點前。結束遊行的管樂隊在第一彎道附近待機。人立刻變多，而且視線不約而同地集中在設於跑道外的地下道出入口。〈純種馬進行曲〉響起，在兩匹白馬的領導下，參賽馬自地下道走出來。

「一號、二號……」

多田在心中默數，倚著欄杆，轉頭等候藍色帽子出現。奈良五郎所騎的歐拉西翁現身時，看台上響起尖叫和掌聲。絕大多數的人似乎都不管馬票賺賠，希望歐拉西翁這匹幾十年難得一見的馬贏得德比。

「聖荷耶狀況很好。和皋月賞那時候不同。整匹馬都不一樣了，也不急躁。」

佐木這麼說。

「其他的馬呢？」

「羅伯達許肚子有點太瘦。會不會是最後訓練得太厲害了？艾普夏也很好。不過，這匹馬到最後關頭總是差那麼一點。這是血統的問題。」

有一匹馬出動了兩名工作人員，頭卻還是揚得高高得，不斷上下擺動，像螃蟹一樣開始橫著走。

「那是NHK盃跑第二的馬。熱門程度大概排第四或第五吧，不過牠要是跑得進前十名，我就洗手不玩賽馬了。最恐怖的，反而是不怎麼被看好的十二號馬。牠的四條腿有長力，最適合跑府中的跑道了。牠是典型的長距離血統，最後訓練的感覺也很不錯。」

佐木在多田耳邊這樣說明之後，又補充道：「就看奈良能不能在這場大比賽中使出像皋月賞那時候的騎法了。大家都盯上歐拉西翁。其中應該有好幾個騎師不問自己的馬輸贏，就是不想讓歐拉西翁獲勝。被馬群包圍的時候，他能夠讓鬆開控制住馬，不讓牠急著上前嗎？這可是德比，單檔指定的大熱門，而且賠率是一點五倍。要不是膽子特大，絕對相信自己的馬，一定會在三分三厘那裡就急著使出過多的腳力。如果說歐拉西翁會輸，就是這個問題了。」

「哪匹馬是會搶著跑前面的？整場比賽的步調就看牠了吧？」

多田這一問，「艾普夏應該很想，不過在三分三厘之前會跑在最前面的，應該是五號的『丹佐布里吉』。那匹馬就只會一招：領先在前一路跑到最後。要是途中被追上就沒戲唱了。但牠就是有本事一直領先。名叫就叫作『危險的橋』嘛。」

佐木笑了，但多田沒笑。因為他覺得歐拉西翁在看台前繞行兩圈之後，緩緩跑向第一彎道時，從肚子上滴落了大滴的汗水。

佐木望著歐拉西翁和奈良。

「你一輩子都沒辦法出頭天了。三榮電機接下來會一一處理和和具工業前社長走得很近的員工，這你不可能不知道吧？辭啦、辭啦！去和和具先生一起開共有馬主制的公司。這一定會是好生意。你和和具老闆不就像父子一樣嗎。」

五月底，萬里無雲的天空下，多田望著在第二彎道前放慢速度的歐拉西翁光澤飽滿的馬體。佐木那句像父子一樣，讓他想起了當成弟弟看待的誠的聲音和表情。要是誠還活著，自己就不會做出背叛平八郎的事了吧——他這麼覺得。

主馬場的繞場一結束，人們又不約而同地前往馬票賣場，終點前的人群便少了幾分。

和佐木辦了結婚登記的女子不知是何時過來的，站在多田身邊。她帶著淘氣的微笑，讓多田看了自己買的單勝馬票。女子買了聖荷耶。

「我要報一箭之仇。有一次，我在京都賽馬場上，被死神害得好慘。你還記得嗎？」

「嗯，記得啊。」

這樣回答之後，多田看看表。距離德比開賽，還有十分鐘。

第四彎道前有一棵大白楊樹。奈良邊確認歐拉西翁的四肢狀況，一直去看那棵白楊樹。比賽的步調多半會從那裡驟然加快吧。落後的馬也是從那裡開始變慢，爭奪冠軍的馬會形成一群前鋒集團，衝向第四彎道。但是，真正決勝負，是在五百公尺直線跑道上，從終點前四百公尺開始的長長坡道的最頂端。東京賽馬場的直線跑道坡度很陡。爬到最高點之後，才展開熾烈的競爭。我能夠將歐拉西翁一直控制到那裡為止嗎？

奈良想起賽前最後訓練那天，歐拉西翁與平日不同的步伐，認為牠的狀況顯然變差了。因為衝刺時的加速，不如以往利落。是否參加NHK盃，是砂田重兵衛的一大賭注。但不得不參加，因為歐拉西翁從未跑過逆時針方向的跑道。

為了歐拉西翁，砂田訂了五十打富士山附近湧出的礦泉水，除了這種水不給牠喝別的水，也將千葉送來當天現割的青草，混在飼草裡，掛在馬房入口讓牠隨時可以享用。這是為了讓比賽頻繁而相當疲累的歐拉西翁的血液盡可能不要偏向酸性的調整法。

從NHK盃到今天，小室廄務員幾乎沒有好好睡過覺。每天都要花好幾個小時按摩歐拉西翁的肩、腰，每天都為馬蹄上蹄油，運動後耐心用水幫牠的腳降溫。小室廄務員雙眼凹陷，臉頰都瘦了，短短三星期體重便少了六公斤。他們能夠鉅細靡遺地掌握歐拉西翁的狀況，靠的都是不分日夜照顧牠的小室廄務員，但最終訓練後，他也無法隱瞞一抹不安，悄悄對奈良說：「要是步調變得太快，就完蛋了。」

「領頭的應該是丹佐布里吉。要看追牠的馬怎麼追，不過一定慢不了的。」奈良很有把握，拍拍小室的肩。

朝看台看會頭暈，奈良為了安撫歐拉西翁的心情，停在第二彎道的樹蔭下。這時候，集合的旗子開始揮動。起跑點是看台前距離終點前三百公尺的地方。

「好，走嘍。小黑，這場比賽結束以後，你就可以回北海道快快樂樂放暑假了。」

奈良對歐拉西翁這麼說。

總覺得視野泛白，自己不像平常的自己。歐拉西翁會贏。一定會贏。他走向起跑點，一面强而有力地這樣告訴自己。

砂田重兵衛在他多年的馴馬師生涯中，唯一沒有拿下的，就是德比的優勝。一生的夢想，千載難逢的大好機會來臨了。砂田在檢閱場只對奈良說了一句話：「照你的意思騎吧！」

在閘門後方繞圈準備入閘時，奈良知道自己的身體正微微發抖。他忽然想起，那個喜歡自己的賽馬迷女孩剛才一定在檢閱場的某個地方吧。

「嘖，沒用的東西！不過就是場賽馬啊！」

他痛罵自己。聖荷耶看起來格外巨大。高野所騎的艾普夏和皐月賞時相比，馬體比較沒有彈性。宇山已經額頭滴汗，露出笑容對他說：「喂，五郎。你以為又會獨擅勝場了對不對？」

「這可是德比，哪可能獨擅勝場啊。」

奈良硬擠出笑容說。

「要是丹佐布里吉沒跑在最前面，整個步調就會變慢。這麼一來，這場比賽就會很艱苦了。」

宇山的語氣有幾分恫嚇之意，但臉上仍是燦爛開朗的笑容。步調算什麼！歐拉西翁會贏。奈良戴上護目鏡，這麼想。

開始入閘了。十二萬名觀眾的喧鬧聲頓時中斷。聖荷耶一度出現不願意的樣子，但很快便進了閘門。歐拉西翁乖乖入了閘，但一進去卻露出想後腿站立的樣子，工作人員連忙制住牠。歐拉西翁從來沒有這樣過，令奈良身陷不祥的預感。有兩、三匹馬入閘不太順利，較早入閘的馬不耐煩，用前腳踢著草地。

閘門開了，山崩般的聲響包圍住奈良。奈良打算在白楊樹之前維持在第九或第十的位置，所以順著比賽的局勢讓歐拉西翁跑向第一彎道，看清楚是誰領先來主導這場比賽的步調。馬群擠在一起，在擁擠的空間中，歐拉西翁仍以一貫的淡定繞過第一彎道。卻不見本應領先的丹佐布里吉的綵衣。唯一可能的原因就是起跑太慢，落在後面了。一如宇山的預言，領先的是艾普夏，以及一馬身之差的大冷門關東馬。奈良看看前後左右。這群馬由前到後，總共有十二、三匹馬擠在一起。

「喂，太擠了！」

老牌騎師武田大喊。這是真的感到危險，而不是為了牽制。然而，高野仍將步調放得極緩，讓艾普夏緊貼著內側柵欄跑。其他的馬要跑過去，高野便加快艾普夏的速度。現在加速，撐不到終點。騎師們個個都這麼想，想超前明明不是不可以，卻被高野的步調拑制了。就等哪匹馬或是哪個騎師，甚至是兩者，無法再繼續忍，就會和艾普夏競爭了。奈良心裡幾近於祈禱地這麼想。

歐拉西翁兩個馬身後，是荒木所騎的羅伯達許，聖荷耶則在內側與其並騎。黑色帽子從外側上來了。是本來應該領先的丹佐布里吉。牠從外側搶到第三，但領先型的馬無法領先時的弱點，表現在脖子的動作上。馬感到無所適從，與騎師不合。

繞過第二彎道，進入後方直線跑道。在依然沒有加快的步調中，局勢漸漸穩定。羅伯達許和聖荷耶都在射程內緊跟著歐拉西翁。歐拉西翁前面的馬稍微向外側移動，轉眼間超過了十四馬，與艾普夏並騎。顯然是馬想加速，騎師壓制不了。再多個兩、三匹吧——奈良心裡這樣祈禱。否則，高野的艾普夏就要一路領先到底了。

「每個人都要一起輸嗎！」

這是糸見的聲音。說歸說自己卻不肯上前，一定是因為害怕歐拉西翁的衝刺。奈良的頭部側面發出撞到什麼的聲音。是一塊連著草的泥土飛過來打到帽子。

在第三彎道之前，糸見的馬從外側加速，追過艾普夏，更以三馬身領先在前。若是這樣的步調，就能領先到底。糸見是這樣估計的，但冷靜地判斷步調，再做出決斷的，並不是只有糸見一個。聖荷耶從內側與歐拉西翁並騎，從外側有五、六匹馬形成一個馬群，占據了領先集團的位置。歐拉西翁想加速，想咬住馬銜。奈良雖猶豫，但在無意識之中放開了馬銜。

「忍耐到直線跑道。直線跑道有五百公尺啊。小黑，拜託，忍耐一下。」

奈良這樣在內心勸歐拉西翁。

糸見的馬和歐拉西翁之間相距約有十五個馬身。暫居第二的是艾普夏，暫居三、四名的馬一內一外，分別以半個馬身之差繞過第三彎道。丹佐布里吉開始放慢了。聖荷耶追過歐拉西翁，搶到了第四的位置。歐拉西翁自己咬住馬銜，加快速度。奈良想放開馬銜，但歐拉西翁的意志更强。輕而易舉便反抗了奈良溫吞地想放開馬銜的控轠。奈良急著想放掉馬銜，但是已經放不掉了，奈良慌了，心想：糟了，失敗了。但既然到了這個地步，就只能順著歐拉西翁的意思了。歐拉西翁在三分三厘從外側與聖荷耶並騎。比奈良的計算還早了兩百公尺，但要拉住歐拉西翁已經是不可能的了。萬一在這裡一勒繮繩，不是熄滅歐拉西翁的鬥志，就是讓牠整個爆炸崩壞。無論他怎麼努力想把馬銜鬆開，歐拉西翁就是緊緊地咬著，開始自行比賽。

「五郎，不要！五郎，太早了！還不要加速！」

荒木的聲音遠遠聽起來好像回音，奈良在他的喊聲中進入第四彎道。結果，跑在旁邊的艾普夏往外側靠。艾普夏的側腹撞到了歐拉西翁的肩。歐拉西翁微微向外彈，差點失去平衡，但以强勁的肌力重新穩住，從直線跑道的外側趕上，與暫居第一的糸見並騎。

奈良一時之間不知道哪裡才是終點。眼前只有一條長長的綠色坡道。糸見的馬不見疲累。在坡頂上，奈良拚命催動歐拉西翁衝刺。沒有別的辦法了。在終點前一百公尺，歐拉西翁領先了。從內側追上來的腳步聲，奈良不用看也知道是聖荷耶。奈良只能使出渾身的力氣和呼吸要歐拉西翁繼續衝刺。荒木的羅伯達許從外側追上來了。可是，距離還有將近五個馬身。

只剩五十公尺了——正當奈良這麼想的時候，歐拉西翁向內側偏。絕望讓奈良不顧一切。聖荷耶還在歐拉西翁一個半馬身之後，但因為歐拉西翁向內側靠，速度一定會慢下來。歐拉西翁被羅伯達許追到只領先個半馬身，但還是率先經過了終點柱。奈良只覺得全身的血都被抽光了。

「違規！他違規！誰來看都違規！」

增矢來到奈良身邊大吼大叫。

「你的馬又還沒有騎到我旁邊。」

奈良已經經過第一彎道，讓歐拉西翁慢慢跑向第二彎道，他控制住聲音不發抖，大聲回嘴，但他也自知情況微妙。異樣的騷動聲從看台上響起。增矢光秀對著荒木、糸見和其他騎師不斷叫道：「他在直線跑道向內側斜行！違規！

沒有比這更明顯的違規了！」
奈良折回終點前，朝電子布告欄看。「審議」的燈亮著。
久美子膝蓋發抖，無法站立。她看不出歐拉西翁在終點前到底向內側偏了多少。
「聖荷耶的衝刺勁道很足，所以更難判定了。」
附近有人這樣私下議論。久美子感覺到有無數的眼光射在自己身上。本來她應該馬上搭電梯趕到地下的檢量室的，但賽馬會的工作人員顯然也不知該如何是好。
「大會報告。」
場內廣播響起了裁定委員的聲音。
「大會將對剛才的比賽中，十號歐拉西翁最後的直線跑道內側斜行進行審議。」
馬主休息區的每個人都盯著電視螢幕播出的直線跑道重播。
「不是贏了嗎？怎麼回事？」

母親美惠問平八郎。

「贏了。」

平八郎以强勢的語氣説。然而，夾著菸的手指卻微微顫抖。久美子的手臂忽然被博正一把抓住，她吃了一驚看博正。

「走吧！我們到檢量室去。歐拉西翁贏了，牠不會被取消資格的。」

博正説。

久美子只覺得從沒看過眼睛這麼閃亮的人。

「為什麼？你怎麼會這麼想？」

「反正，牠是第一個跑過終點的。無論有沒有被取消資格，都要好好稱讚歐拉西翁。這是一場艱苦的比賽。我們快走吧。」

平八郎也看著電視螢幕，説：「去吧。」

「爸爸呢？」

「我會去躲在廁所裡。你跟賽馬會的人説，我不舒服，比賽中途就回去了。我們在飯店碰面，準備來開慶祝會吧。」

説完他便站起來，真的走向廁所。久美子拉著美惠的手，和博正一起跑向電梯。電梯上的注意事項「電梯請優先禮讓獲勝馬馬主」，讓久美子感到一陣輕微的暈眩。來到地下樓，走過擠滿警衛和賽馬會職員的通道，迎面便是剛結束比賽的馬兒們劇烈的喘息。

檢量室被不可思議的沉默包圍。只有歐拉西翁被取消資格也無關緊要的騎師們以莫名輕鬆愉快的神情，脫下綵衣，邊閒談邊擦拭不斷冒出來的汗水。無論哪名騎師，流汗都流得宛如他們的臉就是一個裝滿了汗水的大壺。無論怎麼擦，汗水還是從騎師們的下巴不斷滴落。

電視螢幕輪流拍攝卸下馬鞍的歐拉西翁和奈良五郎的臉。奈良連汗也不擦，面無表情地等候審議的結果。久美子沒有注意到自己緊握著博正的手。看到歐拉西翁的四條腿在發抖，久美子才知道比賽有多激烈。

「好熱喔。再加上馬的味道……真教人定不下心來。」

美惠嘆了一口氣說。

「大會報告。」

麥克風再度傳來裁定委員的聲音。檢量室周遭的哄鬧聲一蓋消失，久美子耳中只聽得到歐拉西翁的呼吸。同時，自己的心跳聲大得震動頭頂。久美子握住博正的手更加用力了。

「針對十號歐拉西翁最後直線跑道內側斜行一事，目前正在審議中，請稍候。」

緊繃的空氣鬆懈下來，結束比賽，亢奮的歐拉西翁由小室廄務員安撫著，在檢量室前一圈圈地走動。

增矢一雙吊尾眼吊得更高，隔著玻璃看著久美子。身後傳來好幾個人的腳步聲，來了一對別著馬主徽章的夫婦。

「那是羅伯達許的馬主。要是歐拉西翁被取消資格，他們就是德比馬的馬主了。」

博正悄聲在耳邊說。

這裡，到底滴下了多少騎師的汗水？吸收過多少馬的汗水？一這麼想，久美子就覺得歐拉西翁有沒有被取消資格都不重要了，她只想到歐拉西翁身邊，好好地嘉獎牠。

「好久啊。要取消資格了嗎？」

一個賽馬會的職員向身邊的男性低聲說。悶蒸的熱氣，為通往地下道的檢量室沉悶的光帶來一種寂寥感，在動也不動地站著的奈良五郎毫無表情的臉上，刻劃出的陰影彷彿看破一切俗世的遁世之人。久美子發現砂田重兵衛站在地下道附近。兩人視線交會，久美子報以含糊的笑容時，裁定委員的聲音第三度響起，讓久美子全身緊繃。

「大會報告，十號歐拉西翁最後直線跑道內側斜行經過審議，未達需更改名次的程度，確定以抵達順序為最終名次。」

久美子緊緊抱住博正。然後，朝奈良看。奈良依舊面無表情，好像在對自己說什麼似地，輕輕一點頭，整隊，深深一鞠躬，然後以匆促的腳步離開了檢量室。一些認識的賽馬會職員向久美子道賀：「恭禧。」

向她伸出了手。久美子在恍惚中握著手，看著電視螢幕上拍到的奈良，然後又朝在不遠處互相握手的砂田和小室廄務員看。砂田和小室都哭了。奈良迅速跨上脖子上掛著優勝錦緞的歐拉西翁。賽馬會的職員要久美子和博正快趕過去。久美子跑到歐拉西翁身邊，走上地下道。

「令尊呢？剛才還在吧？」

賽馬會的職員問。久美子照平八郎交代的解釋了。隨著地下道的光愈來愈亮，歡呼聲也愈來愈大。久美子抬頭看著奈良。

「謝謝你。」

但最後已話不成聲。

「對不起，我騎得不好。」

奈良五郎的視線望著前方，重重地說。

博正說：「聽我說，那個……」

他們來到了麗日下的看台前。博正又說了什麼。震耳欲聾的歡呼聲和尖叫聲掩蓋了博正的話。但久美子都聽到了。

平八郎坐在馬桶上，低聲說：「好。」

雙手往膝蓋一拍，站起來，悄悄從馬主區來到一般區域。他說了好幾次：

「好！」

握緊了拳頭。用力擦了擦臉頰，想抹平雞皮疙瘩。真的是一腳踏進麻煩的事業裡了——他這麼想——但是，既然要做，就要把事情做好。平八郎想起只見過一次面的誠的面孔，一個詞一個詞地，低聲吟了野瀨一平寫的俳句。

「兒遺茄一株，藤綠果紫已堪食，食畢夏未央」

我找到真正的工作了。正因如此，才會把和具工業讓給三榮電機。我會好好努力的。我終於找到真正的工作了——他高舉雙拳在頭頂上揮。然而，和具平八郎以為歐拉西翁輸了。正因如此，他才會認為自己的運氣其實並沒有那麼糟。

女子並非單單只買了聖荷耶的單勝馬票。她從包包裡取出另一張馬票，

「我也買了羅伯達許。」

這樣對多田說，然後把兩張馬票都扔了。

「我的也全都沒中。」

多田淡淡一笑，也把印了二十二匹馬編號的馬票丟在腳邊。

「歐拉西翁輸了，其實。其實他應該被取消資格的。」

佐木多加志一邊這麼說，一邊離開柵欄，撇著嘴指著來到主馬場的歐拉西翁。

「這是一年一度的盛會，又是單檔指定的大熱門，而且賠率還是一點五。

要是被取消資格，一定會引發暴動。而且，在第四彎道的時候，牠被高野的艾普夏撞到了。要是尋常的馬，當場就會不想跑。牠果然不是泛泛之輩。可是，其實牠輸了。聖荷耶要是由宇山或糸見來騎，前方被擋住的時候，就會過度反應，故意從馬上站起來。這麼一來，歐拉西翁保證會被取消資格。增矢沒有在當下使出這種演技的本事，終究是個二流的騎師啦。」

以冰冷的眼神說完之後，「德比果然是運氣好的馬才會贏啊。」

佐木又喃喃地加上一句。

「運氣好？這場比賽歐拉西翁運氣好嗎？我倒是認為，即使不向內偏，歐拉西翁也會贏。」

多田雖然這樣反駁，但其實這不是他的真心話。如果沒有向內偏，固然勝負難分，但他認為很有可能會被聖荷耶追過去。

「牠運氣很好啊。在第四彎道被艾普夏撞了。還有一點就是，聖荷耶被託給了增矢馬廄。要是沒進增矢馬廄，德比絕對輪不到增矢的兒子來騎。」

佐木本來看著掛著錦緞、站在頒獎台後任由幾十名媒體拍照的歐拉西翁，但過一會兒便說：「今天和具先生好像也沒上台啊。」

「是顧慮到和具電子的員工的觀感。」

多田在握著紅白牽繩的久美子臉上發現淚痕，低聲說：「不過，贏了就是贏了。什麼如果、要是，都是輸家才會說的。」

多田也不知道這句話是針對佐木、還是自己而發。佐木邀他一起去吃飯。

「我和我老婆約好在新宿碰面。她也在替歐拉西翁加油。」

佐木對多田的話點點頭，往女子肩上一拍。

「你要看頒獎吧？」

「嗯，看一下再走。」

佐木停下已經邁開的步子，穿過觀衆回來，豎起食指說道：「還有一點關於歐拉西翁的運氣的，我忘了說。」

「哪一點？」

「前途渺茫的上班族死神多田時夫，不惜豪擲兩萬兩千圓的鉅款替牠加油。」

多田和佐木交換了一個諷刺的笑容，分頭走了。

歐拉西翁由廄務員牽著離開了主馬場，進了地下道。多田望著頒獎典禮。

渡海博正直挺挺地站在寫著「育馬者」的台上。你的夢想實現了，我也盡了我的棉薄之力——多田無聲地對博言說——但是，夢想成真之後，總令人感到空虛……從你身上，我學到了什麼是真正的熱水，什麼是無數的冰塊。

和佐木談論聖拉西翁是輸是贏時，多田心裡就產生了一個想法：我輸了。歐拉西翁也輸了。和具平八郎輸了，奈良和久美子都輸了。只有一個人贏了，就是靜內那座小牧場渡海牧場的青年。

多田轉身離開了柵欄，視線落在散落腳邊的馬票上，穿過群衆，走向正門。

「祈禱啊……」

多田不斷喃喃自語。他想到為那匹小黑馬取名為歐拉西翁的正是自己，因而感到十分幸福。黑夜中强風陣陣的渡海牧場在心中漸漸擴大，折服於人類深切的一念之力。他想再看一次博正的臉，轉身要折回舉行頒獎典禮的地點。然而，踏上歸途的人潮卻像海嘯般阻斷了他的去路，讓他一步也無法回頭。

1 ——已於一九九六年停辦。目前日本德比大賽的資格賽為皋月賞、青葉賞以及首席錦標賽（Principle Stakes）。

後記

我是在長大成人之後，才醉心於優秀的純種馬誕生的奧祕，但回想起來，遠在小學五年級時，熱愛馬的英國作家瑪格麗特·亨利（Marguerite Henry）女士所寫的小說《名馬風之王》（*King of the Wind*）早已在我的心中埋下了幼苗。這部小說以虛實交織的手法描寫了阿拉伯馬高多芬一生坎坷的命運，是一部為青少年所寫的名作。如果我在少年時代沒有看過《名馬風之王》，我的《優駿》只怕也無法問世吧。

我想寫屬於自己的「風之王」，同時也受到新潮社的佐佐木信雄先生慫恿，開始創造一個關於一匹純種馬，以及圍繞著牠的人們如何走向不可預知之路的故事，總算使小說得以揭開序幕。

一腳踏進賽馬的世界，才知道我對賽馬的無知遠遠超乎想像。因此，我受教於眾多賽馬相關人士。諸位馴馬師、好幾位知名騎師、不為人知的廄務員、眾多馬資產家……但是，其中教導我最多的，是社台牧場的總帥，吉田善哉先生，其公子吉田照哉先生、吉田勝己先生，以及效力於社台牧場上的人們。我要藉這個機會，向這日本第一的牧場的每一位人員表達由衷的感謝。

日本中央賽馬會也不厭其煩地由我任意取材。《優駿》這個書名與日本中央賽馬會所發行的會誌同名，但我深受「優駿」這個詞的清峻與冷冽所吸引，大膽借用，作為自己的小說書名。

小說中提及的賽馬與種馬之名都是我虛構的，但有世界三大主流系統之稱的北地舞人、皇家禮讚、勇者帝王則實際存在，有幾匹已不在世的偉大種馬也採用了本名。

此外，我要在這裡附註一點，那就是純種馬三大始祖之一的高多芬阿拉伯的血脈，以各式各樣的形式流傳，至今仍由世上各賽馬場上不斷奔馳的馬兒們傳承下來。不僅流在這部小說的主角歐拉西翁身上，也流在每一匹純種馬體內。

（一九八六年秋）

解說——

生之尊嚴，生之祈禱——宮本輝在《優駿》中的叩問

陳蕙慧

「我喜歡純種馬。牠們的聰明、好强、感性、美麗的姿態與眼睛的顏色，以及盪漾在美麗之下的不可思議的哀愁，這些都是在人為操縱下，自人類智慧無法參透的血脈必然的融合中誕生的。」

——摘自《優駿》第二章

和具工業社長平八郎在事業遭到重挫走投無路之際，因一張馬票而改變了命運，自此他對賽馬產生一種近乎神聖天啓的心理，也促使他因緣際會成了在北海道一家小牧場誕生的小馬「歐拉西翁」的馬主。

「歐拉西翁」這個源自西班牙語，意為「祈禱」的名字，得自與和具平八郎情同父子、後來卻形同陌路的祕書多田時雄。

「歐拉西翁」雖背負著「渡海牧場」主人千造及其兒子博正能否讓牧場存續的重大使命，以及平八郎女兒久美子與同父異母弟弟田野誠的生死聯繫，更艱難的是，自身如何在在嚴酷訓練下成長茁壯，順利出賽獲勝，並且安然退場？

一匹馬，尤其是由血統到養成的過程中充滿了神祕性的純種馬，在被視為「賭博」的糜爛世界裡，牽扯出馬主、馴馬師、騎師、育馬者、育成場等多方的命運與人生道路，輸贏成敗，都可能釀成巨大災厄，怎不教人心驚膽跳，屏息注視？

宮本輝在接受採訪時提到，他因幼時父親買給他的讀物《名馬風之王》而對純種馬產生無限嚮往，種下日後書寫《優駿》的契機，動筆時大約三十三、四歲，這時他剛剛從肺結核的死亡陰影中暫時逃脫出來。

一九七七年，他三十歲，以《泥河》獲得太宰治賞，隔年又以《螢川》拿下芥川賞。在這之前他任職廣告公司，卻深受恐慌症之苦，終致辭去工作潛心寫作。因連續獲獎得以正式進入文壇時，奈何又遭病魔來襲，縱使勉力繼續書寫，仍屢屢於暗夜中為疾病所魘。

在即將翱翔之際折翼，又逢新的轉機，對此生、此身，關於生、死、命、業，宮本輝肯定有極深刻的思索吧。

在動筆之後，宮本輝發現，賽馬的世界如此複雜深奧，不僅相關知識需要吸收探究，周遭與此有關的人，彼此之間更是多重利益與情感矛盾糾葛的關係。他體認到，有些深層的內裡不真正做為馬主，是無法獲取或理解的。因此他也成為書中所描述的共同馬主之一。

愈是深入如「賭博」般的衆人命運，愈是挖掘出生命不可解的惶惑與憂懼。投入無數心血、金錢、時間，以人力介入配種培育的純種賽馬，依然必須面對殘酷的生存考驗。有些尚未養成即已夭折，有些在賽前尚未上場，就在途中病了，有些有幸上場亮相，卻慘遭淘汰，從此一生告終，有些則歷經幾次比賽，正待力爭上游，卻因種種複雜自然或人為因素，斷送賽馬生涯。

只有極少數極少數能一關闖過一關，成為得冠者。有資格被稱為優駿、良駒。

這不和人的命運近似嗎？

看到這些賽馬的命運，不禁令人慨嘆，難道那些鎩羽而歸的就一定不配是好馬嗎？而人，怎樣才算得上跟「優駿」一樣的馬上馬，成為人上人？歷經無數險阻艱難存活下來的人，在掙扎煎熬途中被刷下來的人，並沒有坐上世人仰望的寶座者，就不是人中優駿嗎？

宮本輝拋給我們許多人要怎樣才算是「好的」「優的」思索。同時，也探討為了存活、為了取勝，我們得使出多麼卑劣的手段，得付出多少代價？

一如和具平八郎在事業、親情上的對錯是非、久美子與多田時雄、渡海博正之間的愛恨喜悲，千絲萬縷，都在「歐拉西翁」的圓心裡拉扯迴旋，而人與馬，要怎樣才能在皚皚白雪、無邊無際的銀色世界裡，找到一條能昂首闊步的道路？

對重生的宮本輝而言，《優駿》意義非凡，這篇在純文學雜誌《新潮》上連載的作品，一九八七年出版後隨即摘下萬衆矚目的大衆文學獎項「吉川英治賞」與ＪＲＡ馬事文化賞，可謂雙重殊榮。全新的宮本輝誕生，一出道即奠定的「宮本文體」，更在一九八八年《優駿》作為富士電視台開台三十週年紀念作品，改編為電影大賣座後，全面獲得了日本觀衆及讀者的注目。

宮本輝以《優駿》說了一個關於生之尊嚴、生之祈禱，既美麗且哀傷的好故事。很深情，很「宮本輝」。

（本文作者為資深出版人）

優駿・下（優駿）

作者　宮本輝
譯者　劉姿君
責任編輯　戴偉傑
美術設計　蔡南昇
內頁排版　高嫻霖

出版顧問　陳蕙慧
發行人　林依俐
出版 / 青空文化有限公司
台北市106大安區仁愛路四段107號7樓
電話：02-5579-2899
service@sky-highpress.com

總經銷 / 大和圖書有限公司
電話：02-8990-2588
印刷 / 前進彩藝有限公司
2017（民106）年3月初版一刷
定價　380元
ISBN　978-986-93303-8-1

國家圖書館出版品預行編目（CIP）資料

優駿 / 宮本輝著; 劉姿君譯.-- 初版 -- 臺北市：青空文化, 民106.02　上冊；公分. --（文藝系；7-8）
ISBN 978-986-93303-7-4（上冊：平裝）
ISBN 978-986-93303-8-1（下冊：平裝）
ISBN 978-986-93303-9-8（全套：平裝）
861.57　　105018994